茅盾研究
八十年書系

錢振綱・鍾桂松◎主編

龔景興◎編

51

二十世紀
茅盾研究目錄匯編

花木蘭文化出版社

國家圖書館出版品預行編目資料

二十世紀茅盾研究目錄匯編／龔景興 編 — 初版 — 新北市：
花木蘭文化出版社，2014〔民103〕
序 2+ 目 2+256 面；19×26 公分
（茅盾研究八十年書系：第 51 冊）
ISBN：978-986-322-741-0（精裝）
1. 沈德鴻 2. 中國當代文學 3. 主題目錄
820.908   103010663

中國茅盾研究會《茅盾研究八十年書系》編委會

主　　編：錢振綱 鍾桂松

副主編：許建輝 王中忱 李　玲

特邀顧問：

邵伯周 孫中田 莊鍾慶 丁爾綱 萬樹玉 李　岫

王嘉良 李廣德 翟德耀 李庶長 高利克 唐金海

ISBN-978-986-322-741-0

茅盾研究八十年書系
第五一冊

ISBN：978-986-322-741-0

二十世紀茅盾研究目錄匯編

本書據中國文聯出版社 2001 年 8 月版重印

編　　者　龔景興
主　　編　錢振綱　鍾桂松
總 編 輯　杜潔祥
副總編輯　楊嘉樂
編　　輯　許郁翎
出　　版　花木蘭文化出版社
社　　長　高小娟
聯絡地址　235 新北市中和區中安街七二號十三樓
　　　　　電話：02-2923-1455／傳眞：02-2923-1452
網　　址　http://www.huamulan.tw 信箱 hml810518@gmail.com
印　　刷　普羅文化出版廣告事業
初　　版　2014 年 7 月
定　　價　60 冊（精裝）新台幣 120,000 元

二十世紀茅盾研究目錄匯編

龔景興 編

作者簡介

龔景興，浙江義烏人，1963 年 7 月出生，現任湖州師範學院圖書館館長，研究館員。長期從事圖書館業務與管理工作，曾發表圖書館學專業論文 20 多篇，出版著作有《劉一止集》（與蔡一平老師合校，浙江古籍出版社，2012.5）、《茗水悠悠芸香遠：湖州藏書文化研究》（與王增清、李學功老師合著，杭州出版社，2010.12）。

提　　要

　　這是一本關於茅盾研究論文題錄、圖書概要的匯編資料。其中茅盾研究論文題錄收錄了自 1924 年至 2000 年底見於大陸地區報刊的茅盾研究論文篇目，一共分為 13 個大類；茅盾研究書錄著錄了 1954 至 2001 年在大陸出版的茅盾研究學術性著作，茅盾本人的作品集一般不予收錄；全文收入人大複印資料論著編目則專門收錄全文收入中國人民大學書報資料中心專題資料的論文篇目。

序

鍾桂松

　　在生活節奏快得紛紛攘攘不大有人坐冷板凳看書做學問的今天，輕輕翻閱著龔景興先生積多年心血編就的《二十世紀茅盾研究目錄匯編》，一種清靜愜意和敬意油然而生，因為茅盾研究界早就盼望有這樣一部工具書，相信這部於上個世紀末編就的茅盾研究目錄匯編，在這21世紀的茅盾研究乃至中國現代文學研究中將產生積極作用。

　　茅盾研究肇始於20世紀20年代，在上個世紀裡風風雨雨走過了將近80個年頭，其間，因茅盾巨大的思想文化貢獻和諸多史詩性作品的問世，因茅盾先進世界觀指導下所從事的進步事業以及他多方面的傑出貢獻，在他生前身後出現了數以萬計的作品評論、思想研究、生平研究的專著和評論文章，成為中國現代文學史中繼魯迅、郭沫若之後的又一個學科分支——茅盾研究。走進新世紀，從這些目錄中回望舊世紀茅盾研究，可以望見波瀾壯闊的輝煌歷程，也可以望見艱苦曲折的研究腳印，也可以望見上個世紀後二十年的政治清明學術繁榮而掀起的茅盾研究一波又一波的高潮！然而想想上個世紀浩如煙海的研究資料又是讓人又驚又喜又愁，驚喜的是一代又一代的學人、敬仰者、愛好者訴諸於文字的作品，汗牛充棟，使茅盾文學的寶藏得到開掘和弘揚，愁的是在這浩瀚的學術界裡難窺全貌，如何避免重蹈如何推進茅盾研究，都缺少依傍。幸好在新世紀之初龔景興先生就將自己多年心血梳理出茅盾研究資料目錄奉獻給學界同人，為新世紀茅盾研究展示了往日的一個歷程。從這個意義上看，也為新世紀推進茅盾研究提供了一個參考。相信這是件功德無量的好事。

斗轉星移，時間過得好快。記得七十年代後期在母校老師的鼓勵下寫了一篇評論並刊登在校刊上，從此我在業餘時間常常走進茅盾研究界看看，在學界前輩的指點下和茅盾精神的感召下，做些業餘研究和人生探討，一晃二十餘年矣，母校幾經變遷和發展，不復原來，但是與當年教我讀書做人的老師仍保持著聯繫，當年一些同窗友誼仍在，雖都人到中年但一見面又回到當年的天真和快樂！說來也巧，龔景興先生正好與我同窗學友是同事，而龔景興先生的研究與我的業餘愛好「有緣」，所以龔景興先生在目錄編就後來索序時，我沒有忸怩推辭，便趁此機會留下一點閱讀感想，留下一點友誼緣份。相信這部《二十世紀茅盾研究目錄匯編》的面世，無論是對新世紀茅盾研究者，還是「匯編」中所散發出來的編者的精神和認真，都是值得一讀，讀後必有收穫教益。因為新世紀的學術繁榮還需要基礎工作的繁榮，基礎工作的繁榮還需要冷板凳精神。是為序。

（作者為茅盾研究專家、高級編輯、浙江電視臺臺長）

目次

編者說明

本目錄匯編共分三部分，包括茅盾研究論文題錄、茅盾研究書錄、全文收錄人大複印資料論著篇目，編排說明如下：

茅盾研究論文題錄

題錄收錄自 1924 年至 2000 年底見於報刊的茅盾研究論文篇目，共 13 個大類。

「總論」，收錄從總體角度上研究茅盾、評論茅盾及學術界茅盾研究活動的文章篇目，一些難於具體入類的論文及「悼念沈雁冰同志」一組文章也入此。

「家世、生平研究」，收錄介紹茅盾家世生平及政治、文學、生活、交往活動的論文篇目。

「思想研究」，分總論性的政治文化思想、文藝思想、美學思想三部分。

「創作研究」，按總論茅盾創作的成就、小說創作（再按具體作品分類）、詩歌創作、散文創作、戲劇創作幾個部分分類。

「翻譯研究」，收錄研究茅盾翻譯工作的論文篇目。

「編輯研究」，收錄研究茅盾編輯理論、編輯實踐論文篇目。

「筆名研究」，收錄研究茅盾筆名情況的論文篇目。

「書信研究」，收錄研究茅盾與他人的書信往來的情況、茅盾書信的眞僞等論文篇目。

「書法研究」，收錄研究茅盾書法成就及部分題字的論文篇目。

「佚文研究」，收錄專門研究茅盾佚文情況的論文篇目。

「版本研究」，收錄研究茅盾作品出版情況的論文篇目。

「茅盾研究書評」，收錄評價、討論「茅盾研究著作」的論文篇目。

「茅盾作品在國外」，收錄國外茅盾研究動態的論文篇目。

每條題錄按篇名、作者、出處、頁碼的順序編排，僅收錄見於報刊和部分圖書中的論文篇目，論文集匯編已另作書錄的形式著錄，故均未收入。

茅盾研究書錄

專門收錄茅盾研究學術性著作，考慮到學術專著出版週期較長，收書的下限延至 2001 年上半年，體例爲：書名、作者、出版者、出版時間、頁碼及內容提要，以出版時間爲序編排。部分著作編者只知書名、作者或出版者，未見實書，故以附錄形式注出。

全文收入人大複印資料論著篇目

專門收錄全文收入中國人民大學書報資料中心專題資料的論文篇目，收錄時限爲 1978 年至 2000 年，體例爲：篇名、作者、專題號、專題名、期號和頁碼，以出版時間爲序編排。

茅盾研究論文題錄
（1924～2000）

一、總論

答雁冰先生

    趙景深　《文學週報》總 112 期，1924.3.10（同時發表於《學燈》）

評長虹的《蔣光慈與沈茅盾》

    任維昆　《晨星》半月刊第 7 期，1929.4

茅盾與現實

    錢杏邨　《現代中國文學作家》第 2 卷，泰東圖書局，1930

混戰

    李錦軒　《前鋒週報》第 3 期，1930.6.29

「現代」的「評傳」

    白寧　《新月》第 4 卷第 3 期，1932.10.1

茅盾的歷史上的轉變

    《社會新聞》，1932.9.24

武漢時代的共產黨人物──沈雁冰

    王唯廉　《現代史料》第一集，上海海天出版社，1933.1

致曹靖華

    魯迅　寫於 1933.2.9，後收入北京人民文學出版社《魯迅書信集》

左翼文化運動的抬頭

    水手　《社會新聞》第 2 卷第 21 期，1933.3.3

和黎烈文未入文總

    逸　《社會新聞》第 2 卷第 28 期，1933.3.24

魯迅沈雁冰的雄圖

    農　《社會新聞》第 3 卷第 12 期，1933.5.6

文藝觀摩團近況

    《社會新聞》第 3 卷第 14 期，1933.5.12

左聯又一工作

    魯　《社會新聞》第 3 卷第 17 期，1933.5.17

茅盾講演　今日在量才圖書館

    《大公報》（漢口），1938.2.14

茅盾先生音訊（致若君信）

    玄　《魯迅風》第 3 期，1939.1.25

天南地北——迪化茅盾

    《立報·言林》（香港），1939.8.18

各界代表齊集南門外，熱烈歡迎總司令及茅盾、張仲實兩先生（消息）

    《新中華報》，1940.5.31

文協延安分會茶會歡迎總會理事茅盾等

    《新中華報》，1940.7.19

享有文壇信譽的茅盾

    白村　《新生》第 2 卷第 23 期，1940

當前文藝研究會（專題文摘）

    陳明迴　《大路》（江西）第 4 卷第 3 期，1941.1.15

茅盾論

    鄭學稼　《文藝青年》第 2 卷第 4～5 期合刊，1941.12.1

伙伴們！我們的旗子！

    黎夫　《耕耘文叢》《青年與文藝》，1942.6

全國文協第五屆理監事選出　第五屆年會改選理監事茅盾等二十一人

    《文藝先鋒》第 2 卷第 3 期，1943.3.20

文壇滄桑錄（五）從茅盾說起

　　　　郁鳳白　　《萬歲》月刊第 2 卷第 1 期，1943.5.1

記茅盾

　　　　黃果夫　　《人物種種》（上海），1943

我們所敬佩的作家──茅盾

　　　　唐風　　《時事新報·青光》（重慶），1944.1

雁冰先生點滴

　　　　以群　　《文哨》第 1 卷第 3 期，1945.10.1

全國文協在重慶開會，茅盾報告上海、北平分會情況

　　　　《解放日報》（延安），1946.3.15

記茅盾

　　　　SY　　《人民世紀》週刊第 4 期，1946.3.23

田漢茅盾同聲哭

　　　　魯銳　　《人物雜誌》（重慶）第 1 卷第 3 期，1946.4.1

歡迎茅盾先生

　　　　陳殘雲　　《文藝新聞》（廣州）旬刊第 5 號，1946.4.3

歡迎茅盾先生文藝座談會

　　　　湯明　　《學習知識》（廣州）第 2 卷第 1 期，1946.4

民主與文藝──記茅盾先生在中山大學演講

　　　　朱殷　　《文藝新聞》（廣州）第 6 號，1946.4.15

從生活看文藝──歡迎茅盾先生

　　　　懷湘　　《華商報》，1946.4.15

我們都是「中國人」

　　　　金帆　　《華商報》，1946.4.15

為民主而團結──由歡迎茅盾先生想起的

　　　　高天　　《華商報》，1946.4.15

訪問茅盾先生

　　　　《華商報》，1946.4.16

本港文化界昨在青年會開會歡迎茅盾夫婦

　　　　《華商報》，1946.4.16

茅盾先生說

　　　　《文匯報》（上海），1946.5.28

民主文化在惡劣環境中生長

　　　　茨網　　《文聯》半月刊第 2 卷第 7 期，1946.6

和茅盾先生談話

　　　　文俞　　《華商報‧熱風》，1946.6.3

茅盾的苦悶

　　　　魯遲　　《僑聲報》，1946.6.21

茅盾先生的幽默

　　　　吳士　　《華商報‧熱風》，1946.6.25

和茅盾先生在一起

　　　　萌華　　《文藝學習》（上海）第 3 期，1946.7.20

茅盾先生訪問記

　　　　西溪　　《僑聲報》，1946.6.21

訪問兩位文豪——郭沫若和茅盾先生

　　　　方暘　　《華商報》，1947.12.19

郭沫若、茅盾到香港，痛斥美帝扶持日本侵華

　　　　《人民日報》（晉冀魯豫），1948.2.19

郭沫若與茅盾

　　　　秦牧　　《華商報》，1949.2.7

在平文化學術界及平市職工擁護召開世界和平大會，決定選派代表前往參加

　　　　《人民日報》，1949.3.21

新政協籌備會代表剪影（五）——文化界民主人士茅盾先生

　　　　金東　　《華商報》，1949.7.3

大眾文藝創作研究會舉辦星期講演會

　　　　《人民日報》，1949.11.27

文化界民主人士代表——沈雁冰

　　　　週末報編委會編　　《中國人民政治協商會議人物誌》第二集，香港週末學報
　　　　社（原名《新政協人物誌》），1949，第 67～68 頁。

左翼文壇巨頭茅盾

　　　　蘇雪林　　《自由青年》（台灣）第 22 卷第 7 期，1949.10.10

「透視現實」

　　　　王瑤　　《中國新文學史稿》，開明書店，1951

魯迅和茅盾的戰鬥友誼斷片

  單演義　《人文雜誌》，1957（9）

傑出的作家和戰士：茅盾

  劉綬松　《圖書館工作》，1958（4）

一點體會──《論茅盾四十年的文學道路》序

  以群　《文匯報》（上海），1959.7.27

茅盾在左聯時期的文學活動

  葉子銘　《左聯時期無產階級革命文學》，江蘇人民出版社，1960

文學研究會與《小說月報》

  博我　《三十年代文藝論叢》，台灣中央日報社出版，1966.10

文學研究會及其重要分子

  玄默　《三十年代文藝論叢》，台灣中央日報社出版，1966.10

未來的魯迅與郭沫若必將在新時期誕生──「五四」節前訪老作家茅盾同志（附照片）

  舒展　《中國青年報》，1979.5.4

有贈──贈茅盾先生

  荒蕪　《讀書》，1979（5）

生日‧家鄉‧賀電

  袁寶玉　《徐州師院學報》，1979（5）

長征勝利賀電與茅盾的關係

  翟秀　《學術研究》，1979（6）

一席趣談

  巫東方　《廣西文藝》，1979（10）：66

茅盾與上游社

  史明　《華東師範大學學報》，1980（4）：52

關於魯迅致中共中央和紅軍賀信的幾個問題

  魯歌、江暉　《延安大學學報》，1980（1）：43

茅盾談話錄

  金振林　《羊城晚報》，1980.8.4 ②

茅盾與桐鄉青年社

  史明　《上海師範大學學報》，1980（1）：102

回憶茅盾同志的一次講話

　　龔炯　《上海教育》，1980（5）：37

關於茅盾文學工作二十五周年紀念活動

　　孫中田、王中忱　《中國現代研究叢刊》，1980（4）：351

＊悼念沈雁冰同志＊

全國政協副主席、中國現代文學巨匠沈雁冰同志在京逝世

　　《人民日報》，1981.3.28 ①

沈雁冰同志治喪委員會名單

　　《人民日報》，1981.4.8 ①

1.沈雁冰同志追悼會在京隆重舉行

2.在沈雁冰同志追悼會上胡耀邦同志致悼詞

　　《人民日報》，1981.4.12 ①

沉痛悼念沈雁冰同志

　1. 鮮紅的黨旗覆蓋在他身上——向沈雁冰同志遺體告別時的哀思

　　　傳鐘

　2. 悼念茅盾同志

　　　丁玲

　3. 悼念倡導革命現實主義的茅盾同志

　　　歐陽山

　4. 沈雁冰同志挽詩

　　　趙樸初

　5. 拿起筆來，為了共產主義的理想而戰鬥——悼念茅盾同志

　　　荒煤

　6. 書到眼前——痛悼茅盾先生

　　　臧克家

　7. 側面——悼念中國現代文學巨匠茅盾先生

　　　唐弢

　8. 在最後的日子裡——悼念茅盾同志

　　　羅蓀

　9. 「我的心向著你們」

　　　葉君健

《人民文學》，1981.5.3

懷念茅公

冰心　《文匯報》，1981.4.1 ③

別夢依依懷雁冰

曹靖華　《光明日報》，1981.4.1 ④

說遲了的話

茹志鵑　《文匯報》，1981.4.1 ③

痛悼茅盾同志

草明　《北京日報》，1981.3.31 ③

最後的一面（悼茅公）

樓適夷　《北京晚報》，1981.3.31 ③

沉痛哀挽，奮然前行——為中國現代文學巨匠茅盾致哀

上海社會科學院文學研究所　《文學報》，1981.4.2 ④

學習茅盾同志，尊重黨的領導

歐陽山　《羊城晚報》，1981.4.2 ②

中國文學巨星的隕落——深切悼念沈雁冰同志

秦牧　《羊城晚報》，1981.4.2 ②

雨瀟瀟——沉痛懷念茅盾同志

杜宣　《文學報》，1981.4.2 ④

一代大師，安息吧！——悼茅盾同志

姚雪垠　《中國青年報》，1981.4.2 ④

沉痛的悼念

沙汀　《光明日報》，1981.4.3 ③

一代文章萬代傳！——悼念我國現代文學巨匠茅盾同志

陳沂　《文匯報》，1981.4.3 ④

緬懷茅盾老人

馮驥才　《天津日報》，1981.4.2 ④

一件小事——悼念茅盾同志

唐弢　《光明日報》，1981.4.5 ④

文學巨星隕落了——懷念茅盾先生

端木蕻良　《北日報》，1981.4.9 ③

深深的懷念——悼念沈老

　　葉子銘　《中國青年報》，1981.4.9 ④

深埋在心底的思念

　　楊沫　《北京晚報》，1981.4.11 ③

展讀遺書淚水多

　　臧克家　《解放日報》，1981.4.12 ④

留給人們的珍貴遺產——悼念茅盾同志

　　羅蓀　《解放日報》，1981.4.12 ④

永不殞落的巨星——痛悼茅盾同志

　　周而復　《光明日報》，1981.4.12 ③

悼念茅盾先生

　　駱賓基　《北京日報》，1981.4.12 ④

向茅盾先生學習

　　曹禺　《文匯報》，1981.4.12 ④

因茅盾同志逝世而想起的

　　姜德明　《文匯報》，1981.4.12 ④

回憶，在那些似該忘卻的日子裡——敬悼茅盾同志

　　葛一虹　《光明日報》，1981.4.12 ④

「我的心向著你們」——悼念茅盾同志

　　曹禺　《中國青年報》，1981.4.16 ④

無盡的哀思（悼念茅公）

　　羅蓀　《中國財貿報》，1981.4.16 ③

悼念茅盾大師

　　杜鵬程　《陝西日報》，1981.4.16 ③

回憶茅盾

　　〔法〕蘇姍娜・貝爾納　《人民日報》，1981.4.25 ⑤

時過子夜燈猶明〔文藝回憶錄〕——憶茅盾同志

　　陽翰笙　《人民日報》，1981.6.13 ⑤

悼念茅盾同志

　　巴金　《文藝報》，1981.8.7

難忘的回憶——敬悼茅盾同志

鳳子　　《文藝報》，1981.9.8

憶茅公

郭紹虞　　《文藝報》，1981.8.9

中國文藝工作者的路程

廖沫沙　　《新文學史料》，1981（3）：168

敬悼茅公

魏巍　　《解放軍文藝》，1981（5）：19

向茅盾同志學習

歐陽山　　《紅旗》，1981（9）：34

病榻悼摯友

包爾漢　　《民族團結》，1981（5）：26

關懷——深切悼念茅盾同志

敖德斯爾　　《民族團結》，1981（5）：26

懷念茅盾同志

馬烽　　《汾水》，1981（5）：2

知識分子的偉大典型——悼念茅盾大師

杜鵬程　　《延河》，1981（6）：33

心嚮往之——悼念茅盾同志

柯靈　　《上海文學》，1981（6）：13

回憶茅盾同志

艾蕪　　《四川文學》，1981（6）：2

中國作家的導師——敬悼茅盾同志

陳白塵　　《青春》，1981（5）：3

永不消失的懷念

莊鍾慶　　《新文學史料》，1981（3）：193

在病危的時候——悼念茅盾同志

周而復　　《收獲》，1981（3）：86

痛悼我的長者茅盾同志

陳學昭　　《收獲》，1981（3）：93

刻在心上的記憶（哀悼茅公）

吳泰昌　　《收獲》，1981（3）：97

悼念茅盾同志

　　1. 致臧克家書　茅盾

　　2. 淚點差似墨點多──讀茅盾先生遺書　臧克家

　　3. 引路人　田間

　　4. 從一件小事想到的──懷念茅盾同志　荒煤

　　5. 春潮將如期到來　鄒獲帆

　　6. 感激和悲痛　李喬

　　7. 挽歌　鐵衣甫江

　　8. 鼓舞的力量　益希卓瑪

　　9. 敬悼茅盾同志（調寄「揚州慢」）　凌鶴

　　　《大地》增刊，1981.3.4

巨星隕落　豐碑永存──悼念偉大的革命文藝家茅盾同志

　　會林　《中國青年》，1981（8）：18

懷念尊敬的茅盾同志

　　張穎　《劇本》，1981（7）：42

1.他的心向著黨──悼念沈雁冰──茅盾同志

　　于藍

2.悼念茅公

　　謝添

3.竟是永別的一次會見

　　李仁堂

　　《電影創作》，1981（5）：2

縹緲的遐思──我與沈雁冰的相識

　　孫瑜　《藝術世界》，1981（5）：6

沈老永存

　　伍歌　《影劇美術》，1981（4）：2

紀念魯迅・懷念茅盾

　　張克讓　《美苑》，1981（3）：7

懷念茅盾同志──憶《世界文學》初期的一段經歷

　　陳冰夷　《世界文學》，1981（3）：4

悼念茅盾同志

李霽野　《新港》，1981(5)：4

大星隕落——懷念茅盾同志

孫犁　《新港》，1981(5)：6

痛悔的悼念

李滿天　《河北文學》，1981(6)：25

鞭策與懷念——懷念茅盾同志

馬加　《鴨綠江》，1981(6)：24

茅盾同志　文學青年們永遠懷念你

柯夫　《鴨綠江》，1981(6)：67

懷念茅公

延澤民　《北方文學》，1981(6)：26

記憶駛進往事的海洋——懷念茅盾先生

周明　《朔方》，1981(6)：3

巨匠與我們——緬懷茅公

瑪拉沁夫　《朔方》，1981(6)：8

悼偉大作家茅盾同志

岡夫　《汾水》，1981(5)：4

悼念沈老

方緒源　《山西大學學報》，1981(2)：1

哀悼茅盾導師

王汶石　《延河》，1981(6)：36

北望雲天悼茅公

余修　《山東文學》，1981(5)：7

敬悼茅盾先生

韋君宜　《文匯月刊》，1981(5)：5

一個文學青年悲痛的懷念——悼茅盾同志

葉孝慎　《萌芽》增刊，1981(1)：4

巨星的隕落——悼茅盾同志

哈華　《萌芽》，1981(5)：3

無限哀思懷茅公——紀念偉大的無產階級作家茅盾同志

徐重慶　《紹興師專學報》，1981(3)：83

一件永不忘卻的事——紀念茅盾同志

　　黃中海　《紹興師專學報》，1981(3)：85

難以忘卻的懷念

　　江坪　《東海》，1981(6)：48

久遠流芳——悼念茅盾同志

　　趙清閣　《東海》，1981(9)：38

我們的學習楷模——悼念茅盾同志

　　駱文、耘淑　《長江文藝》，1981(6)：4

哀思綿綿——悼念茅公

　　碧野　《長江》，1981(3)：129

摯誠的悼念——悼念我國偉大的革命作家茅盾同志

　　陳殘雲　《作品》，1981(5)：32

遙望北天——深切悼念茅盾同志

　　于逢　《作品》，1981(5)：35

他永遠活在人們心中——記與茅盾先生的兩次會見

　　劉文勇　《廣西文學》，1981(9)：52

您，還在朗朗談笑——悼念茅盾先生

　　田苗　《四川文學》，1981(6)：5

一代文豪百世師——敬悼茅盾同志

　　黃賢俊　《紅岩》，1981(3)：185

悲痛與回想——悼念茅盾同志

　　蹇先艾　《山花》，1981(5)3

懷念茅公

　　路地　《杜鵑》，1981(4)：39

敬悼茅公憶舊事

　　錫金　《新苑》，1981(2)：8

悼念文學巨人茅盾

　　《飛天》編輯部　《飛天》，1981(6)：6

仰之彌高——向茅盾老師學習

　　趙明　《新疆文學》，1981(6)：14

實事求是的典範——悼念茅盾同志

羅蓀　《文藝報》，1981(9)：6

悼念茅盾

關沬南　《黑龍江日報》，1981.3.31 ③

向人民學習──敬悼沈老

呂品　《重慶日報》，1981.4.1 ③

哀念我的長者茅盾同志

陳學昭　《解放日報》，1981.4.3 ④

不可遺忘的紀念──悼茅盾同志

許杰　《解放日報》，1981.4.3 ④

後者應力追──悼茅盾先生

康志強　《北京晚報》，1981.4.3 ③

浙江湖州中學沉痛悼沈雁冰同志

翟文　《文匯報》，1981.4.4 ②

悼念我的第一位老師──茅盾

郁茹　《羊城晚報》，1981.4.5 ②

沉痛悼念茅盾同志

吳堅　《甘肅日報》，1981.4.6 ④

沉痛悼念導師雁冰同志

黃源　《浙江日報》，1981.4.7 ④

最後的會見（悼念沈雁冰老伯）

徐文烈　《羊城晚報》，1981.4.7 ②

回憶茅盾

秦似　《廣西日報》，1981.4.7 ③

他，灌溉著……──悼念茅盾同志

王願堅　《中國青年報》，1981.4.9 ④

前輩教誨永銘記──悼念沈老

方緒源　《山西日報》，1981.4.9 ④

學而不厭，誨人不倦──悼念敬愛的茅盾先生

趙燕翼　《甘肅日報》，1981.4.9 ④

現代文學巨匠沈老永垂不朽

陳宗鳳　《甘肅日報》，1981.4.9 ④

臨歸凝睇，難忘蓓蕾——悼念我國偉大的革命作家茅盾同志

  杜埃　《羊城晚報》，1981.4.10 ②

深切的悼念

  方紀　《天津日報》，1981.4.10 ④

先驅者的足迹

  周鋼鳴　《南方日報》，1981.4.10 ④

高山仰止

  于逢　《南方日報》，1981.4.10 ④

心香一瓣，遙祭我師！——深深悼念茅盾同志

  碧野　《長江日報》，1981.4.11 ④

懷念茅盾同志

  田一文　《長江日報》，1981.4.11 ④

痛悼茅盾同志

  陳雨田　《羊城晚報》，1981.4.11 ②

不滅的光輝——悼念沈雁冰同志

  于逢　《羊城晚報》，1981.4.11 ②

文章長存，遺風永範——悼念茅盾同志

  吳淮生　《寧夏日報》，1981.4.11 ③

緬懷我們的大哥沈雁冰

  沈德溥、吳南復　《天津日報》，1981.4.12 ④

敬悼茅盾先生

  吳祖國　《中國青年報》，1981.4.12 ②

懷念茅公

  歐陽翠　《文匯報》，1981.4.12 ④

大節貴不虧——卓越的無產階級文化戰士茅盾戰鬥的一生

  陳鴻濱　《遼寧日報》，1981.4.12 ③

悼茅公

  蘇金傘　《河南日報》，1981.4.12 ③

灑淚念師情

  郭基南　《新疆日報》，1981.4.12 ④

深切悼念茅盾同志

敖德斯爾　《內蒙古日報》，1981.4.14 ③

我見到的沈老

孫中田　《吉林日報》，1981.4.14 ④

悼念茅盾同志

胡一聲　《廣州日報》，1981.4.14 ④

悼念茅公

吳強　《解放日報》，1981.4.15 ④

沿著茅公的路

藍翎　《中國青年報》，1981.4.16 ④

心祭茅公

單演義　《陝西日報》，1981.4.16 ③

雲嶺蒼山悼茅公

陸萬美　《雲南日報》，1981.4.19 ④

羊城北望祭茅公

思慕　《羊城晚報》，1981.4.20 ②

忘不了那慈祥的笑臉

汪誠　《湖北日報》，1981.4.22 ④

「峻坂鹽車我仍奮」（懷念茅盾老師）

趙明　《新疆日報》，1981.4.23 ③

偉大的品格（悼茅盾同志）

草明　《文匯報》，1981.4.29 ④

青蓮花謝香常在──緬懷茅盾同志瑣事漫憶

孫嘉瑞　《光明日報》，1981.5.10 ④

他永遠活著（悼念沈雁冰同志）

劉峴　《羊城晚報》，1981.5.23 ②

無法償還的心願

楊愛倫　《光明日報》，1981.7.19 ④

＊　　＊　　＊　　＊

毛澤東同志給沈雁冰同志的信

《晉陽學刊》，1981(6)

有感於茅盾同志恢復黨籍

　　浩成　　《光明日報》，1981.4.4 ③

追求・奮鬥・理想

　　雷克　　《人民日報》，1981.4.18 ⑧

文學巨匠（茅盾的成功之路）（上）

　　李岫　　《晉陽學刊》，1981(4)：2

文學巨匠（茅盾的成功之路）（下）

　　李岫　　《晉陽學刊》，1981(6)：66

老將殊勳青史在──淺談茅盾同志在中國現代文學史上的貢獻

　　姚雪垠　　《新港》，1981(5)：8

高大的拱橋

　　王西彥　　《上海文學》，1981(5)5

學習雁冰同志的寶貴經驗和高貴品質

　　黃源　　《東海》，1981(6)：46

手澆桃李千行綠──記茅盾培養中青年作家

　　王楷　　《人才》，1981(2)：6

人如青松，文似日月──悼念茅公，學習沈老

　　陳鴻濱　　《欣賞與評論》，1981(1～2)：34

台灣老作家蘇雪林撰文評介茅盾的生平和作品

　　《光明日報》，1981.4.13 ③

漫話塑造「整個的阿Q」──讀茅盾的《〈阿Q正傳插畫〉序》雜感

　　鄭榮來　　《文匯報》，1981.8.8 ③

《阿Q正傳》的知音者

　　舒展　　《羊城晚報》，1981.5.11 ②

關於茅盾謁魯迅墓照的拍攝時間

　　季文　　《上海師範學院學報》，1981(3)：110

給茅公畫像

　　高莽　　《文藝報》，1981(1)：34

慶祝茅盾五十壽辰通啟

　　《重慶師範學院學報》，1981(3)：104

魯迅、茅盾合編的《草鞋腳》首次出版

　　《光明日報》，1981.9.5 ①

像茅盾那樣熱心扶植作家

　　艾嘉　《光明日報》，1981.4.24 ②

在茅盾同志的幫助下……

　　姜椿芳　《百科知識》，1981（6）：9

無形中受到的教益

　　馮至　《中國青年報》，1981.4.23 ④

他留下了珍貴的囑告──茅盾老師對我們講了最後一課

　　黃鋼　《時代的報告》，1981（2）：192

紀念沈雁冰同志

　　孫席珍　《嘉興師專學報》，1982（1）：1

現代文學巨匠的一個側面──紀念茅盾逝世一周年

　　金燕玉　《雨花》，1982（3）：73

黑暗王國裡的黎明歌唱者──紀念茅盾逝世一周年

　　應國靖　《解放日報》，1982.3.25 ④

文苑的園丁，作家的諍友──紀念茅盾逝世一周年

　　錢誠一　《西湖》，1982（3）：32

懷念茅公

　　力群　《山西文學》，1982（4）：39

懷念茅盾同志

　　徐重慶　《西湖》，1982（3）：35

師表‧楷模

　　吳騫　《羊城晚報》，1982.4.1 ②

學習茅盾的自學精神

　　王向民　《文匯報》，1982.9.28 ④

耿耿於心，時時疚疚──學習茅盾的自我批評精神

　　倫海　《贛南師專學報》，1982（1）：1

「孺子牛」精神

　　趙清閣　《人民日報》，1982.3.26 ⑧

茅盾，永遠是文學青年的導師

　　應國靖　《萌芽》，1982（6）：8

「要為人民！」──憶茅盾同志的教誨

羅迦　《星火》，1982(3)：53

我受過茅盾的考試

張紀恩　《新民晚報》，1982.4.15 ⑥

親切的教誨

楊郁　《西湖》，1982(3)：36

正確評價一位當代的偉大作家

周揚　《文藝報》，1983(7)：6

茅盾先生的孺子牛精神

田苗　《青海湖》，1983(3)：77

全國茅盾研究學術討論會在京舉行——為紀念茅盾，決定籌辦三件事：出全集，建故居，設學會

《文學報》，1983.3.31 ①

茅盾研究邁出新的一步——記全國首屆茅盾研究學術討論會

丁爾綱　《文學報》，1983.4.14 ①

我國進步文化的先驅者茅盾

孫席珍　《思想戰線》（雲南大學學報）（昆明），1983(6)：23～27

中國作協召開首屆茅盾研究學術討論會

嵩巍　《中國現代文學研究叢刊》，北京出版社，1983.4.197

嘔心瀝血，肝膽照人——《茅盾書簡》編後

孫中田、周明　《文學報》，1983.5.19 ③

悼念茅盾逝世活動綜述

《中國文學研究年鑒》，中國文藝聯合出版公司，1983，36～39

紀念茅公逝世三周年感言

楊郁　《文學報》，文化藝術出版社（京），1984.3.29

每當我仰望茅公的畫像

烏蘭汗　《隨筆》（廣州），1984(2)：17～22

茅盾研究的突破問題芻議

丁爾綱　《嘉興師專學報》（社科版）（浙），1984（增刊）：1～9

茅盾文學道路探源

戈錚　《杭州大學學報》（哲社版），1984(1)：47～53

茅盾對中學語文教育事業的貢獻

李家珍　《徐州師範學院學報》（哲社版）（蘇），1984(2)：114～118

茅盾與語文教學述略

錢威　《嘉興師專學報》（社科版）（浙），1984（增刊）：82～96

第二屆茅盾研究學術討論會在杭州舉行

《文學報》（滬），1984.12.20 ①

茅盾研究的發展脈絡簡評

孫立川　《中國現代文學研究叢刊》，北京出版社，1984：194～214

茅盾故鄉出現「茅盾研究熱」

《文學報》（滬），1985.9.19 ①

茅盾早期研究資料的一項發現──介紹《新鄉人》第二期

翟同泰　《新文學史料》（京），1985(4)：128～132

無產階級文學巨匠──茅盾

丁爾綱　《文學知識》（鄭州），1985(6)：18～20

努力開創茅盾研究的新局面──全國茅盾研究第二次學術討論會略述

曉行　《文學評論》（京），1985(2)：137～139

茅盾研究熱與建立「茅盾學」

李廣德　《紹興師專學報》（社科版）（浙），1986(4)：25～28

青年「茅盾研究筆會」略論

曉行　《文學評論》（京），1986(1)：143、126

「文學家」與「革命家」在茅盾身上得到了完美的結合

《文藝報》（京），1986.7.12 ①

一手抓理論，一手抓創作──紀念茅盾同志逝世五周年

邵伯周　《文學報》（滬），1986.3.27 ③

時代和歷史永遠記得他──紀念茅盾誕辰九十週年

錢蔭愉　《今日文壇》（貴陽），1986(3)：60～62

感懷當年一紙書──為茅公九十誕辰作

王爾齡　《聊城師範學院學報》（哲社版）（魯），1986(2)：63～64，70

茅盾對世界文學的貢獻──紀念茅盾誕辰九十周年

黎舟　《福建師範大學學報》（哲社版）（福州），1986(3)：50～55

淡功名而重道義──記茅盾研究家、南大教授葉子銘

馬風　《文學報》（滬），1986.7.10 ②

革命文學教育大師茅盾

    何剛　《南充師院學報》（哲社版）（川），1986（增刊）：97～104

我國茅盾研究取得新進展

    《文學報》（滬），1987.6.25 ①

近兩年來的茅盾研究

    宋文耀　《語文導報》（杭州大學中文系），1987（9）：28～30，27

論辯意識與探索精神的結合——近年來我省茅盾跰究評述

    李標晶　《探索》（杭州），1987（4）：53～55

山東省首屆茅盾研究學術評論會綜述

    崧巍　《山東師大學報》（社科版）（濟南），1987（1）：91～92

茅盾研究在日本

    顧忠國　《湖州師專學報》（人文科學版）（浙），1987（3）：84～89

茅盾與中國現代新詩

    李復興　《臨沂師專學報》（社科版）（魯），1987（3）：93～97

一九八六年茅盾研究資料索引

    吳志慧，沈藝，龔景興　《湖州師專學報》（人文版）（浙），1987（3）：92～100

茅盾：在新中國耕耘

    李廣德　《湖州師專學報》（人文科學版）（浙），1987（3）：68～79

長篇小說的開拓者——茅盾

    陸文采　《瀋陽師範學院學報》（社科版），1987（2）：91～96，123

茅盾與蒙古族作家

    孫桂森　《內蒙古民族師院學報》（社科版）（通遼），1987（1）：69～71

「認識一個偉大的作家……」——淺談茅盾的文學業績

    陳開鳴　《安順師專學報》（綜合版）（黔），1988（2）：11～17

茅盾與「五卅」運動

    王向民　《瀋陽師範學院學報》（社科版），1988（2）：112～115

茅盾論《女人未必多說謊》述評

    單演義　《西北大學學報》（哲社版）（西安），1988（2）：11～16

茅盾與丹納

    葛長偉　《山東師大學報》（社科版）（濟南），1988（2）：52～58

茅盾對古典文學研究的貢獻

尹恭弘　《文學遺產》（京），1988(4)：110～120

茅盾與中外文學關係的新探討——第四屆全國茅盾研究學術討論綜述

何本偉　《文藝評論》（京），1989(2)：156～157

「茅盾現象」：一個理論反思課題

吳國群　《江漢論壇》（武漢），1989(8)：68～73

港台學者論茅盾

樹玉　《浙江學刊》（杭州），1989(4)：109～113

茅盾與外國文學關係的研究成果述評

黎舟　《福建論壇》（文史哲版）（福州），1989(2)：59～64

茅盾與近代俄國文學

黎舟　《福建師範大學學報》（哲社版）（福州），1989(4)：78～85

茅盾與勃蘭克斯

葛長偉　《東岳論叢》（濟南），1989(1)：74～77

茅盾與史沫特萊

曹金林　《新文化史料》（京），1989(3)：3～7

茅盾與中國的報告文學

王欣榮　《青海社會科學》（西寧），1989(4)：53～58

中國革命與茅盾的文學道路新研討——浙江「中國現代文學研討會」綜述

陳力強　《浙江學刊》（杭州），1990(5)：91～92

致力於茅盾研究的開拓與提高——讀《湖州師專學報》，1989年「茅盾研究專號」

黎舟　《湖州師專學報》（哲社版）（浙），1990(2)：99～101

茅盾同志十年祭

姚雪垠　《中流》（京），1991(4)：14～18

茅盾與羅曼·羅蘭

李庶長　《東岳論叢》（濟南），1991(5)：102～104

茅盾中學時代的幾位老師

鍾桂松　《山東師大學報》（社科版）（濟南），1991(4)：84～86

茅盾與文學研究會

劉屏　《光明日報》（京），1992.11.7 ⑤

茅盾：中國進步知識分子的光輝典範——茅盾研究國際學術討論會開幕詞

黃源　《湖州師專學報》（哲社版），1992(1)：21～22，20

以茅盾為榜樣，沿著正確的道路前進——茅盾研究國際學術討論會閉幕詞

莊鍾慶　《湖州師專學報》（哲社版），1992(1)：23～24

學會成立八年來會務工作報告

中國茅盾研究會　《湖州師專學報》（哲社版），1992(1)：25～29

令人困惑的遺憾

艾光輝　《新疆師範大學學報》（哲社版）（烏魯木齊），1992(1)：74～79

茅盾對浙江作家的扶植

余連祥　《湖州師專學報》（哲社版），1992(2)：16～21

茅盾研究國際學術討論會述要

安時　《中國現代文學研究叢刊》（京），1992(2)：290～292

茅盾對陳學昭的影響

錢大宇　《湖州師專學報》，1992(4)：54～59

茅盾與郭沫若異同論

歐家斤　《郭沫若學刊》，1993(3)：58～62

毛澤東和茅盾

曹金林　《江蘇教育學院學報》（社科版），1993(3)：21～27

論茅盾對報告文學的貢獻

丁曉原　《晉陽學刊》，1993(4)：55～59

茅盾與中國現代兒童文學

王靜宇　《山西大學學報》（哲社版），1993(2)：59

茅盾與《筆談》

伏琛　《隨筆》，1993(1)：13～15

論茅盾對現代報告文學的貢獻

丁曉原　《思茅師專學報》，1993(2)：29～37

深入研究茅盾的思想和創作

葉子銘　《文學報》，1993.12.16 ④

茅盾研究的思索

朱德發　《淄博師專學報》，1993(3)：1～10

論茅盾與女性文學

陸文采　《瀋陽師範學院學報》（社科版），1994(2)：28～31

茅盾與梅德林克

  孫中田 《東方論壇》，1994（1）：67～71

茅盾與毛澤東

  《湖南黨史》，1994（2）：12～15

茅盾研究難點試論

  丁爾綱 《文史哲》，1994（4）：25～33，38

預示著成熟與輝煌——近年茅盾研究漫評

  黃彩文 《河北師院學報》（社科版），1994（4）：104～109

茅盾對中外神話的比較研究

  崔柳生 《廣西教育學院學報》，1995（2）：59～64

茅盾：一個引人矚目而又爭議的作家

  唐紀如，施爲連 《中小學圖書情報世界》，1995（3）：40

茅盾文學創作的成就與中國現代革命史的關係述評

  李方平 《青島師範大學學報》，1995（3）：16～19

聞茅盾被《大師文庫》除「名」有感

  丁爾綱 《文藝理論與批評》，1995（2）：1

身後的寂寞：〔茅盾〕

  孫郁 《讀書》，1996（5）：67～72

茅公：兒童文學的園丁和歌手

  嚴麟書 《古今談》，1996（3）：5～7

懷念我師

  碧野 《光明日報》，1996.7.13 ⑦

茅盾與魯迅

  陳銳鋒 《貴州師範大學學報》（社科版），1996（3）：47

茅盾：中外文化交流的偉大使者與光輝典範

  毛代勝 《湖南教育學院學報》，1996（6）：42～47

含淚憶尊師：茅盾先生

  李喬 《貴州文史天地》，1996（5）：19～21

茅盾誕辰百周年紀念活動綜述

  禮聞 《湖州師專學報》，1996（3）：31～34

誤讀現象與茅盾研究

孫中田　　《江海學刊》，1996（4）：167～170

敬愛的沈伯伯在我心中的印象——紀念茅盾百年誕辰

　　陳亞男　　《江南》，1996（4）：156～158

茅盾：中國文化界的一位巨人

　　鍾桂松　　《江南》，1996（4）：159～161

試論茅盾對現代兒童文學的歷史貢獻

　　單元　　《喀什師範學院學報》，1996（2）：56～61

茅盾對世界文學的卓越貢獻

　　李岫　　《世界文學》，1996（3）：28～50

茅公談畫

　　高莽　　《世界文學》，1996（3）：51～53

替茅公說幾句話

　　李鳳儀　　《綏化師專學報》，1996（2）：19～20

在中西文化的交叉點上——茅盾與外國文學

　　汪劍釗　　《外國文學評論》，1996（3）：109～118

捧讀猶聞墨迹香——記茅公的幾篇手稿

　　馮金牛　　《文匯報》，1996.9.20 ⑫

白楊樹下的月季小院——為紀念茅盾百年誕辰而作

　　吳福輝　　《收獲》，1996（3）：45～47

紀念茅盾同志，繁榮社會主義文學事業——在上海紀念茅盾誕辰 100 週年座談會上的講話

　　陳至立　　《文學報》，1996.7.4 ②

音容宛在，豐功永垂——在「紀念茅盾誕辰百周年展覽」開幕詞上的致詞

　　翟泰豐　　《文學報》，1996.7.4 ②

茅盾和中國兒童文學

　　葛翠琳　　《文學報》，1996.8.1 ②

茅盾幾部重要作品的評價問題

　　邵伯周　　《文藝報》，1996.7.26 ⑥

把無愧於偉大時代的優秀文學作品奉獻給人民——紀念我國偉大革命文學家茅盾誕辰一百周年（社論）

　　《文藝報》，1996.7.5 ①

茅盾啟示錄──紀念偉大的革命文學家茅盾誕辰一百周年

　　桑逢康　《文藝報》，1996.7.5 ③

談談魯迅、陳寅恪、茅盾

　　徐中玉　《文藝理論研究》，1996（5）：59～62

有幸於茅盾被除名

　　渝生　《文藝理論與批評》，1996（2）：9～10

為紀念茅盾先生誕生一百周年而作

　　姚雪垠　《文藝理論與批評》，1996（3）：38～50

茅盾對新中國文學的偉大貢獻

　　祁大慧　《新疆社科論壇》，1996（4）：60～64

茅盾答問實錄

　　莊鍾慶　《新文學史料》，1996（2）：15～25

繼承茅盾的文學遺產：紀念沈老師誕辰一百周年

　　趙明　《新文學史料》，1996（2）：30～36

與日月兮同光──紀念茅盾文學大師百歲誕辰

　　趙清閣　《新文學史料》，1996（2）：4～8

在茅盾研究的邊緣

　　黃繼持　《中國現代文學研究叢刊》，1996（3）：60～66

在現實中尋找未來──紀念茅盾誕辰一百周年

　　郭志剛　《求是》，1996（13）：28～31

茅盾的光輝道路──紀念茅盾誕辰 100 周年

　　劉白羽　《人民文學》，1996（7）：4～7

憂患見真情──紀念偉大的文學家茅盾誕辰 100 周年

　　沈楚　《人物》，1996（3）：52～59

大師茅公與秦地文學──紀念茅盾誕辰 100 周年

　　李繼凱　《陝西師大學報》（哲社版），1996（3）：74～80

茅盾與新文學的進程

　　李岫　《文學評論》，1996（3）：24～33

茅盾與抗戰時期的新疆新文化運動──紀念茅盾誕辰一百周年

　　陸維天　《西域研究》，1996（3）：1～9

「茅盾傳統」：值得深入討論的歷史命題──對深化茅盾研究的一點思考

王嘉良　《中國現代文學研究叢刊》，1996（3）：1～14

論茅盾神話研究的貢獻及特點

周若金　《山東師大學報》（社科版），1997（4）：85～87，90

茅盾研究二題

黃彩文　《河北師範大學學報》（社科版），1997（4）：34～42

茅盾與雲南少數民族作家

陳思清　《雲南民族學院學報》（哲社版），1997（1）：89～93

茅盾的回歸

施康強　《讀書》，1997（10）：127～133

知識淵博的學者：茅盾的文學研究

歐家斤　《閱讀與寫作》，1998（1）：17～19

中國新文學作家與外國文學的關係：以茅盾為例

賈植芳　《中國比較文學》，1998（2）：20～30

試論茅盾對中外神話的研究

崔柳生　《廣西教育學院學報》，1998（3）：39～45

論茅盾在中國現代文化史上的歷史定位

王嘉良　《浙江社會科學》，1998（3）：119～124

茅盾筆記（續完）

《文藝理論與批評》，1999（3）：28～39

茅盾在婦女解放運動中的理論貢獻

翟耀　《山東師大學報》，1999（4）：39～43

「浙江省魯迅研究會、茅盾學會 99 聯合年會」在嘉興召開

徐明華　《魯迅研究月刊》，1999（12）：59

茅盾早期對西方文學的研究與介紹

袁荻湧　《貴州師範大學學報》（社科版）2000（1）：71～75

茅盾研究書錄續編

龔景興　《湖州師範學院學報》，2000（1）：94～102

全國茅盾研究學術討論會綜述

鍾海波，李丹　《陝西師範大學學報》，2000（2）

茅盾與杜埃：寫在茅盾逝世紀念日

林彬　《文藝理論與批評》，2000（2）：130～132

二、家世、生平研究

茅盾近訊

　　《讀書月刊》第 1 卷第 3、4 期，1931.1

沈雁冰

　　德娟　《讀書俱樂部》第 2 期，1931.4.15

茅盾略傳

　　樂華編輯部　《當代小說讀本》上冊，樂華圖書公司，1932.5，第 421～423 頁

茅盾

　　顧鳳城　《中外文學家辭典》，樂華圖書公司，1932.11，第 264～265 頁

茅盾愛人之訟

　　兢　《社會新聞》，1932.12.30

沈雁冰又右傾

　　適安　《社會新聞》第 1 卷第 6 期，1932.10.19

茅盾的印象記

　　筱林　《社會新聞》，1932.4.23

茅盾

　　樂華編輯部　《當代中國作家論》，上海樂華版，1933.6

描繪幾個普羅作家——魯迅、茅盾

　　向白　《社會新聞》第 4 卷第 24 期，1933.9.12

武漢時代的共產黨人物——沈雁冰

　　王唯廉　《現代史料》第一集，上海海天出版社，1933.1，第 183 頁

二沈記（記沈雁冰與沈澤民）

　　江流　《現代史料》第一集，上海海天出版社，1933.1，第 156～159 頁

共產黨分裂史——沈雁冰在牯嶺

　　徐善輔　《現代史料》第一集，上海海天出版社，1933.1，第 229 頁

茅盾小傳

　　凌梅　《茅盾論》，上海光華書局，1933.2，第 1～3 頁

沈雁冰

　　何學文　《新人名辭典》，上海光華書店，1933.3，第 104～105 頁

茅盾（沈雁冰）

    王哲甫　《中國新文學運動史》第六章、第九章，北京傑成印書店，1933.9

茅盾

    賀炳銓　《新文學家傳記》，上海旭光社，1934.10，第 1～11 頁

茅盾

    阿英　《夜航集》，上海良友圖書公司，1935.3，第 45～46 頁

「人生派」創作家茅盾

    王豐園　《中國新文學運動述評》第 3 章第 5 節，新新學社版，1935.9

沈雁冰小傳

    阿英　《中國新文學大系》（十）史料索引，上海良友圖書公司，1936.2.12，第 212 頁

沈雁冰（小傳）

    楊家駱編　《民國名人圖鑒》第二冊卷 12，中國辭典館，1936.8，第 32 頁

茅盾

    趙景深　《文人剪影》，上海北新書局，1936.9，第 3～4 頁

茅盾（小傳）

    錢天起　《學生國文學類書・中國現代作家傳略》，上海文學書屋，1936.9，第 44～45 頁

茅盾夫人孔德沚的結合

    杜君謀　《作家逸事》，千秋出版社，1937.8

茅盾的新疆生活水土不服有寂寞感

    翼　《文藝新聞》（上海）創刊號，1939.10.1

茅盾到延安（消息報導）

    《文藝陣地》第 4 卷第 12 期，1940.4.16

作家的母親——記沈老太太

    東方曦　《宇宙風》乙刊第 28 期，1940.9.1

記茅盾

    黃果夫　《雜誌》第 9 卷第 5 期（復刊號），1942.8.10

偉大的作家茅盾

    高迅　《僑聲報・南風》（上海），1942.9.1

茅盾的歷史上的轉變

《社會新聞》，1942.9.24

茅盾近況

《文學創作》第 3 卷第 1 期，1944.5.15

懷茅盾

沈志堅　《文壇史料》（上海），中華日報社版，1944

茅盾（中國作家之介紹）

蘇聯呼聲電台廣播稿　《時代日報・新生》（上海），1945.10.6

茅盾——戰時文人圖像（三）

一卒　《建國日報・春風》（上海）第 3 期，1945.10.12

茅盾先生五十壽辰祝賀紀念文章

紀念茅盾先生五十歲特價發售他的著作三天

《大公報》（重慶），1945.6.23

壽舉一杯，西南小敘

《大公報・文藝副刊》（重慶），1945.6.24

祝茅盾先生五十雙壽（舊體詩）

亞子　《新華日報・新華副刊》（重慶），1945.6.24

略談雁冰兄的文學工作

葉聖陶　《新華日報・新華副刊》（重慶），1945.6.24

《文哨》（重慶）第 1 卷第 3 期，1945.10.1

為中國現實主義文學祝賀

吳組緗　《新華日報・新華副刊》（重慶），1945.6.24

又題為《雁冰先生印象記》刊於《文哨》第 1 卷第 3 期，1945.10.1

給茅盾兄祝壽

老舍　《大公報・文藝副刊》（重慶），1945.6.24

雁冰先生的生活

以群　《大公報・文藝副刊》（重慶），1945.6.24

又題為《雁冰先生生活點滴》刊於《文哨》（重慶）第 1 卷第 3 期，1945.10.1

《民主報・圖書館》（重慶），1946.12.8

沈雁冰先生——賀創作二十五周年紀念

子岡　《大公報・文藝副刊》（重慶），1945.6.24

四個五十大壽——魯迅、郭沫若、老舍、茅盾

　　子岡　《大公晚報・小公園》（重慶），1945.6.24

茅盾先生印象記——敬祝先生五十壽辰創作二十五周年紀念

　　陳白塵　《大公晚報・小公園》（重慶），1945.6.24

中國文藝工作者的路程（社論）

　　《新華日報》，1945.6.24

中國文化界的光榮・中國知識分子的光榮——祝茅盾先生五十壽日

　　王若飛　《新華日報》，1945.6.24

　　　　　《解放日報》，1945.7.9

一段旅途回憶——追記在茅盾先生五十壽辰之日

　　《新華日報・新華副刊》（重慶），1945.6.24

慶祝茅盾先生五十壽辰　重慶文化界大集會

　　《新華日報》（重慶），1945.6.25

　　《解放日報》（延安），1945.7.9

給茅盾祝壽盛況蘇使致賀及五六百人鼓掌　工作二十五年的首次慰藉

　　子岡　《大公報》（重慶），1945.6.25

人民的立場　嚴肅的態度

　　潘梓年　《新華日報・新華副刊》（重慶），1945.6.25

我們在武漢時代的共同努力

　　張西曼　《新華日報・新華副刊》（重慶），1945.6.25

壽茅盾

　　刺　《新民報》（重慶），1945.6.25

感謝之辭

　　沙汀　《新華日報・新華副刊》（重慶），1945.6.30

　　又題爲《感謝》，刊於《文哨》（重慶）第 1 卷第 3 期，1945.10.1

茅盾先生的五十生日

　　鄧初民　《新華日報・新華副刊》（重慶），1945.6.30

遙祝茅盾先生五十壽辰

　　鄭伯奇　《春風日報》、《工商小報》聯合版副刊《每週文藝》（西安）第 1

　　卷第 9 期，1945.7.1

紀念茅盾先生五十歲

　　彬然　《中學生》（重慶）復刊後第 90 期，1945.8

感謝和期待──祝茅盾先生五十壽辰和創作二十五週年紀念

　　荃麟　《新華日報》，1945.6.25

陝甘寧邊區文協、文抗延安分會電賀茅盾先生五十壽辰

　　《解放日報》，1945.7.9

遏止不住的感情──為茅盾先生五十壽辰作

　　蕭蔓若　《文學版》（重慶）第 2 卷第 1 期，1945.9.10

記我的一段文藝生活

　　艾蕪　《文哨》（重慶）第 1 卷第 3 期，1945.10.1

文化老戰士茅盾

　　文士　《生活知識》（上海）第 1 期，1945.11.15

朋友畢竟是朋友

　　宋雲彬　《掃蕩報》（昆明），1945.6

雁冰先生印象記

　　吳組緗　《文哨》月刊第 1 卷第 3 期，1945.10.1

始終如一的茅盾先生

　　朱自清　《抗戰文藝》第 10 卷第 4～5 期，1945.10～11

茅盾先生五十壽補寫

　　黃芝岡　《抗戰文藝》第 10 卷第 4～5 期，1945.10～11

祝茅盾壽詩

　　羅髫漁　《文選》第 2 期，1946.4.1

五十年──贈茅盾先生

　　臧運遠　《文匯報》（上海），1946.9.9

茅盾先生赴蘇訪問專題

茅盾被邀赴蘇觀光──他說不知什麼時候可以成行

　　王坪　《文匯報》（上海），1946.8.25

茅盾表示兩月後赴蘇遊覽

　　《解放日報》（延安），1946.9.19

中蘇文化協會昨歡送茅盾夫婦，文協等團體今茶會餞行

　　《時代日報》（上海），1946.11.24

茅盾先生去國談

　　唐振常　《大公晚報》（重慶），1946.11.24

十個文化團體盛大集會，歡送茅盾夫婦赴蘇

陳霞飛　《文匯報》（上海），1946.11.25

文化界昨舉行茶會歡送茅盾先生赴蘇觀光——希望歸來時已是中國政治上的
春天

《時代日報》（上海），1946.11.25

茅盾出國

文化記者　《華商報·熱風》，1946.11.26

蘇領事館前晚盛會，歡送茅盾夫婦去蘇

《時代日報》（上海），1946.11.27

送茅盾先生

李木子　《文匯報》（上海），1946.11.28

送茅盾先生去蘇聯

黃水　《時代日報》，1946.11.29

送茅盾夫婦

文聯社記者　《華商報·熱風》，1946.11.3

送茅盾夫婦出國

黎照寰、郭沫若、田漢、沈衡山、葉聖陶、顏惠慶《新華日報》，1946.12.2

文化出口（代社論）——送茅盾先生赴蘇、費孝通先生赴英

《上海文化》月刊第 11 期，1946.12.1

茅盾出國記

孔另境　《上海文化》月刊第 11 期，1946.12.1

記即將出國的茅盾先生

憶雲　《文匯報》（上海），1946.12.4

茅盾明日出國

《時代日報》，1946.12.4

茅盾夫婦今啟程赴蘇，文化界人士前往送別

《時代日報》（上海），1946.12.5

送茅盾先生夫婦——祝一路平安

羅果夫　《時代日報》（上海），1946.12.5

《華商報·熱風》，1946.12.11

茅盾今日出國

《僑聲報》，1946.12.5

茅盾今日赴蘇

《文匯報》（上海），1946.12.5

茅盾先生出國二、三事

范泉　《文匯報》（上海），1946.12.5

中蘇人士昨日送茅盾夫婦出國赴蘇

《時代報》（上海），1946.12.6

冬日江頭曉霧濃，臨別依依道珍重——茅盾先生出國歡送記

顧征南　《時代日報》（上海），1946.12.6

茅盾昨啟程赴蘇

《文匯報》（上海），1946.12.6

送茅盾先生遊蘇

馬敘倫　《華商報・熱風》，1946.12.15

送茅盾先生出國小輯

范泉、端木蕻良、郭沫若　《文藝春秋》第 3 卷第 6 期，1946.12.15

蘇聯人民對茅盾的印象——對民族解放文學有深刻觀點，並有分析與理論淵博的特長

《解放日報》，1947.1.3

送茅盾赴蘇聯

郭沫若　《華商報・熱風》，1947.1.5

蘇聯人民對茅盾的印象

莫斯科廣播電台　《華商報・熱風》，1947.1.17

茅盾在蘇聯——相信蘇聯人民定能完成五年計劃

《解放日報》，1947.1.20

茅盾氏觀光亞美尼亞（1947 年 2 月 6 日莫斯科專電）

《時代日報》（上海），1947.2.8

茅盾遊興濃

《時代日報》（上海），1947.2.10

茅盾訪問記

塔斯社訪員　《時代日報》（上海），1947.2.15

《華商報・熱風》，1947.2.27

茅盾談在蘇京觀光（1947 年 2 月 23 日塔斯社莫斯科電）

　　《時代日報》（上海），1947.2.23

茅盾夫婦赴烏茲別克斯坦和亞塞爾拜疆

　　《時代日報》（上海），1947.3.9

茅盾飛巴庫

　　《時代日報》（上海），1947.3.17

出國的茅盾

　　天行　《幸福》第 7 期，1947.3.25

茅盾夫婦行蹤

　　《時代日報》，1947.3.28

茅盾夫婦離蘇返國──對塔斯社記者談話

　　《時代日報》（上海），1947.4.8

茅盾歸來談蘇聯

　　顧征南　《時代日報》（上海），1947.4.26

茅盾夫婦答問

　　陳霞飛　《文匯報》（上海），1947.4.26

茅盾先生訪問記

　　陳曦　《國訊週刊》（上海）第 411 期，1947.5.4

茅盾夫婦回來了

　　陳霞飛　《華商報》，1947.5.5

茅盾夫婦談：蘇聯怎麼會沒有婦女問題

　　珠　《現代婦女》第 9 卷第 2 期，1947.5.20

茅盾先生的蘇遊觀感

　　鳳子　《人世間》（上海）復刊第 3 期，1947.5.20

＊　　＊　　＊　　＊

文化老戰士茅盾

　　文士　《生活知識》週刊（上海）第 1 期，1947.11.15

懷茅盾

　　東方曦　《作家筆會》，上海春秋雜誌社，1947.11

　　亦見於 1947 年 1 月永祥印書館版《庸園集》

茅盾先生在香港──來滬之前夕

馨遠　《消息半週刊》第 7 期，1947.4.28

茅盾昨日抵滬

木　《文匯報》，1947.5.27

茅盾在香港

夏楓　《文章》第 1 卷第 3 期，1946.5

茅盾先生在廣州和香港

《解放日報》（延安），1946.6.5

茅盾先生在廣州

本刊記者　《文藝新聞》旬刊（廣州）第 5 號，1946.4.3

茅盾先生在廣州

記者　《週報》第 34 期，1946.4.27

沈雁冰（茅盾）

雲彬　《人物雜誌》（重慶）第 1 年第 8 期，1946.9.1

偉大的作家茅盾

高達　《僑聲報》，1946.9.1

死水中的浪花──茅盾、葉聖陶在復旦

方剛　《文匯報》，1946.11.7

懷茅盾先生

箕明　《華商報》，1946.10.26

茅盾

趙燕聲　《文藝膽·甲集》（原名《說部甄評》）作家小傳第 52，北平普愛堂，1947

茅盾（小傳）

胡仲持　《文藝辭典》，上海華華書店，1947.3，第 108 頁

記茅盾（一）～（八）

歐陽翠　《時代日報·文化版》（上海），1947.4.17～22、24、25

茅盾（小傳）

任嘉堯編　《當代中國名人辭典》，上海東方書店，1947.8，第 57 頁

沈雁冰（簡略傳記）

茹辛等編　《上海時人志》，上海展望出版社，1947.9，第 60 頁

茅盾

　　李一鳴編　《中國新文學史講話》第五章，上海世界書局，1947.10，第 120
～121 頁

茅盾小傳

　　學生文叢社　《學生文叢》第 6 輯《先生與學生》，1948.4

茅盾

　　趙景深　《文壇憶舊》，上海北新書局，1948.4，第 18～22 頁

茅盾先生舊事

　　雲庸　《展望》第 2 卷第 1 期，1948.5.1

茅盾（沈雁冰先生）

　　李卉　《中國革命作家小傳》，大地出版社，1949.7，第 5～7 頁

文化界民主人士代表──沈雁冰

　　週末報編委會　《中國人民政治協商會議人物誌》（第二集）（原名《新政協
人物誌》，香港週末報社，1949 年，第 67～68 頁

茅盾

　　李何林　《中國新文學史研究》，1951 年版。

茅盾

　　何求　《近代中外人名辭典》，上海春明版，1951 年

茅盾小傳

　　《讀書月報》，1957.7

茅盾──《中國現代文學史》第四章

　　孫中田等　《中國現代文學史》，吉林人民出版社，1957 年

茅盾

　　《135 個世界著名的文學家》，人民文學出版社，1958 年

茅盾

　　內蒙師院中文系，《語言文學》第 2 期，1978.4

魯迅與茅盾早年交往的幾件事

　　陳漱渝　《錦州師院學報》，1979（1）

茅盾自傳

　　《文獻》第一輯，1979 年

茅盾在延安

　　孫中田　《社會科學戰線》，1979（4）

中國作家協會主席茅盾

　　　　《新華社新聞稿》，1979.11.15

茅盾故鄉──烏鎮

　　　　王國柱、戈錚　　《西湖》，1980（1）：46

烏鎮紀行（訪茅盾先生故鄉）

　　　　趙征　　《東海》，1980（2）：55

茅盾的家庭及其童年生活

　　　　戈錚、王國柱　　《杭州大學學報》，1980（1）：86

茅盾（作家軼事）

　　　　唐鴻棣　　《西湖》，1980（1）：43

童年

　　　　茅盾　　《人民文學》，1981（5）：28

「五卅」的洪流

　　　　茅盾　　《工人日報》，1981.4.4 ④

一個作家的母親

　　　　鍾桂松　　《文匯報》，1981.3.8 ④

茅盾母親的家教

　　　　王建華　　《解放日報》，1981.8.10 ④

茅盾

　　　　博森　　《新劇作》，1981（3）：60

茅盾的生平及其偉大的成就

　　　　林煥平　　《青海湖》，1981（5）：18

茅盾童年瑣話

　　　　鍾桂松　　《新疆文學》，1981（7）：63

茅盾家世及青少年時代活動簡表（1896～1916）

　　　　鍾桂松　　《紹興師專學報》，1981（3）：90

茅盾的中學時代（調查報告）

　　　　孫中田、張立國　　《東北師大學報》，1981（1）：19

茅盾在浙江求學過的三所中學

　　　　王國柱、戈錚　　《杭州大學學報》，1981（2）：51

茅盾與湖州中學

錢寶林、朱達林　《工人日報》，1981.8.9 ②

茅盾在湖州的中學生活

周文毅　《中國青年報》，1981.9.27 ②

關於茅盾求學過的「湖州府中學堂」

徐重慶　《群眾論叢》，1981(2)：106

茅盾的早年軼事

顧力沛　《文學報》，1981.4.9 ③

茅盾與五四時期婦女解放運動

呂璜　《中國婦女》，1981(5)：10

建黨前後的沈雁冰同志

陳紹康　《文匯報》，1981.7.27 ③

茅盾幫助成仿吾找黨中央

陳福康　《文學報》，1981.6.25 ③

沈雁冰在黨的「一大」前後

吳信忠　《人民日報》，1981.4.28 ⑤

一心向黨，奮鬥終生

青苗　《工人日報》，1981.4.6 ④

一鱗半爪憶茅公

顧彭年　《山花》，1981(8)：8

沈雁冰同志談關於中山艦事件（1978 年 1 月 4 日訪問記錄）

戴鹿鳴等整理　《歷史教學》，1981(6)：10

茅盾與廣州《文藝陣地》

王爾齡　《羊城晚報》，1981.4.10 ③

魯迅與茅盾（在上海時期的戰鬥友誼片斷）

周國偉　《揚州師院學報》，1981(3)：16

茅盾在抗戰時期（紀念誕生八十五週年）

蘇光文　《西南師範學院學報》，1981(3)：64

茅公和《文藝陣地》

樓適夷　《新文學史料》，1981(3)：170

茅盾同志在「魯藝」講學的片斷回憶

胡征　《陝西日報》，1981.6.7 ③

香島訪茅公

　　鍾紫　《羊城晚報》，1981.4.10 ②

茅盾在香港教書（回憶茅盾之一）

　　林煥平　《語文園地》，1981(3)：4

和茅盾先生的一次見面

　　萬樹玉　《北京晚報》，1981.4.26 ③

憶茅盾同志（記太平洋戰爭初在香港共患難的日子）

　　戈寶權　《散文》，1981(6)：2

在艱難的歲月裡（回憶護送茅盾等同志離香港）

　　李筱峰　《羊城晚報》，1981.5.19 ②

茅盾香港脫險記

　　霍榮　《羊城晚報》，1981.4.4 ④

茅盾同志和武漢

　　聞鋒、聞驛　《長江日報》，1981.4.5 ④

沈雁冰同志在新疆

　　王嶸、王華軼　《新疆日報》，1981.4.19 ④

難忘的往事（與茅盾同志輾轉新疆的前前後後）

　　張仲實　《人民日報》，1981.5.16 ⑤

「藐姑仙下天山」——茅盾先生在新疆主持文協工作的點滴回憶

　　艾里　《新疆文學》，1981(6)：17

茅盾同志記「孩子劇團」

　　《重慶師範學院學報》，1981(4)：67

茅盾與救國會

　　史明　《華東師範大學報》，1980(6)：43

茅盾在延安

　　殘石　《寧夏日報》，1981.4.11 ③

憶延安時代的茅盾老師

　　洪流　《人民鐵道》，1981.4.16 ③

茅盾同志在陝甘寧邊區的文學活動與創作

　　劉建勛　《人文雜誌》，1981(6)：122

茅盾在唐家沱

尚丁　《光明日報》，1981.6.14 ④

追念茅盾先生

吳祖強　《光明日報》，1981.6.14 ④

憶茅盾同志在唐家沱

丁之翔　《文匯報》，1981.4.29 ④

茅盾在桂林的文學活動

李建平　《語文園地》，1981(3)：6

殷殷心血灑齊魯——沈雁冰同志為山東文化事業所作的貢獻

李士釗、于友發　《大眾日報》，1981.4.5 ③

憶雁冰師

碧野　《新文學史料》，1981(3)：188

早年同茅盾在一起的日子裡

胡愈之　《人民日報》，1981.4.25 ⑤

憶和茅盾相處的日子

戈寶權　《中國青年報》，1981.5.14 ④

漫憶茅公二三事

丹晨　《新港》，1981(8)：24

痛憶茅公二三事

方殷　《解放日報》，1981.3.13 ④

茅盾二三事

李奕　《廣州日報》，1981.4.10 ④

回憶與茅盾同志有關的幾件事

張畢來　《貴州社會科學》，1981(4)：80

魯迅第一次和茅盾的深談

周曄　《文匯月刊》，1981(5)：2

永遠的笑容（憶同茅公的一次會見）

韓瀚　《文學報》，1981.4.9 ③

我和茅盾先生的交往

常任俠　《文匯月刊》，1981(5)：7

我與沈老的一面之緣

李仁堂　《工人日報》，1981.4.4 ④

茅盾與吳興

　　　　李廣德　《浙江日報》，1981.4.12 ③

記茅公為本刊撰寫回憶錄的經過

　　　　本刊編輯組　《新文學史料》，1981（3）：198

瑣憶

　　　　李一氓　《文藝報》，1981（9）：11

茅盾晚年生活瑣記

　　　　鮑文清　《人物》，1981（3）：108

茅盾的晚年

　　　　張又君　《河北日報》，1981.4.5 ④

茅盾近年生活瑣記

　　　　鮑文清　《人民日報》，1981.4.9 ⑧

老作家茅盾近事

　　　　《福建日報》，1981.3.9 ③

在椿葉飄零的日子裡（先師茅盾近事瑣憶）

　　　　陳泯　《長江文藝》，1981（6）：5

走訪茅盾

　　　　蘇珊娜・貝爾納　《新文學史料》，1981（3）：191

茅盾最後會見的一位外國朋友

　　　　朱述新　《北京晚報》，1981.4.12

巨匠的遺願——茅盾在最後的日子裡

　　　　徐民和、胡穎　《瞭望》，1981（2）：16

崇高的心願——記茅盾同志臨終前二三事

　　　　張世楷　《解放日報》，1981.4.5 ③

「我的心向著你們」——記中國現代文學巨匠沈雁冰一生的最後時刻

　　　　陳培源　《文匯報》，1981.4.8 ②

漫步在茅盾同志故鄉

　　　　鍾桂松　《北京晚報》，1981.6.19 ②

唐代銀杏宛在（訪茅盾故鄉烏鎮）

　　　　沈雁夫等　《浙江日報》，1981.4.12 ③

深厚的鄉情與友情

錢君匋　《文匯報》，1981.4.19 ④

大文豪的「小書桌」

　　劉士義　《人民日報》，1981.8.22 ⑧

沈雁冰生前捐獻稿費 25 萬元（作為設立長篇小說文學獎金的基金）

　　《人民日報》，1981.3.30 ①

1.抗戰與文藝（一九三九年一月的講話）

　　茅盾

2.談抗戰初期華南文化運動概況（一九三九年一月的講話）

　　茅盾

3.關於茅盾先生在蘭州的兩次講話

　　唐祈、夏穆天　《河北師院學報》，1981(4)：3

茅盾直系親屬表

　　雨水整理　《嘉興師專學報》，1982(1)：42

回憶茅盾同志 1946 年撰寫自傳

　　戈寶權　《文物天地》，1982(2)：22

茅盾同志是誰介紹入黨的

　　甘子久　《長江日報》，1981.4.12 ④

茅盾生平成就概述

　　林煥平　《學術論壇》，1982(2)：93

茅盾小傳

　　茅盾　《文獻》第 11 輯，第 102 頁

茅盾的童年、少年和青年時代

　　李廣德　《嘉興師專學報》，1982(1)：22

茅盾同志少年時期文稿在桐鄉發現

　　桐鄉縣文化局　《新文學史料》，1982(1)：36

「卻憶清涼山下路，千紅萬紫鬥春風」——茅盾在延安的文學活動

　　張科　《寧波師專學報》，1982(2)：19

青年沈雁冰與中國共產黨

　　李廣德　《杭州師院學報》，1982(3)：13

關於沈氏「泰興昌」紙店

　　春愉、秋悅　《嘉興師專學報》，1982(1)：29

茅盾參與過的三個文學社團

　　　　王中忱　《東北師大學報》，1982（4）：45

茅盾的話

　　　　范泉　《人民日報》，1982.4.2 ⑧

假如茅盾不當部長

　　　　林放　《新民晚報》，1982.6.10 ⑤

親屬憶茅盾

　　1. 茅盾和他的女兒、女婿

　　　　　金韻琴

　　2. 茅盾談學習馬列

　　　　　孔海珠

　　3. 謙虛的品德

　　　　　孔乃茜

　　4. 儉樸的生活

　　　　　孔明珠

　　5. 留給後輩的……

　　　　　孔衛平

　　　　　《百花州》，1982（1）：148

茅盾談話錄（上）

　　　　金韻琴　《雪蓮》，1982（4）：201

聽雁冰姐夫談古典文學

　　　　金韻琴　《社會科學》（上海），1982（3）：53

茅盾向「雙槍老太婆」致敬

　　　　金韻琴　《青海湖》，1982（3）：82

茅盾與周總理

　　　　田苗　《重慶日報》，1982.3.28 ③

魯迅與茅盾的第一次會面及其它

　　　　王中忱　《寧波師專學報》，1982（2）：32

茅盾和魯迅的友誼（摘自《魯迅研究百題》）

　　　　《文學報》，1982.3.11 ③

略論魯迅和茅盾

姚錫佩　《邵陽師專教與學》，1981(3)：14

茅盾和蔡和森的戰鬥友誼

　　羅紹志　《湖南日報》，1982.6.9 ③

茅盾和他的啟蒙老師

　　洪橋　《江蘇教育》（中學版），1982(3)：49

我和茅盾的交往

　　趙景深　《今昔談》，1982(5)：9

茅盾談杜重遠

　　范泉　《文學報》，1982.4.1 ③

柳亞子詩中評茅盾

　　陳福康　《西湖》，1982(3)：39

茅盾印象記

　　〔日〕增田涉　《集萃》，1982(4)：3

茅盾在日本京都

　　錢青　《解放日報》，1982.3.28 ④

茅盾家鄉──烏鎮雜考

　　雲生、順泉　《嘉興師專學報》，1982(1)：28

火紅的南天竹（茅盾故居掠影）

　　薛家柱　《東海》，1982(3)：50

茅盾故居列入浙江省級重點文物保護單位

　　盧良　《光明日報》，1982.3.26 ②

憶和茅盾同志相處的日子（三）──抗戰期間從桂林到重慶

　　戈寶權　《新文學史料》，1982(1)：65

憶和茅盾同志相處的日子（四）──抗戰勝利後在上海

　　戈寶權　《新文學史料》，1982(2)：146

憶和茅盾同志相處的日子（五）──茅盾同志夫婦的訪蘇之行

　　戈寶權　《新文學史料》，1982(3)：175

憶和茅盾同志相處的日子（六）──從五十年代初直到茅盾同志的晚年

　　戈寶權　《新文學史料》，1982(4)：203

茅盾生平事蹟小記

　　艾揚　《中國現代文學研究叢刊》（京），1982(3)：313～320

談四十年代茅盾的行蹤

　　　葉子銘　《中國現代文學研究叢刊》（京），1982（3）：306～312

春雨霏霏潤心田——回憶茅盾同志二三事

　　　陳海儀　《羊城晚報》，1982.3.27 ②

茅盾與「立志」、「植材」

　　　戈錚、王國柱　《杭州大學學報》，1982（1）：74

茅盾與兒童文學

　　　大飛　《天山》，1982（4）：105

茅盾少年時代的一篇作文

　　　王爾齡　《語文學刊》（內蒙古師院），1982（6）：37

茅盾究竟生在何宅？

　　　春愉、秋悅　《嘉興師專學報》，1982（2）：41

茅盾少年時代《文課》考論

　　　王爾齡、孔海珠　《上海師範學院學報》，1982（4）：55

關於茅盾的少年時代

　　　孔海珠　《中國現代文學研究叢刊》，1983（1）：291

茅盾小學時代的作文《選舉投票放假紀念》

　　　徐簾青　《紹興師專學報》，1983（1）：39

為什麼茅盾從小就能寫出卓有見識的文章

　　　楊德華　《父母必讀》，1983（11）：3

茅盾在桂林的生活與創作

　　　萬一知　《廣西師範學院學報》，1983（3）：11

關於茅盾在日本移居的考辨

　　　侯成言　《浙江學刊》，1983（3）：112

茅盾在新疆

　　　王向民　《綠州》，1983（4）：88

茅盾在新疆

　　　周安華　《新疆社會科學》，1983（2）：88

茅盾新疆之行

　　　王向民　《藝譚》，1983（1）：26

茅盾在新疆的革命文化活動

陸維天　《新疆大學學報》，1983(4)：87

一九四一年茅盾在香港

　　姜德明　《新文學史料》，1983(1)：209

茅盾與北大——文壇巨匠二三事

　　鄒士方　《團結報》，1983.5.7 ④

我給茅盾當副官

　　張國文　《山花》，1983(5)：60

茅盾（從子夜戰鬥到黎明）

　　李廣德　《嘉興師專學報》，1983(2)：35

烏鎮——革命文學家茅盾的故鄉

　　丁凡　《東海》，1983(3)：72

茅盾與弟弟沈澤民——兼答香港一篇編造文章

　　春蕾　《羊城晚報》，1983.8.23 ②

九重泉路盡交期——茅盾與張聞天交誼述略

　　程中原　《淮陰師專學報》，1983(2)：1

茅盾與瞿秋白

　　夢花　《江海學刊》，1983(4)：94

茅盾與司徒宗

　　金韻琴　《新文學史料》，1983(4)：132

茅盾與裴多菲

　　辛生　《人民日報》，1983.6.7 ⑧

文學海洋中的優秀領航員——茅盾與文學新人

　　斯非　《文學日報》，1983.9.1 ③

憶茅盾先生

　　托乎提·巴克　《人民日報》，1983.3.31 ⑧

一絲不苟嚴要求（懷念茅盾同志）

　　煉虹　《西湖》，1983(3)：8

一方素箋（緬懷茅盾先生）

　　吳持哲　《內蒙古日報》，1983.4.2 ③

緬懷茅盾先生

　　臧雲遠　《散文》，1983(8)：35

緬懷沈雁冰表哥

　　　陳瑜清　《西湖》，1983（3）：12

一次特殊的旅行（回憶茅盾同志）

　　　莊啓東　《鴨綠江》，1983（11）：42

茅盾的讀書方法

　　　暴全魁　《山西日報》，1983.11.9 ④

茅盾早期的革命活動

　　　孫中田　《克山師專學報》（哲社版）（黑），1983（2）：33～36

茅盾與白話運動

　　　亦凡　《文苑縱橫談》，山東人民出版社，1983（總7）：20～38

茅盾的母親

　　　齊鐵男輯　《婦女之友》（哈爾濱），1984（3）：30～31

不平凡的母親──記茅盾的母親陳愛珠

　　　止一　《婦女》（瀋陽），1984（7）：22～24

關於茅盾外祖父家的一則史料

　　　鍾桂松　《社會科學戰線》（長春），1984（2）：327

茅盾生於何宅之我見

　　　鍾桂松　《浙江學刊》（杭州），1984（3）：79

少年茅盾起步初探

　　　許雲生　《嘉興師專學報》（社科版）（浙），1984（增刊）：10～23

「大丈夫當以天下為己任」──茅盾青少年時代瑣話之一

　　　鍾桂松　《文化娛樂》（杭州），1984（8）：16

茅盾小學時代的幾位老師

　　　鍾桂松　《山東師大學報》（哲社版）（濟南），1984（6）：56～59

茅盾小學時代作文本寫作時間之我見

　　　鍾桂松　《杭州大學學報》（哲社版），1984（1）：80～81

茅盾在烏鎮求學過的兩所小學

　　　徐春雷　《嘉興師專學報》（社科版）（浙），1984（1）：64～65

謁茅盾烏鎮故居

　　　陸士虎　《旅行家》（京），1984（1）：19～20

茅盾的《故鄉雜記》和烏鎮

鍾桂松　《嘉興師專學報》(社科版)(浙)，1984(2)：43～45

楠竹情思──茅盾故居抒懷

　　凌德　《桐鄉文藝》「紀念茅盾逝世三週年專輯」，浙江省桐鄉文化館編印，
1984：34～37

追尋文學巨匠的歷史蹤迹──茅盾故居正在修復中

　　宋錚、周傳安　《文學報》(滬)1984.10.18②

修復中的茅盾故居

　　汪家榮　《嘉興師專學報》(社科版)(浙)，1984(增刊)：102～103

訪茅盾故鄉

　　王爾齡　《藝譚》(合肥)，1984(1)：104～106

茅盾故鄉散記

　　張品興　《羊城晚報》(廣州)1981.7.20③

「三月下旬」：恐係「四月下旬」之誤──關於茅盾回憶錄中的一個時間

　　張榮法　《語言文學》(呼和浩特)，1984(1)：38～39

茅盾的捐獻

　　史明　《文化娛樂》(杭州)，1984(3)：26

回憶茅盾同志

　　羅蓀　《人民政協報》，1981.3.28④

有聲有色的文學傳記──讀茅盾的回憶錄《我走過的道路》

　　吳奔星　《人民日報》，1984.2.6⑦

引領向北國──抗戰烽火中的茅盾生平事略

　　曹金林　《抗戰文藝研究》(成都)，1984(1)：87～100

一代文學巨匠的瑣事──茅盾的故事

　　顧志成　《文學報》(滬)，1984.3.29②

文壇巨匠的一件小事

　　鄒士方　《人民政協報》，1984.3.28④

茅盾蘭川逸趣

　　湯雨　《藝譚》(合肥)，1984(2)：117

茅盾抗戰初期的邊地歌詞

　　周安華　《抗戰文藝研究》(成都)，1984(3)：74～77

茅盾出訪蘇聯前的兩張小照

周天裕　　《團結報》（京），1981.6.30 ⑧

茅盾與《五卅》運動

許豪炯　　《藝譚》（合肥），1984(1)：115～118

茅盾與葉聖陶

周平　　《嘉興師專學報》（社科版）（浙），1984（增刊）：97～101

茅盾與豐子愷

陳星　　《桐鄉文藝》第 19 期「紀念茅盾逝世三週年專輯」，浙江省桐鄉縣文化館編印，1984：16～18

茅盾與文學青年

王向　　《桐鄉文藝》第 19 期「紀念茅盾逝世三週年專輯」，浙江省桐鄉縣文化館編印，1984：7～16

茅盾是怎樣培養文學新人的

羅宗義　　《青春》（南京），1984(9)：2～6

茅盾與平民文學

史明　　《桐鄉文藝》第 19 期「紀念茅盾逝世三週年專輯」，浙江省桐鄉縣文化館編印，1984：1～6

茅盾曾在知用中學講演

何業光　　《羊城晚報》（廣州）1984.2.22 ③

茅盾與科學

彭斯遠　　《重慶日報》，1984.1.23 ③

試論茅盾與「革命文學」論爭

邵伯周　　《上海師範學院學報》（社科版），1984(3)：35～41

茅盾的日常生活

金韻琴　　《桐鄉文藝》第 19 期「紀念茅盾逝世三週年專輯」，浙江省桐鄉縣文化館編印，1984：23～26

東江歷險長留念

廖沫沙　　《隨筆》（廣州），1984(1)：1～14

茅盾與《烏青鎮志》

鍾桂松　　《江海學刊》（南京），1984(4)：104

茅盾與《新芒月刊》

周安華　　《新疆日報》，1984.9.22 ④

茅盾與《筆談》

  鍾桂松　《西湖》（杭州），1984(3)：54

對《茅盾與〈筆談〉》的一點辯證

  善文　《西湖》（杭州），1984(5)：61

茅盾精心哺育的刊物

  應國靖　《文學報》（滬），1984.3.29 ④

茅盾的晚年生活

  白崇義　《北京晚報》，1984.3.26 ②

憶拜訪茅公

  舒展　《新聞研究資料》（總 27），中國社會科學出版社（京），1984：50～54

茅盾與篆刻

  李廣德　《文化娛樂》（杭州），1984(12)：23

茅盾大革命時期在武漢的活動

  李廣德　《中國現代文學研究叢刊》，北京出版社，1984(1)：215～227

茅盾家世概述

  鍾桂松　《紹興師專學報》（社科版）（浙），1984(2)：56～61

茅盾資料二則

  艾揚　《中國現代文學研究叢刊》，北京出版社，1984(1)：228～233

茅盾回憶錄早期史實考辨

  鍾桂松　《活頁文史叢刊》（9），淮陰師專編印，1984.186(1)～196(6)

茅盾的生平與創作

  李岫　《自修大學》（文史哲經專業）（京），1985(8)：21～27

論茅盾的早期文學活動

  范奇龍　《四川師院學報》（社科版）（成都），1985(2)：74～80

茅盾與我國新詩運動

  丁茂遠　《杭州大學學報》（哲社版），1985(1)：50～59

護送茅盾出惠州

  盧偉如　《星火燎原》（京），1985(3)：45～47

回憶 1942 年在惠州護送茅盾等文化人

  盧偉如　《南方日報》（廣州）1982.2.12 ②

對《引領向北國》一文的訂正

李標晶　《抗戰文藝研究》（成都），1985（2）：62～63

讀蘇雪林的《關於茅盾》

莊鍾慶　《台聲》（京），1985（2～3）：48～49

記茅盾兩件事

林渙平　《羊城晚報》（廣州）1985.4.2 ②

茅盾與烏鎮中學

王加德　《湖州師專學報》（社科版），1985（3）：105

茅盾少年《文課》上所見的批語

王爾齡　《浙江師範學院學報》（社科版）（金華），1985（1）：19～22

茅盾的語文老師

盧曉晴　《湖州師專學報》（社科版），1985（3）：95～100

沈雁冰背《紅樓夢》

筱箐　《體育報》（京）1985.10.18 ④

茅盾珍藏的瞿秋白佚文

吳福輝　《文藝報》（京）1985.7.20 ②

我與茅盾的一段情誼——秦德君的自述

秦德君　《名人傳記》（鄭州），1985（5）：25～27

茅盾和篆刻家鄒夢憚的友誼

羅邦泰　《文匯報》（滬）1985.3.17 ④

茅盾與篆刻

王琪森　《文學報》（滬），1985.8.8 ④

茅盾和史沫特萊

查國華　《聊城師範學院學報》（哲社版）（魯），1985（1）：80～85

茅盾故居正式開放

《人民日報》，1985.3.26 ③

茅盾故居經修繕整理保持原貌

《光明日報》，1985.4.7 ③

茅盾故居經過整修正式開放

葉輝　《光明日報》，1985.7.8 ①

追尋文學巨匠歷史蹤迹，展現革命戰士創作生涯——茅盾故居落成典禮在烏

鎮隆重舉行

    《浙江日報》，1985.7.5 ①

茅盾故居——人們永遠景仰的地方

    周巍峙　《浙江日報》，1985.7.5 ③

水鄉烏鎮慶賀文豪誕辰，茅盾故居揭幕典禮上午舉行

    《新民晚報》（滬），1985.7.4 ②

茅盾故居鄉初訪

    吳強　《文匯報》，1985.8.6 ④

浙東的養蠶風俗——茅盾故鄉訪問記

    王立鵬　《語文教學》（魯煙台），1985（5）：20～21

白楊樹下的鄉情——訪北京茅盾故居

    袁亞平　《浙江日報》，1985.5.5 ①

茅盾抗戰初期在昆的一週

    張維　《雲南日報》，1985.12.21 ③

劍椽筆繪新篇——記抗戰期間在桂林的茅盾先生

    李標晶　《南方文學》（桂林），1985（11）：54～56

茅盾與《延安文藝窺探》

    李繼凱　《抗戰文藝研究》（成都），1985（4）：98～102，108

茅盾在香港的文學活動

    李標晶　《學術研究》（廣州），1985（6）：109～114

茅盾早期社會和革命活動拾遺

    艾揚　《齊魯學刊》（曲阜師院學報）（魯），1986（3）：105～110

憶茅公當年到廣東

    于逢　《南方日報》（廣州），1986.4.16 ④

抗戰期間茅盾在重慶的文學活動

    李標晶　《重慶社會科學》（川），1986（2）：73～77

關於茅盾與安定中學的若干史實

    翟同泰　《新文學史料》（京），1986（2）：103～104

茅盾與《大江月刊》

    潘頌德　《朝陽師專學報》（遼），1986（1）：70～71

砥柱觸天立中流——評魯迅和茅盾在「革命文學」論爭中反「左」的歷史功績

王湛　《南通師專學報》（社科版）（蘇），1986(3)：9～18

魯迅最早的知音──談談茅盾前期對魯迅的評價

黎風　《陝西師大學報》（哲社版）（西安），1986(1)：45～54

茅盾與杜重遠

周安華　《新疆社會科學》（烏魯木齊），1986(3)：63～69

「與石居」、茅盾與沈衡老

文世昌　《四川日報》，1986.9.12 ④

錢君匋捐贈茅盾銅像

單松華　《人民日報》（海外版），1986.4.14 ⑦

茅盾的故鄉──烏鎮小考

湯勤福　《寧德師專學報》（閩），1986(1)：77～79

《抗戰期間茅盾在重慶的文學活動》拾補

李勇　《重慶社會科學》（川），1986(4)：90～91

記茅盾在我校一次座談會上的講話

丁茂遠整理　《杭州大學學報》（哲社版），1986(4)：6～8、5

茅盾母親逝世前後

鍾桂松　《杭州大學學報》（哲社版）1986(4)：78～80

對黨追求的一生──紀念茅盾誕生九十周年

毛代勝　《衡陽師專學報》（社科版）（湘），1986(3)：41～46

茅盾：作家的知友和導師

王維桑　《福建文學》（福州），1987(3)：64～66

茅公過港活動補志

呂劍　《新文學史料》（京），1987(2)：152～153

在「一大漩渦」中搏擊：──北伐時期茅盾在武漢

田蕙蘭　《華中師範大學學報》（哲社版）（武漢），1987(4)：103～113

茅盾在重慶

王向民　《湖州師專學報》（人文科學版）（浙），1987(2)：66～71

心火未滅──「文革」期間茅盾撰寫回憶錄的前前後後

葉子銘　《人物》（京），1989(2)：50～65

茅公對我寫《茅盾傳略》所賜予的具體幫助

袁寶玉　《徐州教育學院學報》（哲社版）（蘇），1989(1)：86～87

《茅盾年譜》補正

    翟同泰　《山東師大學報》（社科版）（濟南），1989（2）：26～29

茅盾《我走過的道路》史料勘正

    沈衛威　《河南大學學報》（社科版）（開封），1991（2）：30～32，46

茅盾與烏鎮的兩個家庭

    李廣德　《湖州師專學報》，1991（4）：45～53，59

茅盾與黨的幾位最高領導人的交往

    歐家斤　《黨史文苑》，1993（5）：22～24

茅盾在國民黨中央宣傳部

    鍾桂松　《人物》，193（1）：120～121

茅盾初到上海的機遇

    歐家斤　《中國人才》，1993（3）：39～40

茅盾牯嶺之行是拒絕參加南昌八一起義嗎？

    歐家斤　《黨史文苑》，1994（1）：36～37

茅盾若干史料的考辨

    侯成言　《青島師專學報》：1994（2）：45～49

茅盾與張仲實進出虎口

    沈楚　《陝西文史》，1995（2）：1～2，9

茅盾生活中的一段插曲

    丁爾綱　《小說》，1995（5）：145～160

茅盾的晚年生活（一）

    韋韜、陳小曼　《新文學史料》，1995（1）：54～68

茅盾的晚年生活（二）

    韋韜、陳小曼　《新文學史料》，1995（2）：17～33

茅盾的晚年生活（三）

    韋韜、陳小曼　《新文學史料》，1995（3）：74～87

茅盾的晚年生活（四）

    韋韜、陳小曼　《新文學史料》，1995（4）：36～44

運河之子：沈雁冰

    盛忠良　《歷史學習》，1996（5）：24～25

往事歷歷憶茅公

范泉　《晉陽學刊》，1996（4）：12〜15

茅盾流亡日本前後：紀念茅盾誕辰一百周年

沈楚　《陝西文史》，1996（3）：4〜6

我和茅公的兩次會晤

荒煤　《文學評論》，1996（3）：5〜7

熱誠的關懷和鼓勵——憶念茅盾的幾件事

張光年　《文學評論》，1996（3）：8〜10

茅盾和我

端木蕻良　《文藝報》，1996.7.19 ⑧

紀念茅盾誕辰 100 周年——茅盾與周恩來在重慶的交往

張穎　《新文化史料》，1996（2）：3〜6

於微細處見精神——敬憶茅盾同志的兩件小事

孫嘉瑞　《新文化史料》，1996（2）：7〜9

芳流青史——茅盾百年生平展正記

唐文一　《新文化史料》，1996（6）：48〜52、47

茅盾的晚年生活（五）

韋韜、陳小曼　《新文學史料》，1996（1）：65〜77，20

撥亂反正：茅盾的晚年生活之一

韋韜、陳小曼　《文藝理論與批評》，1996（4）：4〜9

回憶茅盾先生二三事

范泉　《新文學史料》，1996（2）：9〜14

茅盾的晚年生活（六）

韋韜、陳小曼　《新文學史料》，1996（2）：93〜107

茅盾的晚年生活（七）

韋韜、陳小曼　《新文學史料》，1996（3）：106〜116，105

茅盾的晚年生活（八）

韋韜、陳小曼　《新文學史料》，1996（4）：60〜71

就「茅盾故居」的檔案史料訪茅盾之子韋韜先生

郭海纓　《中國檔案報》，1996.7.1 ③

茅盾的晚年生活（九）

韋韜、陳小曼　《新文學史料》，1997（1）：121〜137

我和茅盾綿綿情誼始自香港

    葉君健　《中國文化報》，1997.7.4 ③

天山風雨：茅盾在新疆

    鍾桂松　《文匯報》，1998.3.29 ⑦

茅盾

    章驥、盛志強　《電視・電影・文學》，1998（4）：52～113

茅盾在一九五七年

    鍾桂松　《文匯讀書周報》，1998.10.3⑴

茅盾在延安（上）

    章驥、盛志強　《古今談》，1999（1）：3～7

茅盾在延安（下）

    章驥、盛志強　《古今談》，1999（2）：3～7

父親與茅盾、老舍及巴金

    葉念先　《文學自由談》，1999（4）：106～111

三、思想研究

魯迅、茅盾對革命文學的鮮明態度

    復旦大學中文系　《中國現代文學史》第 2 編第 1 章第 3 節，上海文藝出版
    社出版，1959

茅盾早期思想研究

    樂黛雲　《中國現代文學研究叢刊》，1979（1）：134～158

批判・創造・「為人生」——茅盾早期思想探索之一

    查國華　《山東師院學報》，1981（4）：51

牢記茅盾同志的苦口婆心，刻苦改造思想

    歐陽山　《作品》，1981（4）：3

略論沈雁冰早期的政治思想

    史月廷　《杭州大學學報》，1982（2）：91

論茅盾「五卅」前後的無產階級文學觀

    朱德發　《中國現代文學研究叢刊》，1982（4）：83

茅盾「五四」時期的進化論思想及其文藝觀

丁柏銓　《南京大學學報》，1983（3）：91

沈雁冰主編《漢口民國日報》期間的思想述評

徐義君　《浙江學刊》，1983（1）：77

茅盾早期人道主義思想探微

丁柏銓　《文學評論》「現代文學專號」，中國社會科學出版社（京），1984：
92～116

學習茅盾的愛國主義精神

徐春雷　《桐鄉文藝》第 19 期「紀念茅盾逝世三周年專輯」，浙江省桐鄉縣
文化館編印，1984：40～42

青年茅盾的開拓精神

何剛　《廣西民族學院學報》（哲社版）（南寧），1985（1）：64～73

試析茅盾巴金在接受外來影響上的差異

彭兆榮、王偉力　《貴州社會科學》（貴陽），1985（3）：87～90

努力擺脫「已成的我」──淺談茅盾創作過程中的自我更新

柳夕浪　《南京師大學報》（社科版），1985（3）：76～80

論茅盾在漢口《民國日報》社的活動和思想

金芹　《鄭州大學學報》（哲社版），1986（3）：36～41

關於茅盾的政治道路和歷史地位的評價的若干問題

丁爾綱　《西部學壇》（新疆昌吉師專，昌吉教育學院），1986（3）：1～18

茅盾思想發展問題散論

齊忠賢　《錦州師院學報》（哲社版）（遼），1987（1）：48～54

大眾化‧民族化‧現代化──茅盾在「民族形式」論爭中的理論見解

翟德耀　《文史哲》（濟南），1987（2）：67～70

大眾化‧民族化‧現代化──茅盾在「民族形式」論爭中的幾點闡發

翟德耀　《抗戰文藝研究》（成都），1987：61～66

幻滅‧追求‧蘇生──論大革命失敗後茅盾的思想與心態

楊鼎川　《佛山大學佛山師專學報》（粵），1990（3）：58～63

五四時期周作人與茅盾思想同異之檢視

劉鋒傑　《安慶師院社會科學學報》，1993（1）：67～73，1

論茅盾流亡日本時的創作情緒

靳明全　《貴州大學學報》（社科版），1993（1）：57～61

發現，在潛力的解放途程中──茅盾所受托爾斯泰影響面面觀

    丁亞平　《蒲峪學刊》，1993(2)：37～42

茅盾的婦女觀淺議

    田原　《貴州社會科學》，1996(5)：54～55，80

茅盾及其文學與現代文化心理例說

    李廣德　《湖州師專學報》，1996(2)：43～51

論茅盾的政治觀──茅盾的文化觀之一

    李廣德　《湖州師專學報》，1996(3)：1～12

論茅盾的文藝觀──茅盾的文化觀之二

    徐越化　《湖州師專學報》，1996(3)：13～22

論茅盾的教育觀──茅盾的文化觀之三

    錢威　《湖州師專學報》，1996(3)：23～30

論茅盾的道德觀──茅盾的文化觀之四

    李廣德　《湖州師專學報》，1996(4)：44～53

論茅盾的哲學觀──茅盾的文化觀之五

    徐越化　《湖州師專學報》，1996(4)：54～60

茅盾與現代主義文學的關係及文化成因

    汪亞明　《浙江師大學報》(社科版)，1996(2)：15～19

內在的契合──茅盾早期的婚戀觀與時代女性在兩性關係上的現代開放性

    翟耀　《山東師大學報》(社科版)，1996(4)：89～93

魯迅與茅盾傳統文化淵源與文化性格之異同

    吳國群　《紹興文理學院學報》(哲社版)，1996(2)：1～8

茅盾與魯迅傳統文化淵源與文化性格之異同

    吳國群　《浙江學刊》，1996(4)：16～20

茅盾內在的文化矛盾

    曹萬生　《中國現代文學研究叢刊》，1996(3)：15～23

論茅盾對 20 世紀中國文化現代化的探尋

    李標晶　《杭州師範學院學報》，1997(2)：33～37

論茅盾的科學觀──茅盾的文化觀之六

    李廣德　《湖州師專學報》，1997(1)：30～39

茅盾早期的新女性觀

翟耀　《齊魯學刊》，1997（4）：27～33

錯位：在兩種婚戀觀念的衝突中——茅盾早期婚戀觀的文化心理透視

　　翟耀　《山東社會科學》，1997（4）：59～63

中國文學的現代化與茅盾「為人生」的文學主張——論茅盾在東西古今文化
撞擊中的選擇與心態

　　趙開泉　《西北師大學報》（社科版），1997（1）：79～85

新民主主義文化革命大潮中茅盾的婦女觀的形成與發展（待續）

　　丁爾綱　《湖北師範學院學報》（哲社版），1997（4）：1～6

內蘊歧異的文化品格——巴金與茅盾藝術質地比較

　　袁振聲　《巴金研究》，1998（1）：36～42

新民主主義文化革命大潮中茅盾的婦女觀的形成與發展（續）

　　丁爾綱　《湖北師範學院學報》（哲社版），1998（1）：7～12

儒家傳統與茅盾的現實關切

　　王確　《求是學刊》，1999（1）：89～93

儒家傳統與茅盾的尚群觀念

　　張樹武、王確　《社會科學戰線》，1999（4）：247～250

五四精神與茅盾傳統

　　王嘉良　《浙江師大學報》，1999（5）：10～15

文藝思想

論新舊作家與革命文學——讀了《文學週報》的《歡迎太陽》以後

　　華希理　《太陽月刊》四月號，1928.4.1

孫毓修童話的來源

　　趙景深　《大江月刊》第一年 11 月號，1928.11.15

小資產階級文藝理論之謬誤——讀了茅盾的《從牯嶺到東京》

　　克興　《創造月刊》第 2 卷第 5 期，1928

從東京回到武漢——讀了茅盾的《從牯嶺到東京》

　　錢杏邨　《海風週報》，1929.1.6

　　　　　《文藝批評集》，上海神州國光社版，1930.5

文藝的新路——讀了茅盾《從牯嶺到東京》之後

　　虛白　《眞美善》月刊第 3 卷第 2 號，1928

對於所謂「小資產階級革命文學」底抬頭，普羅利塔利亞文學應該怎樣防衛

自己？——文學運動底新階段

　　李初黎　《創造月刊》第 2 卷第 6 期，1929

到了東京的茅盾

　　潘梓年　《認識》半月刊第 1 期，1929.1

茅盾的《徐志摩論》——一個批評方法的討論

　　程愼君　《益世報‧文學》，1933.2.25

茅盾作《印象、感想、回憶》

　　葉如桐　《國聞週報》第 14 卷第 22 期，1937

文藝新書欄

　　編者　重慶《學習生活》半月刊第 4 卷第 2 期，1943

讀《復仇的火焰》

　　李萌　江西信豐《江西幹校》增刊《收獲》新 30 期，1944

不要「叫人忘了抗戰」——介紹茅盾先生的文章《「無關」與「忘了」》

　　軼　《新華日報》，1944.8.7

介紹茅盾先生的一篇講演——《和平、民主、建設階段的文藝工作》

　　渥丹　《中原‧文藝雜誌‧希望‧文哨》聯合特刊第 1 卷第 6 期，1946

《創作的準備》

　　納雅　《申報》，1946.8.1

《書話‧〈鄰二〉佚文》

　　晦庵　《文藝春秋副刊》第 1 卷第 1 期，1947

《書話‧戰爭與文學》

　　晦庵　《文藝春秋副刊》第 1 卷第 3 期，1947

讀「關於目前文藝寫作的幾個問題」後

　　周原冰　《進步青年》，1949.10.1

怎樣實現茅盾先生的希望

　　大呂　《天津日報》，1950.5.19

讀《關於田間的詩》

　　王圭立　《光明日報》，1956.7.14

讀《關於田間的詩》

　　陶陽　《人民日報》，1956.7.20

茅盾的童話創作

　　胡從經　《兒童文學研究》，1962.7

評論中的「輕騎」

　　曉江　《羊城晚報》，1963.3.18

藝術技巧面面觀——學習茅盾關於藝術技巧問題的論述札記

　　孫蓀　《學術研究輯刊》，1980（1）：70

茅盾談短篇小說的剪裁問題

　　《福建文藝》，1980（5）：59

茅盾的第一篇文學論文

　　莊鍾慶　《新文學史》，1980（3）：168

茅盾與文學批評

　　孫中田　《東北師大學報》，1981（1）：13

茅盾建國後的文藝批評

　　謝中征、劉傳林　《華南師院學報》，1981（3）：80～86

茅盾早期文學評論

　　張又君　《河北日報》，1981.4.23 ④

藝林曾識《百合花》——學習茅盾同志評論的札記

　　王爾齡　《語言文學》，1981（6）：3

茅盾的《魯迅論》

　　徐季子　《寧波師專學報》，1981（2）：19

關心兒童文學和兒童戲劇的發展——從茅盾等同志的建議談起

　　葉君健　《人民日報》，1981.4.1 ⑤

學習茅盾同志，正確研究魯迅

　　劉泰隆　《學術論壇》，1981（6）：62

學習茅盾對魯迅的評論

　　唐紀如　《南京師院學報》，1981（3）：15

卓有見地發人深思——學習茅盾同志對《阿Ｑ正傳》一些評論的札記

　　范慶林　《克山師專學報》，1981（1）：43

茅盾論魯迅

　　陳金淦　《群眾論叢》，1981（5）：52

茅盾文藝評論特色管窺

　　羅宗義　《昭烏達蒙族師專學報》，1981（2）：78

知人論文──讀茅盾的《魯迅論》

    徐季子　《東海》，1981(11)：64

論茅盾早期「為人生」的文學觀

    楊健民　《廈門大學學報》，1982.3：133

他畢生所追求的──讀《我走過的道路》和《小說月報》影印本

    葉孝慎　《文匯報》，1982.3.30 ③

從一個人看新文學的發展──《我走過的道路》〈上〉讀後

    田仲濟　《讀書》，1982(8)：29

茅盾文學道路的光輝起點──讀《托爾斯泰與今日之俄羅斯》

    孫愼之　《聊城師院學報》，1982(2)：26

茅盾的早期文藝思想

    尹騏　《遼寧師院學報》，1982(6)：24

《在延安文藝座談會上的講話》與茅盾革命現實主義的嬗變

    莊鍾慶　《福建論壇》，1982(3)：49

別具慧眼遠見卓識──茅盾的作家論讀後

    翟大炳　《藝譚》，1982(3)：27

茅盾論創作──致愛好文學的青年

    《文學報》，1982.3.25 ③

茅盾論短篇小說

    祁大慧　《天山》，1982(2)：116

大時代中的一幕小喜劇──讀茅盾的《喜劇》

    丁兀　《名作欣賞》，1982(3)：16

嚴格・認真・親切──讀茅盾早期的文學評論

    應國靖　《社會科學》（上海），1982(3)：45

四十年代茅盾的文藝評論

    葉子銘　《江海學刊》，1982(2)：37

文藝批評的楷模──學習茅盾對現代作家作品的評論

    鄧牛頓　《東海》，1982(7)：67

茅盾的中國現代作家作品論

    黃新唐　《華南師院學報》，1982(4)：67

新文學文藝批評的開創者──學習茅盾關於文藝批評札記

陳銳鋒　《貴州社會科學》，1982（4）：72

淺談茅盾關於魯迅小說的評論

　　徐可　《內蒙古師院學報》，1982（4）：35

茅盾早期文藝思想座談

　　孫中田　《東北師大學報》，1983（2）：33

茅盾的新文學作家論

　　楊健民　《中國社會科學》，1983（2）：181

茅盾談古典文學賞析

　　金韻琴　《隨筆》，1983（2）：41

心血育得花似錦──茅盾談兒童文學

　　魯庸　《牡丹》，1983（3）：37

茅盾同志的熱心指教

　　李西亭　《中學語文教學》（北京師院），1983（8）：28

茅盾論文學的「獨創」問題

　　朱德發　《柳泉》，1983（4）：172

茅盾關於描寫小資產階級的主張不容否定

　　齊忠賢　《錦州師院學報》，1983（2）：74

淡談茅盾的魯迅論

　　趙玉中　《通化師院學報》，1983（2）：19

茅盾談齊白石

　　金韻琴　《龍門陣》，1983（2）：54

批評：讀者從作品中「喊出」的「印象」──論茅盾早期的文學批評觀及其批評實踐

　　楊健民　《福建師大學報》，1983（2）：45

茅盾前期論文學的社會功利

　　趙耀堂　《齊魯學刊》（曲阜師院學報），1983（4）：82

茅盾的文藝批評初探

　　馮錫剛　《社會科學》（甘肅），1983（1）：98

托爾斯泰與茅盾早期的文學觀

　　陳幼學　《中山大學研究生學刊》（文科版）（廣州），1983（4）：82～90

魯迅和茅盾的現實主義文論

劉正強 　《海南大學學報》（社科版）（粵），1983（1）：28～35

茅盾早期的現實主義文學批評

堯棠 　《文苑縱橫談》，山東人民出版社（濟南），1983（總7）：39～56

為無產階級的利益而「盡其批評的職能」──茅盾文藝批評觀一解

羅宗義 　《昭烏達蒙族師專學報》（遼），1983（總4）：39～44

「表現人生、指導人生」──論茅盾五四時期文學主張的特徵

翟德耀 　《文苑縱橫談》山東人民出版社（濟南），1983（總6）：41～56

論文學的功能和表現對象──茅盾早期的文學觀初探之一

史瑤 　《新文學論叢》（京），1983（3）：67～70

茅盾與外國文藝思潮流派

黎舟、關國虬 　《文藝研究》（京），1983（6）：52～61

茅盾與比較文學

羅志野 　《嘉興師專學報》（社科版）（浙），1984（增刊）：76～81

創作者的形象（上）──漫話茅盾與外國文學

葉子銘 　《萌芽》（滬），1984（1）：52～55

創作者的形象（下）──漫話茅盾與外國文學

葉子銘 　《萌芽》（滬），1984（2）：24～25

論茅盾早期介紹外國文學的特點

翟德耀 　《齊魯學刊》（曲阜師院學報）（魯），1984（1）：117～122

茅盾前期的文學思想與列夫・托爾斯泰

翟耀 　《山西大學學報》（哲社版），1984（1）：64～76

托爾斯泰對茅盾的影響

吳承誠 　《承德師專學報》（冀），1984（2）：17～25

魯迅、茅盾對科學文藝的提倡與實踐

艾飛 　《南寧師院學報》（哲社版），1984（1）：105～110

史學的眼光，藝術的鑒賞──讀茅盾關於魯迅小說的評論

郝明樹 　《淮陰師專學報》（社科版）（蘇），1984（3）：10～15

論茅盾的現實主義文學觀

王中忱 　《文學評論》（京），1984（1）：79～90

略說茅盾怎樣看待現代派

莊鍾慶 　《福建文學》（福州）1984（7）：72～75

論茅盾的「新浪漫主義」文學主張

　　程金城　《蘭州大學學報》（社科版），1984(4)：72～79

茅盾的戲劇理論初探

　　莊文彬　《浙江學刊》，1984(1)：38～44

茅盾早期文藝思想淺論

　　溫希良、朱東宇　《求是學刊》（黑龍江大學學報），1984(2)：38～45

茅盾論文學批評

　　李標晶　《浙江學刊》（杭州），1984(3)：72～78

茅盾前期文藝批評術談

　　張瑞雲　《山東師大學報》（哲社版）（濟南），1984(6)：50～55

反對「符咒」式的文藝批評——茅盾文藝批評觀二解

　　羅宗義　《昭烏達蒙族師專學報》（哲社版）（遼），1984(1)：47～52

茅盾文學評論特色管窺——茅盾文論研究之一

　　賀光鑫　《南昌師專學報》（社科版）（贛），1984(1)：32～42

茅盾抗戰時期文藝民族化理論淺談

　　王可平　《抗戰文藝研究》（成都），1984(1)：119～121

茅盾論術作品的思想性和題材的多樣性

　　《詞刊》（京），1984(3)

略談茅盾早期的寫實主義文學理論

　　黃平權　《文學論叢》，河南人民出版社（鄭州），1944（總）：169～176

《從牯嶺到東京》的再評價

　　沙似鵬　《杭州大學學報》（哲社版），1984(1)：73～79

文學上各種新派興起的原因

　　茅盾　《中國現代文學研究叢刊》，北京出版社，1984(1)：173～183

《文學上各種新派興起的原因》考評

　　王欣榮　《中國現代文學研究叢刊》，北京出版社，1984(1)：184～193

茅盾早期文藝思想和俄蘇文學的關係

　　劉秀蘭　《長春師院學報》（哲社版），1984(2)：75～79

茅盾的散文理論

　　李標晶　《杭州師院學報》（社科版），1984(4)：50～57

談茅盾的文藝與生活觀

劉琪　《貴州社會科學》（貴陽），1984（6）：72～77

茅盾早期介紹外國文藝思潮的兩個問題

黎舟　《福建師範大學學報》（哲社版）（福州），1984（4）：50～57

茅盾藝術技巧論二題

王中忱　《信陽師範學院學報》（哲社版），1985（1）：47～53

「革命文學論爭」時期茅盾文藝思想初探

沈棲　《中州學刊》（鄭州），1985（5）：90～93

漫談茅盾對新詩發展的貢獻

何光漢　《寧夏社會科學》（銀川），1985（1）：89～95

試談茅盾關於生活與創作的理論

王立鵬　《湖州師專學報》（社科版）（浙），1985（1）：68～73

茅盾報告文學理論初探

段百玲　《江海學刊》（文史哲版）（南京），1985（2）：5～9

作家與深入生活──學習茅盾關於作家「向生活學習」札記

余欣鳴　《丹東師專學報》（遼），1985（2）：48～52

論茅盾早期對文壇逆流的抨擊

楊健民　《新文學論叢》（京），1985（4）：72～84

茅盾的歌頌與暴露觀

王洪聰　《遼寧教育學院學報》（社科版）（瀋陽），1985（2）：54～59

茅盾論作家和批評家的關係

羅宗義　《昭烏達蒙族師專學報》（哲社版）（內蒙古），1985（1）：51～55

茅盾論文學修養

王煙生　《徐州師範學院學報》（哲社版）（蘇），1985（3）：35～37

茅盾注重「海外文壇消息」

胡敏　文、良土　摘　《學術文摘》（鄭州）1985（5）：29

從「海外文壇消息」看茅盾早期的文藝思想

胡敏　《浙江學刊》（杭州），1985（1）：60～64

茅盾性格和他的藝術風格略探

莊鍾慶　《浙江學刊》（杭州），1985（2）：42～45

茅盾的「的」、「地」觀

孟憲愛　《語文月刊》（廣州），1985（1）：11～13

茅盾對三部古典小說的評論

　　曉湖　摘　《學術文摘》（鄭州），1985(3)：31

茅盾論《阿Q正傳》

　　孫昌熙　《文史哲》（濟南），1985(3)：42～48

茅盾的新文學思潮流派觀

　　秦元宗　《浙江師範大學學報》（哲社版）（金華），1986(3)：17～23

論茅盾在中國現代文學開創期的貢獻——兼論茅盾早期文學思想的發展

　　宋耀宗　《北方論叢》（哈爾濱師大學報），1986(6)：53～59

辛勤鼓吹六十年——文學批評家的茅盾

　　欒俊林　《北方論叢》（哈爾濱師大學報），1986(6)：60～65

試論茅盾文學評論的特色

　　沈辛，杜顯志　《咸寧師專學報》（哲社版）（鄂），1986(1)：35～41

茅盾——傑出的新詩批評家

　　潘頌德　《延邊大學學報》（社科版）（吉），1986(1)：59～65

二十年代中國革命文學的一座理論高峰——讀茅盾《論無產階級藝術》

　　郝明樹　《淮陰師專學報》（哲社版）（蘇），1986(3)：63～70

抗戰時期茅盾的現實主義理論

　　吳向北　《抗戰文藝研究》（成都），1986(2)：25～31

關於茅盾第一篇文學論文辨

　　黃景行　《浙江師範大學學報》（社科版）（金華），1986(3)：106～107

從《廬隱論》談起——紀念茅盾誕辰九十周年

　　徐可　《內蒙古師大學報》（哲社版）（呼和浩特），1986(3)：74～80

茅盾和李健吾在新文學批評史上的地位——兼評司馬長風的《中國新文學史》
對茅盾和李健吾的論述

　　羅宗義　《昭烏達蒙師專學報》（社科版）（內蒙古），1987(1)：40～49

論茅盾革命現實主義文學觀與蘇聯文學的影響

　　關國虬　《福建師範大學學報》（哲社版）（福州），1987(2)：33～40

茅盾文藝評論的形成來源和作用

　　萬樹玉　《湖州師專學報》（人文科學版）（浙），1987(3)：33～40

論茅盾文學批評觀的現代化特徵

　　沈昆明　《北京大學學報》（哲社版），1987(2)：102～113

茅盾文學評論的特色

　　杜顯志　《零陵師專學報》（哲社版）（湘），1987(1)：31～37

抗戰時期茅盾的報告文學理論和批評

　　段百玲　《抗戰文藝研究》（成都）1987(4)：69～70

人類學派神話觀與馬克思主義神話觀比較──對茅盾同志的研究神話觀點提幾點管見

　　蔡茂松　《雷州師專學報》（社科版）（粵湛江），1987(2)：30～38

新文學批評意識和批評模式的引進與重構──論茅盾對丹納的接受

　　丁亞平　《天津社會科學》，1987(4)：87～91

兩種藝術傾向的衝突──茅盾與前期創造社文學論爭漫議

　　李玉明　《山東師大學報》（社科版）（濟南），1988(2)：48～52

魯迅和茅盾的文藝批評比較

　　杜顯志、薛傳之　《學術論壇》（南寧），1988(5)：69～72

論茅盾創作中現實主義的象徵

　　劉鋒傑　《安徽師大學報》（哲社版）（蕪湖），1988(1)：68～74

對創作奧秘的深刻理解──學習茅盾創作思想一得

　　李方平　《青島師專學報》（社科版）（魯），1988(2)：40～43

茅盾處理繼承與借鑒關係的歷史經驗

　　黎舟　《福建論壇》（文史哲版）（福州），1988(2)：55～60

茅盾藝術追求的政治化傾向

　　朱曉華　《南京大學學報》（哲社‧人文‧社會科學版），1988(2)：121～126

茅盾前期文藝觀與西方現實主義、自然主義──兼論五四現實主義的歷史特徵

　　羅鋼　《北京師範大學學報》（社科版），1988(3)：70～84

茅盾文學批評研究

　　丁憶帆　《文藝理論與批評》（京），1988(5)：111～119

關於茅盾《論無產階級藝術》的寫作

　　孫中田　《文藝報》（京），1988.8.20

試談茅盾的兒童文學評論

　　方衛平　《衡陽師專學報》（社科版）（湘），1988(2)：85～90

慧眼獨具的精論，論評藝術的珍品──讀茅盾《徐志摩論》

張永延　《內蒙古師大學報》（哲社版）（呼和浩特），1989(4)：104～109

給西方的被壓迫大眾

茅盾　《華中師範大學學報》（哲社版）（武漢），1990(3)：62～64

《給西方的被壓迫大眾》為何而作？

安範　《華中師範大學學報》（哲社版）（武漢），1990(3)：65～68

新文學發展中的傑出批評家──茅盾與「五四」新文學發展中的個性主義問題

陳方競、力耕　《牡丹江師範院校學報》（哲社版）（黑），1989(1)：77～80

茅盾與新文學的民族化建設

翟耀　《齊魯學刊》（曲阜師院學報）（魯），1989(4)：84～89

試論茅盾前期的文藝思想（上）

翟同泰　《新疆大學學報》（哲社版）（烏魯木齊），1989(1)：61～67

試論茅盾前期的文藝思想（下）

翟同泰　《新疆大學學報》（哲社版）（烏魯木齊），1989(2)：66～73

文學是時代的──茅盾文藝思想學習札記

馬大康　《齊魯學刊》（曲阜師院學報）（魯），1989(4)：90～95

茅盾早期文學思想與外國文學

沈昆明　《蘇州大學學報》（哲社版），1989(1)：90～94

性格結構・現實意識・審美情緒──茅盾建國前文學批評心理研究

丁亞平　《江海學刊》（南京），1989(3)：176～182

論茅盾的文學批評

邵伯周　《雲南師範大學學報》（哲社版）（昆明），1989(2)：38～45

論茅盾文學批評的特徵

唐金海　《中國文學研究》（長沙），1989(3)：55～61

茅盾對文學批評建設的歷史貢獻（提要）

王建中　《呼蘭師專學報》（社科版）（黑），1989(1)：38～39

評茅盾 30 年代前後的作家作品論

陸文采　《遼寧師範大學學報》（社科版）（大連）1989(2)：44～49

茅盾怎樣研究魯迅

周蔥秀　《錦州師院學報》（哲社版），1989(2)：17～22

茅盾的文學風格論斷想

莊鍾慶　《廈門大學學報》（哲社版）（閩），1989(1)：41～49

現代新型批評意識和價值觀念的歷史選擇——茅盾文學批評心理研究之一

　　　丁亞平　《福建論壇》（文史哲版）（福州），1989(6)：52～58

論茅盾的大眾文藝觀

　　　嚴僮倫　《思茅師專學報》（滇），1990(1)：38～41，7

自然主義的先聲——茅盾早期文藝主張再探

　　　張書恒　《南都學壇》（社科版）（南陽師專）（豫），1990(4)：39～46

文學研究會時的茅盾與法國文學

　　　蘇華　《文藝理論與批評》（京），1990(3)：137～144

茅盾對文學批評建設的歷史貢獻

　　　王建中　《社會科學輯刊》（瀋陽），1990(2)：139～144

「關係結構」中的文學價值論——茅盾早期文學理論與批評的特色

　　　許建華　《華東師大學報》（哲社版）（長春），1990(3)：77～83

超越意識：蘊示未來之維的選擇——茅盾文學批評心理研究之一

　　　丁亞平　《寧夏社會科學》（銀川），1990(6)：91～97

略論茅盾在延安的理論成就

　　　孫國林　《河北師範大學學報》（社科版）（石家莊），1990(3)：20～24

多重規定下的批評思維個性——茅盾文學批評心理研究之一

　　　丁亞平　《華中師範大學學報》（武漢），1990(2)：49～56

試論茅盾的現代作家作品論的宏觀價值

　　　吳國群　《文學評論》（京），1990(3)：39～46

茅盾評少數民族作家的創作

　　　孫桂森　《內蒙古民族師範學報》（呼和浩特），1990(2)：16～21，15

從《神話研究》看茅盾的神話觀及其與人類學派神話學的關係

　　　崔柳生　《社會科學探索》（南寧），1990(5)：56～60

茅盾與近代法國文學的科學理性精神

　　　黎舟　《福建師大學報》（哲社版）（福州），1991(1)：50～56

美學感覺：對文學價值的整體感知——茅盾文學批評心理研究之一

　　　丁亞平　《人文雜誌》（西安），1991(3)：107～112

個性心理：對歷史進程的意識和體驗——茅盾文學批評心理研究之一

　　　丁亞平　《河北學刊》（石家莊），1991(2)：65～69

文學選擇思維品質的個性呈示——茅盾文學批評心理研究之一

丁亞平　《貴州社會科學》（文史哲版）（貴陽），1991(2)：20～25，50

理性思維：對意蘊世界的價值確定——茅盾文學批評心理研究之一

丁亞平　《江蘇社會科學》（南京），1991(4)：94～98

論茅盾社會學文學批評的歷史功績

顧順泉　《湖州師專學報》（哲社版），1992(1)：31～37

論左翼文藝思潮與茅盾的文藝批評

徐越化　《湖州師專學報》（哲社版），1991(3)：1～10

茅盾與現代主義思潮論析

王嘉良　《浙江社會科學》（杭州），1991(4)：54～60

創造社會主義文學的理論標幟——茅盾《夜讀偶記》論略

馮望岳　《渭南師專學報》（哲社版），1992(2)：40～46

馬克思主義與茅盾創作

方銘、胡程　《安徽大學學報》（哲社版）（合肥），1991(4)：55～62，92

論茅盾走上文學道路的文化背景

李晶標　《杭州師範學院學報》（哲社版），1992(1)：93～99

茅盾與近代法國文學的科學理性精神

黎舟　《福建師大學報》（哲社版）（福州），1991(1)：50～56

論茅盾紀實文學思想及實踐

鍾桂松　《浙江學刊》（杭州），1992(4)：81～83

茅盾前期現實主義文學觀

吳秀英　《松遼學刊》（社科版）（四平），1992(3)：85～88

逆境中的樂觀與悲觀——1927年魯迅與茅盾心態之比較

楊鼎川　《佛山大學學報》（廣州），1992(3)：62～69

1925年前後茅盾文藝思想辨析——茅盾與波格丹諾夫文藝思想比較談

李晶標　《杭州師院學報》（哲社版），1992(4)：71～75

偉大跋涉者的足迹——評茅盾早期對文學基本問題的探索

丁柏銓　《江蘇社會科學》（南京），1992(3)：91～96

「文藝亦以求真為唯一目的」——一論茅盾對中國古典小說的繼承和發展

劉煥林　《廣西師範大學學報》（社科版），1992(1)：33～39

對客觀性與主觀性的不同倚重——茅盾、巴金藝術比較

袁振聲　《天津師大學報》（社科版），1992(4)：61～66

茅盾文藝觀的發展及其作家作品評論

  昌切　《中國現代文學研究》（京），1992（4）：296～297

幻滅的悲哀──茅盾與法國文學比較研究

  唐建清　《南京大學學報》（哲學・人文・社科版），1992（1）：136～142

試論茅盾的心理分析現實意義

  馬佳　《中國現代文學研究叢刊》（京），1992（1）：100～115

世紀之交的文學思潮和茅盾的文學定位

  吳國群　《紹興師專學報》（哲社版），1992（3）：36～43

茅盾早期文學批評的特徵與方法

  熊峰　《九江師專學報》（哲社版），1992（2～3）：78～81

茅盾論「阿Ｑ相」四題

  單演義　《語文學刊》，1992（4）：1～3

論茅盾的《冰心論》

  徐越化　《湖州師專學報》，1992（4）：21～28，7

茅盾：在理性追求與浪漫氣質之間

  陳詠芹　《黃淮學刊》（哲社版），1992（3）：100～106

簡評茅盾的《牯嶺之秋》

  曹金林　《江蘇教育學院學報》（社科版），1992（4）：27～32

茅盾處理現實主義與現代主義關係的歷史軌迹

  黎舟　《福建師範大學學報》（哲社版），1993（4）：42～48

為人生而藝術的文化品格──略論茅盾早期文藝觀與文化學

  孫中田　《社會科學戰線》，1993（3）：254～259

論茅盾「作家論」批評文體

  溫儒敏　《天津社會科學》，1993（3）：45～51

陌生的同路人──論五四時期茅盾文學觀

  楊揚　《文學評論》，1993（3）：127～137

茅盾論社會主義新人形象問題

  郭寶林　《文藝理論與批評》，1993（2）：45～50

茅盾早期文藝觀的形成與發展：《茅盾評傳》片斷

  丁爾綱　《甘肅社會科學》，1993（6）：106～111

推崇客觀：茅盾批評思想的核心層面

劉鋒傑　《安徽師大學報》（哲社版），1994（4）：401～410，7

茅盾創作個性形成的原因

唐紀如　《南京師大學報》（社科版），1994（1）：82～87

「文學的構成，卻全靠藝術」──論茅盾創作個性的理論導向

唐紀如　《鎮江師專學報》（社科版），1994（2）：6～11

生活，創作的源泉──茅盾的創作觀及其創作成就原因分析

王啓鵬　《惠州大學學報》（社科版），1994（3）：56～61

「文學是時代的反映」──茅盾創作個性的理論導向之一

唐紀如　《江蘇教育學院學報》（社科版），1995（2）：65～68

茅盾與「現實主義深化」、「寫中間人物」論──兼談批判「大連黑會」的指向問題

丁爾綱　《綏化師專學報》，1995（2）：14～22

試談茅盾對十七年短篇小說的評論

周水濤　《湖北師範學院學報》（哲社版），1993（5）：75～79

茅盾「五四」文學理論與「五四」文學

周昌義　《湘潭大學學報》（哲社版），1995（3）：19～23，27

茅盾論創作方法及其相關的幾個問題

袁興華　《中國文學研究》，1995（1）：78～83

中國現代批評中的現實主義三類型──茅盾、周揚與胡風比較談

劉鋒傑　《海南師院學報》，1996（4）：34～37

茅盾前期現實主義文學批評觀評析

羅守讓　《理論與創作》，1996（6）：31～34

革命文藝與小資產階級──茅盾與創造社、太陽社論爭的焦點

賀雪飛　《寧波大學學報》（人文版），1996（1）：8～12

論茅盾文學的現代化選擇

朱德發　《山東師大學報》（社科版），1996（4）：68～76

茅盾文學思想結構探

蔣心煥　《山東師大學報》（社科版），1996（4）：77～80

疾風知勁草，冰雪諳笑梅──論抗戰初期茅盾的文藝思想及其發展特點

丁爾綱　《山東師大學報》（社科版），1996（4）：81～88

茅盾藝術技巧的外來影響

劉煥林　《社會科學家》，1996（3）：27～32

茅盾的女性文學批評

金燕玉　《文學報》，1996.7.25 ④

茅盾與現代文學批評

溫儒敏　《文學評論》，1996（3）：11～23

社會化：茅盾把握客體的獨具方略

葉志良　《浙江師大學報》（社科版），1996（3）：14～17

論茅盾藝術思維理論的現代品格與獨創性價值

王嘉良　《浙江學刊》，1996（4）：5～10

茅盾論郭沫若的《女神》及其它——紀念茅盾誕辰 100 周年

秦川　《郭沫若學刊》，1996（3）：33～38

論茅盾的《落華生論》

徐越化　《湖州師專學報》，1997（2）：14～20

茅盾現實主義理論流變概觀

李標晶　《贛南師範學院學報》（社科版），1997（4）：18～20

轉折期的精神浮沉與演進——茅盾寫作《從牯嶺到東京》前後思想透視

丁柏銓　《江蘇社會科學》，1997（1）：132～139

通俗化、大眾化、中國化與現實主義——論茅盾在抗戰文學中的貢獻

劉國清　《南昌大學學報》（社科版），1997（1）：98～103

茅盾對公式化、概念化創作批評的依據與糾正見解

周若金、雨蕭　《淄博師專學報》，1997（3）：52～56

論茅盾對公式化概念化創作的批評

周若金　《聊城師範學院學報》，1998（1）：109～112

談茅盾的《水滸》總體結構無機論

許錫強　《語文學習》，1998（5）：12～14

論茅盾文學批評的藝術性標準

孫學海　《南都學壇》，1998（5）：53～55

茅盾批評公式化概念化創作傾向的主要內容

樊寶英、周若金　《東方論壇》，1999（1）：42～44

論人是否知己？——評茅盾左翼思潮時期的八篇「作家論」

常江虹　《惠州大學學報》，1999（1）：52～58

談茅盾的革命現實主義的文藝觀

　　方占美　《雁北師範學院學報》（大同），1999（1）：38～40

茅盾關於《水滸》結構的一個著名論斷

　　陸精康　《中學語文教學參考》，1999（8～9）：58～61

茅盾的鄉土文學觀

　　葉志良　《黑龍江社會科學》，1999（4）：61～64

社會主義現實主義的兩難：敘事還是抒情——對茅盾文學理論主張的話語分析

　　周可　《汕頭大學學報》（人文版），1999（5）：53～61

茅盾文藝思想述評

　　黃立平　《學術論壇》，2000（2）：97～100

茅盾文學批評新論

　　卜召林、王玲玲　《山東社會科學》，2000（2）：96～99

茅盾的新浪漫主義初探——茅盾文學觀研究之一

　　朱波　《上海師範大學學報》（哲學·教育·社科版），2000（1）：100～105

試論社會剖析派現實主義形成的歷史原因及其藝術表現特徵

　　應麗琴　《寧波高等專科學校學報》，2000（1）

茅盾的現實主義藝術精神

　　王秀琳　《北京第二外國語學院學報》，2000（4）

美學思想

茅盾與文學的自然主義

　　朱德發　《山東師大學報》，1982（5）：61

論茅盾和「自然主義」及其他

　　查國華　《齊魯學刊》（曲阜師院學報），1982（4）：74

拓荒者的傑出貢獻——茅盾與新文學的現實主義

　　邵伯周　《中國現代文學研究叢刊》，1982（4）：60

茅盾早期對文學的真善美認識

　　楊健民　《浙江學刊》，1983（3）：107

茅盾論現實主義

　　鄭富成　《河北學刊》，1983（3）：171

茅盾前期現實主義理論初探

　　張永延　《陝西師大學報》，1983（3）：48

談茅盾現實主義創作的時代性

　　　張椿　　《山西大學學報》，1983（4）：64

茅盾早期的真實論

　　　史瑤　　《浙江學刊》，1983（3）：99

茅盾與自然主義

　　　呂效平、武鎮寧　　《中國現代文學研究叢刊》，北京出版社，1983（2）：125
～147

新民主主義革命時期茅盾小說美學淺探

　　　曹萬生　　《四川大學學報》，1983（3）：57

試論茅盾早期的自然主義理論主張及創作傾向

　　　丁帆　　《文藝論叢》（20），上海文藝出版社，1984，197～211

論茅盾早期的美學思想

　　　安國　　《齊齊哈爾師範學院學報》（哲社版）（黑），1984（1）：58～64

茅盾美學思想管窺——兼評茅盾文學活動的得與失

　　　周細剛　　《藝譚》（合肥），1984（1）：140～142

茅盾的現實主義詩學觀

　　　夏爵蓉　　《西南民族學院學報》哲社版（成都），1985（2）：69～75

茅盾與象徵主義

　　　黎丹　　《福建論壇》（文史哲版）（福州），1985（2）：33～38

論茅盾與新浪漫主義文學思潮

　　　王中忱　　《浙江學刊》（杭州），1985（4）：58～65

茅盾「新浪漫主義」辨

　　　田中陽　　《湖南師大學報》（哲社版）（長沙），1985（4）：91～95

茅盾美學思想略論

　　　鄧牛頓　　《遼寧大學學報》（哲社版）（瀋陽），1985（2）：67～70

論茅盾的神話美學觀

　　　曹萬生　　《四川師範大學學報》（哲社版）（成都），1985（4）：36～42

從《故鄉》與《水藻行》看魯迅和茅盾的美學追求

　　　冒鍵　　《南通師專學報》（社科版）（蘇），1986（3）：18～24

論茅盾的藝術美感心理論

　　　曹萬生　　《浙江學刊》（杭州），1987（1）：101～108

茅盾接受美學觀探析

　　　　顧琅川　《紹興師專學報》（社科版）（浙），1987(4)：44～51

新文學價值意識藝術思維和審美組織的歷史選擇——論茅盾對托爾斯泰的接受

　　　　丁亞平　《寧夏社會科學》（銀川），1988(4)：95～101

茅盾對人類審美形態考察之論析

　　　　曹萬生　《四川教育學院學報》（成都），1989(3)：30～34

茅盾早期美學思想評議

　　　　丁柏銓　《社科信息》（南京），1989(8)：55～59

理性的傾斜與控制——略論茅盾的藝術思維特徵

　　　　皇甫積慶　《遼寧教育學院學報》（社科版）（瀋陽），1989(2)：51～57

典型：真和美的集中體現——茅盾文藝美學思想探討之一

　　　　史瑤　《浙江學刊》（杭州），1990(1)：54～60

談茅盾的美學觀

　　　　項文泉　《語文學刊》（呼和浩特），1990(1)：1～4

從接受美學角度談茅盾作品創作

　　　　歐家斤　《江西教育學院學報》（綜合版）（南昌），1990(2)：21～24

論茅盾早期的美學思想

　　　　丁柏銓　《南京大學學報》（哲學‧人文‧社科版），1992(2)：181～187，
196

茅盾與俄國文學、尼采思想和新浪漫主義——茅盾藝術美理論建構描述

　　　　錢誠一　《中國現代文學研究》（京），1992(4)：294～295

論茅盾與西方新浪漫主義

　　　　顧國柱　《延邊大學學報》（哲社版）（延吉），1992(3)：64～69

論茅盾與西方新浪漫主義

　　　　李燕　《湖北民族學院學報》（社科版），1992(2)：54～58

再論茅盾早期的美學思想——與早期或同期魯迅相比較

　　　　丁柏銓　《南京大學學報》（哲社版），1993(3)：180～186

對茅盾與自然主義複雜關係的全面考察

　　　　趙江濱　《徐州師範學院學報》（哲社版），1993(1)：18～22

茅盾：建構自成體系的「歷史——美學」批評原則

阮多初　《浙江師大學報》（社科版），1993(5)：7～10

茅盾早期現實主義與左拉自然主義

張德美　《安徽師大學報》（哲社版），1994(4)：411～416，425

論茅盾早期的美學觀的形成與發展：《茅盾評傳》之一節

丁爾綱　《聊城師範學院學報》（哲社版），1994(2)：119～12

茅盾倡導自然主義的再評價

湯振海　《蘇州大學學報》（哲社版），1995(4)：60～63

茅盾作家論的美學創造

李方平　《青島大學師範學院學報》，1996(2)：27～33

論茅盾早期的自然主義抉擇

劉承記　《信陽師範學院學報》（哲社版），1996(4)：71～74

茅盾三十年代藝術特徵的歷史與美學深度

周可　《浙江學刊》，1996(4)：11～15

茅盾對象徵主義的譯介

尹康莊　《吉林大學社會科學學報》，1997(2)：40～45

理想與現實的分裂和對抗──論郭沫若、茅盾的美學思想

封孝倫　《貴州社會科學》，1997(5)：58～63

茅盾與左拉自然主義

顧國柱　《湖北民族學院學報》（哲社版），1999(3)：53～58

四、創作研究

綜合

關於茅盾的著作

駝　《出版月刊》創刊號，1929.12.25

茅盾先生創作的考察

賀玉波　《讀書月刊》第 2 卷第 1 期，1931.4.10

茅盾的近作

許淦　《浪花》第 1 卷第 1 期，1936.6.15

茅盾先生著譯書目

《新華日報》，1945.6.24

從茅盾先生的作品看時代

    徐君慧　《文藝墾地》第 2 期，1947.11.15

茅盾的文學創作

    丁易　《中國現代文學史略》，作家出版社，1955

試論茅盾的創作

    孫中田　《科學集刊》（東北師大），1956（2）

茅盾先生著譯目錄

    張靜廬　《中國現代出版史料》丙編，1956

茅盾的生活和創作

    萬曼　《現代作品選講》湖北版，1956

茅盾——「五四」以來傑出的現實主義作家

    耳東　《遼寧文學》，1957（6）

茅盾及其創作活動

    復旦大學中文系　《中國現代文學史》第 2 編第 4 章，上海文藝出版社出版，1959

茅盾創作中的民族資產階級形象

    呂榮春　《福建師院學報》第 1 期，1962

茅盾二十七篇童話編目

    翟光熙　《圖書館》第 4 期，1962

茅盾著譯年表

    孫中田　《吉林師大學報》，1978（1～4）

茅盾及其創作

    何欣　《中國現代小說的主潮》第一講第二節，台灣遠景出版社出版，1979.3

漫談茅盾創作活動的幾個特點——獻給新長征路上的青年作者

    葉子銘　《鍾山》，1979（3）

茅盾初期創作中的矛盾

    莊鍾慶　《文藝論叢》，1980.11

前無古人的藝術描寫

    《文藝理論研究》，1980（1）：136

了解全體與深入一角

    《文藝理論研究》，1980（1）：66

茅盾談創作

　　　　《遼寧日報》，1981.4.7 ④

茅盾論寫作

　　　　《寫作》，1981(1)：2

悼念偉大的革命文學家茅盾同志──茅盾同志的創作道路

　　　　王馳　　《湘江文藝》，1981(7)：66

創造「立體感」的「活人」──茅盾創作經驗談片

　　　　唐金海　　《朔方》，1981(10)：67

論茅盾文學創作的成就──《茅盾的創作歷程》一書的結語

　　　　莊鍾慶　　《光明日報》，1981.4.14 ④

一幅簡圖──中國文學的過去和現在

　　　　茅盾　　《文藝研究》，1981(2)：6

茅盾的作家論──讀書札記

　　　　張又君　　《鴨綠江》，1981(6)：69

新文學前期作家研究的範例──作家論札記

　　　　文振庭　　《武漢師範學院學報》，1981(1)：76

喜讀茅盾的《神話研究》

　　　　榮光　　《解放日報》，1981.11.11 ④

巨著的背後──「文學回憶錄」

　　　　姜德明　　《中國財貿報》，1981.4.16 ③

培植文學新人成長的偉大園丁──讀《茅盾文藝評論集》部分文章札記

　　　　范凡　　《河北文學》，1981(7)：58

《茅盾文藝雜論集》編後記

　　　　葉小銘　　《上海文學》，1981(4)：78

茅盾的主要著作

　　　　宗山　　《工人日報》，1981.4.4 ④

茅盾和他的著作

　　　　鳳翔　　《北京晚報》，1981.3.28 ③

一份茅盾先生著作的目錄

　　　　陳漾　　《新文學史料》，1979(4)：302

筆有千鈞任歙張──茅盾同志談《文學報》

峻青　《文學報》，1981.4.2 ①

一九八〇年出版的茅盾作品和茅盾研究論著評述

葉子銘、卜合士　《群眾論叢》，1981（6）：84

人民文學出版社抓緊編輯出版茅盾新著

《人民日報》，1981.4.10 ④

「我的心向著你們」

周明　《散文》，1981（8）：2

茅盾童年時代的兩冊作文

桐青　《人民日報》，1981.11.9 ⑧

從茅盾的小學作文談起

楊喬　《羊城晚報》，1981.12.17 ②

茅盾小學時代的作文簿

之平　《文學報》，1981.11.12 ③

論茅盾的文學業績

孫中田　《文學評論》，1981（4）：44

時代的畫家，文學的巨匠

吳孟鏗　《學術論壇》，1981（5）：51

現代文學巨匠——茅盾

梅平　《教學與進修》，1981（3）：66

茅盾抗戰時期在蘭州的文藝報告

唐祈　《社會科學》（甘肅），1982（2）：8

茅盾手稿——《讀丁聰的〈阿Q正傳〉故事畫》書後

楊槐　《紅岩》，1982（2）：210

略談雁冰兄的文學工作

葉聖陶　《新文學史料》，1982（1）：34

小談茅盾創作的第二個十年——《茅盾四十年代在香港和桂林的文學成就》前言

林煥平　《廣西文學》，1982（6）：66

「靜夜簫聲」的聯想——讀茅盾寫的一篇短序

草雲　《西湖》，1982（3）：38

關於茅盾的第一篇文學論文

陳越　《嘉興師專學報》，1982（1）：16

茅盾少年時代兩本作文本發現經過

禾人　《東海》，1982（1）：56

茅盾小學時代的兩冊作文

《嘉興師專學報》，1982（1）：49

讀史有眼，立論有識──略談茅盾小學時代的兩冊作文

吳騫　《南京大學學報》，1982（2）：119

少年茅盾的思想印記──讀茅盾小學時期的兩本作文

吳騫　《浙江學刊》，1982（2）：68

茅盾小學時期作文兩篇

《浙江學刊》，1982（2）：67

讀茅盾童年時代的作文

凌德　《語文戰線》（浙江），1982（3）：30

睡獅既醒雄視全球──介紹茅盾小學時代的作文之一

吳騫　《嘉興師專學報》，1982（1）：40

刊登茅盾小學作文有何不可

區澄芬　《北京晚報》，1982.9.25 ③

茅盾小學時的作文

司徒偉智　《北京晚報》，1982.7.24 ③

茅盾少年時代作文選登

《教學與研究》（語文）（浙江），1982.4.40

茅盾最後一部著作──《我走過的道路》

任雯　《人民日報》，1982.2.10 ⑤

茅盾對兒童文學的貢獻

金燕玉　《江蘇師院學報》，1982（2）：51

讓茅盾的傑作在青年中廣為傳播

翁心惠　《教學與研究》（語文）（浙江），1982（4）：39

銀幕上的茅盾作品

錢峻崖　《電影評介》，1981（12）：28

茅盾的五篇未署名文章

《中國現代文學研究叢刊》，1982（2）：258～265

談茅盾發表在《文學》上未署名文章

　　蔡清富　　《中國現代文學研究》（京），1982（2）：266～271

從把握「全面」中「深入一角」──茅盾創作經驗談片

　　王嘉良　　《山花》，1983（5）：73

塑造有立體感的「活人」──茅盾創作經驗談片

　　王嘉良　　《東海》，1983（1）：690

堅持茅盾說的《兩點》

　　艾彤　　《廣西日報》，1983.8.31 ③

茅盾和新浪漫主義

　　孫愼之　　《聊城師範學院學報》，1983（2）：90

略論茅盾哲理性的抒情隨筆

　　廖子東　　《華南師範大學學報》，1983（4）：760

茅盾早期的比較文學研究

　　孫昌熙、孫愼之　　《文史哲》，1983（5）：3

從《夜讀偶記》看茅盾的創作方法理論──為紀念茅盾同志逝世二周年而作

　　林煥平、王可平　　《文藝理論研究》，1983（1）：56

茅盾與童話──介紹《茅盾童話選》

　　張忠富　　《羊城晚報》，1983.6.21 ③

在馬克思主義啟迪下茅盾對建立中國式社會主義文學的貢獻

　　吳向北　　《延邊大學學報》，1983 專號：36

現代文學巨匠茅盾的主要文學建樹及其主要特色

　　丁爾綱　　《山西大學學報》，1983（4）：47

茅盾關於文學的民族形式理論的演變探微

　　王評章　　《新文學論叢》，1983（1）：35

茅盾的人物描寫論

　　李天平　　《韶關師專學報》（粵），1983（3～4）：23～30

漫談茅盾作品的語言藝術

　　陳爲民　　《文藝論叢》，上海文藝出版社，1983（總 18）：414～433

茅盾論生活與創作

　　王煙生　　《徐州師範學院學報》（哲社版）（蘇），1984（3）：42～46

關於茅盾的《創作的準備》

夏陽　《飛天》（蘭州），1984（2）：117～119

取精用宏，小題大做——茅盾創作經驗談片

王嘉良　《奔流》（鄭州），1984（12）：72，51

論茅盾文藝創作的獨特性

吳承誠　《求索》（長沙），1984（6）：129～133

論茅盾的創作個性及其形成

張明亮　《華南師範大學學報》（社科版）（廣州），1984（1）：105～113

茅盾神話研究的理論貢獻

呂禾　《杭州大學學報》（哲社版），1984（1）：54～61

茅盾筆下的小火輪

鍾桂松　《語文月刊》（廣州），1984（7）：33～34

他山之石，可以攻玉——試談茅盾作品中方言俗語的表達效果

俞正貽　《湖州師專學報》（社科版）（浙），1984（2）：15～21

魯迅和茅盾現實主義創作特色的比較研究

許祖華　《武漢師範學院學報》（哲社版），1984（2）：87～92

指導閱讀外國文學的入門書——茅盾著《世界文學名著雜談》

王治國　《書林》（滬），1985（1）：41

茅盾少年時代作文選登

毛谷風、宋承圓供稿　《語文教研》（浙江師院中文系）（金華）1985（1）：
10～12

談《茅盾少年作文》

毛華軒　《文獻》（京），1985（1）：268～271

茅盾與兒童文學

《工人日報》，1985.6.1 ②

報春的鮮花——略談茅盾的童話創作

康虹　《長春師院學報》（哲社版），1985（2）：40～43

淺談茅盾的童話編寫工作

金燕玉　《藝譚》（合肥），1985（1）：28～32

《韋護》摭談

張炯、王淑秧　《瀋陽師範學院社會科學學報》，1985（2）：96～100

創作個性諸因素的組合及發展——析茅盾論文學研究會作家的創作個性

　　　朱水湧、盛子潮　《浙江學刊》（杭州），1985(5)：61～66

試筆以前──推薦茅盾《創作的準備》

　　　趙耀堂　《語文函授》（曲阜），1985(5)：19～21

茅盾早期創作與左拉自然主義文學理論

　　　徐學　《文學評論》（京），1986(4)：108～120

論魯迅、茅盾農村題材創作的情理交融

　　　李繼凱　《陝西師大學報》（哲社版）（西安），1986(3)：16～23，32

試析離鄉求學對茅盾創作所起的作用

　　　許雲生　《湖州師專學報》（人文科學版）（浙），1987(3)：80～83

理性融入藝術形式──茅盾的藝術構思續談

　　　史瑤　《浙江學刊》（杭州），1987(4)：60～66

試論茅盾的題材觀及其實踐

　　　李標晶　《杭州師範學院學報》（社科版），1987(1)：55～61

一位中國兒童文學倡導者的藝術探索──論茅盾對兒童文學的貢獻

　　　韋葦　《浙江師範大學學報》（哲社版）（杭州），1987(3)：56～62

茅盾的第一篇作品

　　　盛巽昌　《社會科學報》（滬），1987.3.26 ④

茅盾與神話

　　　金燕玉　《浙江學刊》（杭州），1987(3)：60～66

茅盾、巴金創作差異論

　　　吳承誠　《上海師範大學學報》（哲社版），1988(1)：43～45

茅盾和洪深兩部農村三部曲之比較

　　　周棉　《徐州師範學院學報》（哲社版）（蘇），1988(3)：58～63

讀茅盾少年時代的作文

　　　戈錚　《杭州師範學院學報》（社科版），1988(1)：67～72，81

論茅盾創作活動中的讀者意識

　　　李繼凱　《陝西師大學報》（哲社版）（西安），1990(4)：98～104

以我為主，廣採博取──論茅盾對西方文學借鑒的經驗

　　　李庶長　《山東大學學報》（哲社版）（濟南），1990(2)：35～40

魯迅與茅盾的悲劇藝術

　　　王澤龍、董建華　《湖北師範學院學報》（黃石），1990(2)：69～76

論茅盾作品中的浙江地方「風景畫」

    李廣德　《湖州師專學報》（哲社版），1991(3)：11～19

茅盾著作標題初識

    俞正貽　《湖州師專學報》（哲社版），1991(3)：29～34

茅盾女性母題的文化審視

    吳向北　《重慶師院學報》（哲社版），1992(4)：58～69

怎樣欣賞中學課文中茅盾作品的美

    歐家斤　《江西教育學院學報》，1992(4)：66～69

「寡母撫孤」現象對中國現代作家的影響──對胡適、魯迅、茅盾、老舍童年經歷的一種理解

    謝泳　《中國現代文學研究叢刊》，1992(3)：205～212

論茅盾報告文學創作特徵

    丁曉原　《江蘇社會科學》，1993(4)：115～119

茅盾作品中的浙北方言

    余連祥　《湖州師專學報》，1994(1)：50～58

茅盾創作中的女性形象和時代女性

    鍾桂松　《社會科學輯刊》，1998(6)：151～154

小說

茅盾及其三部曲

    鄭學稼　《由文學革命到革文學的命》，勝利出版社江西分社版，1942.6

政治文學的代表作

    鄭學稼　《由文學革命到革文學的命》，勝利出版社江西分社版，1942.6

談茅盾的小說──文學講話

    彭作之　《生活週報》（爪哇），第 179 期，1948.3.21

沙汀和茅盾的小說

    丁易　《中國現代文學史略》第九章第三節，作家出版社，1955

茅盾的「三部曲」

    張畢來　《新文學史綱》第二章第三節，作家出版社，1955

漫談茅盾小說的語言風格

    袁振國　《揚州師院學報》，1981(3)：77

把「左拉方式」和「托爾斯泰方式」結合起來——三論茅盾小說的典型提煉

　　丁爾綱　《山東師院學報》，1981（3）：74

茅盾與科學幻想小說

　　余俊雄　《光明日報》，1981.4.29 ④

略論茅盾對農村題材的開拓及其它

　　趙耀堂、傅冰甲　《齊魯學刊》，1981（3）：75

論茅盾筆下的小資產階級女性

　　彭康　《廣州師院學報》，1982（2）：99

茅盾生前未出書的小說

　　魏紹昌　《新民晚報》，1982.3.27 ⑤

論馬克思主義對茅盾小說創作的影響

　　劉煥林　《廣西師範學院學報》，1983（1）：59

茅盾長篇小說對中外小說結構藝術的繼承與革新

　　許志安　《天津師大學報》，1983（5）：59

茅盾小說的時代性

　　鄭富成　《河北師範大學學報》，1983（4）：12

努力探索農民的精神世界——茅盾短篇小說學習札記

　　唐紀如　《揚州師院學報》，1983（2）：92

茅盾作品集束賞析

　　　九曲連環，絲絲入扣

　　　　　——《子夜》第二章賞析　張明亮

　　　細針密線，天衣無縫

　　　　　——談《林家鋪子》的結構藝術　王嘉良

　　　生動傳神，蘊藉含蓄

　　　　　——散文《香市》賞析　吳甸起

　　　爲特殊時代傳神寫照的素描

　　　　　——散文《大旱》賞析　姚馨丙、王勝士

　　《名作欣賞》（太原），1983（6）：34

論茅盾小說時代性和社會化特性

　　邱文治　《天津師專學報》，1984（2）：9～22

試論茅盾小說創作的時代性

邱文治　《昆明師院學報》（哲學版），1984(2)：30～37

淺談茅盾小說命名的藝術

錢大宇　《湖州師專學報》（社科版）（浙），1984(2)：56～60

從茅盾選擇民族資本家題材看其藝術個性

吳承誠　《杭州師院學報》（社科版），1984(2)：43～46

評茅盾對幾個民族資本家性格的描寫

吳承誠　《天津師專學報》，1984(1)：14～20

論茅盾筆下的民族資本家形象

吳承誠　《南寧師院學報》（哲社版），1984(3)：26～33

茅盾筆下的破產者典型

文心慧　《浙江師範學院學報》（社科版），1984(2)：1～8

茅盾、巴金小說裡的自然環境描寫比較

張民權　《安慶師院學報》（社科版）（皖），1984(4)：59～65

漫論魯迅與茅盾的小說

王敬文　《武漢師範學院學報》（哲社版），1984(2)：80～86，97

論茅盾早期小說中「時代女性」形象的塑造

田蕙蘭　《華中師院學報》（哲社版）（武漢），1984(3)：26～33

丁玲的莎菲和茅盾的「時代女性」群

丁爾綱　《山西大學學報》（哲社版）（太原），1984(4)：47～53

記茅盾小說的時代性

邱文治　《中國社會科學》（京），1985(7)：189～208

對人生的「哲學研究」──茅盾小說獨具的歷史價值

王嘉良　《天津社會科學》，1985(2)：64～70

茅盾小說中江浙方言俗語的運用

鍾桂松　《浙江學刊》（杭州），1985(2)：46～48

在真實的基礎上顯變化──茅盾中長篇小說情節的審美特徵續談

史瑤　《浙江學刊》（杭州），1985(1)：53～59

論茅盾小說中農村題材描寫的得與失

李繼凱　《徐州師範學院學報》（哲社版），1985(4)：47～51，46

試論魯迅和茅盾筆下的農民形象

譚廷傑　《湘潭師專學報》（社科版），1985（增刊）：13～21

魯迅《故事新編》與茅盾三部代表小說中人物創造的比較考察

　　　　林煥平　《文藝理論研究》（滬），1985(4)：95～105

茅盾筆下的「華威先生」

　　　　鍾桂松　《語文學刊》（廣州），1985(12)：3～4

論茅盾小說創作的藝術概括

　　　　文心慧　《浙江師範大學學報》（社科版）（金華），1986(3)：8～16

現實主義的總體設計——三論茅盾小說的結構藝術

　　　　丁爾綱　《河北師範大學學報》（社科版）（石家莊），1986(20)：13～21

論茅盾小說的有機性結構特徵

　　　　王嘉良　《天津社會科學》，1986(1)：64～70、28

論茅盾小說中的「時代女性」形象

　　　　張毓文　《浙江師範大學學報》（社科版）（金華），1986(3)：24～31

論茅盾小說「時代女性」形象的獨創性價值

　　　　王嘉良　《貴州社會科學》（文史哲），1986(8)：21～26

茅盾小說風格論

　　　　陳詠芹　《高丘師專學報》（社科版）（貴陽）（開封），1986(1)：103～112

茅盾小說的人物描寫與外國文學的關係

　　　　黎舟　《福建論壇》（文史哲版）（福州），1986(4)：29～35

創造具有複雜性格的「活人」——論茅盾小說的人物形象塑造

　　　　王嘉良　《溫州師專學報》（社科版）（浙）1986(1)：9～15

布局謀篇的宏觀思想——論茅盾小說的結構藝術之一

　　　　丁爾綱　《聊城師範院學學報》（哲社版）（魯），1986(1)：57～64

論茅盾的歷史小說

　　　　趙耀堂　《聊城師範學院學報》（哲社版）（魯），1986(1)：64～69

試論茅盾與文學的性心理描寫

　　　　李兆川　《克山師專學報》（黑），1986(3)：34～37

抗戰小說的時代性社會性史詩性追求——四論茅盾小說的典型提煉

　　　　丁爾綱　《抗戰文藝研究》（成都），1986(2)：1～13、43

茅盾抗戰時期小說簡論

　　　　楊鼎川　《抗戰文藝研究》（成都），1986(2)：14～24

茅盾抗戰時期短篇小說主題的社會意義

吳向北　《重慶師院學報》（哲社版）（川），1986(3)：33～37，41

茅盾的最後一部長篇小說

　　劉屏　《博覽群書》（京），1986(8)：22

茅盾論茅盾小說創作

　　李廣德　《湖州師專學報》（人文版）（浙），1987(1)：54～64

茅盾初期小說的苦惱意識

　　孫郁　《文學評論》（京），1987(4)：170～171

現實主義的象徵藝術——茅盾小說藝術綜論之一

　　邱文治　《天津社會科學》，1987(1)：62～69

鮮明而獨特的理性色彩——茅盾小說藝術綜論之一

　　邱文治　《南開學報》（哲社版）（津），1987(5)：9～18

茅盾：全景小說的巨匠——茅盾小說綜論

　　蕭向東　《鄖陽師專學報》（社科版）（鄂），1987(1)：57～65

茅盾小說的時代性兩面觀

　　彭曉豐　《文學評論》（京），1987(2)：169～170

茅盾小說的藝術真實

　　戈錚　《浙江學刊》（杭州），1987(6)：76～79

茅盾小說創作與象徵主義

　　黎舟　《福建師範大學學報》（哲社版）（福州），1987(1)：34～39

茅盾小說二重結構漫述

　　徐學　《福建論壇》（文史哲版）（福州），1987(1)：68～72

論茅盾社會分析小說的理性特色及其得失

　　陳潤蘭　《零陵師專學報》（哲社版）（湘），1987(1)：38～45，94～95

茅盾三十年代農村題材的創作

　　張衍芸　《寧夏教育學院學報》（社科版）（銀川），1987(1)：58～62

談茅盾筆下民族資本家形象系列的影響與啟迪

　　楊有業　《鞍山師專學報》（社科版）（遼），1987(2)：49～53

探索一代小資產階級命運的人物世界——簡論茅盾小說的「時代女性」形象系列

　　王嘉良　《學術研究》（廣州），1987(2)：81

茅盾和左聯時期的革命現實主義小說

焦淑繹　《語文學習》（滬），1987(4)：38～40

魯迅和茅盾小說比較分析

秦志希　《江海學刊》（文史哲版）（南京），1987(4)：35～41，86

論魯迅茅盾農村題材創作的定向性

李繼凱　《浙江學刊》（杭州），1987(2)：62～67，114

茅盾與魯迅小說藝術比較

熊家良　《鄂西大學學報》（社科版）（恩施），1987(1～2)：47～51

文化斷裂帶的心理投影──茅盾、巴金創作視角之比較

余崢　《寧德師專學報》（哲社版）（閩），1987(1)：41～46，69

凝注著血淚的思考與探索──漫論茅盾、巴金初步文壇時期描寫青年知識分子革命題材的長篇小說

李俊　《湖北大學學報》（哲社版）（武漢），1987(1)：64～70

舊知識分子革命蟬蛻的深刻剖析──茅盾和阿・托爾斯泰筆下的知識分子

謝家駒　《上海教育學院學報》（社科版），1987(2)：87～93，86

茅盾「水滸」小說散論

陳永昊　《湖州師專學報》（人文科學版）（浙），1987(3)：10～18

體現時代精神的「力之美」──論茅盾小說美的主要特徵

馬大康　《台州師專學報》（社科版）（浙），1987(2)：23～28

茅盾小說研究的拓展和深化──山東省第二屆茅盾研究學術討論會綜述

魯文　《山東師大學報》（社科版）（濟南），1988(4)：92～94

茅盾小說時代性的再認識──兼論其文學創作的得失

張毓文　《文藝理論與批評》（京），1988(3)：68～75

面臨否定之否定的人們──論茅盾的時代女性形象

史瑤　《浙江學刊》（杭州），1988(4)：90～96

略論茅盾的小說創作

戴繹　《西部學壇》（哲社版）（新疆昌吉師專，昌吉教育學院）1988(3)：88～92

試論茅盾的「城市三部曲」

李廣德　《溫州師範學院學報》（哲社版）（浙），1988(2)：91～93，84

吳老太爺和高老太爺的形象比較

魏洪丘　《上饒師專學報》（哲社版）（贛），1988(3)：58～61，75

一個引人沉思的矛盾——論茅盾的小說創作

  王曉明 《中國現代文學研究叢刊》（京），1988(1)：170～197，136

茅盾中長篇小說的史詩特徵

  錢誠一 《浙江學刊》（杭州），1988(4)：84～89

試論理性對茅盾小說創作的影響

  林修功 《煙台師範學院學報》（社科版）（魯），1988(4)：20～24，11

茅盾小說文體與二十世紀現實主義

  〔日〕是永駿 《文學評論》（京），1989(4)：150～154

茅盾小說創作心態初探

  馬大康 《阜陽師範學院學報》（社科版）（皖），1989(2)：36～43

茅盾小說中的心理描寫

  田原 《貴陽師專學報》（社科版），1989(3)：41～45

泰納藝術理論和茅盾小說的美學個性

  張頌南 《杭州大學學報》（哲社版），1989(3)：63～71

試論茅盾小說的標題藝術

  董菊初 《武漢教育學院學報》（哲社版），1989(1)：28～32

論茅盾小說的環境構築

  錢誠一 《杭州大學學報》（哲社版），1989(1)：58～65

論茅盾小說「時代女性」的性格結構特徵

  朱德發 《聊城師範學院學報》（哲社版）（魯），1989(1)：78～83，37

論茅盾小說中的強人形象

  唐紀如 《南京師大學報》（社科版），1989(3)：72～77

茅盾小說中的性描寫

  吳向北 《重慶師院學報》（哲社版）（川），1989(3)：44～50

論茅盾長篇小說之失

  曹鐵娟 《昆明師專學報》（哲社版），1989(2)：34～39

論茅盾小說與吳越文化

  鍾桂松 《浙江學刊》（杭州），1989(1)：61～65

理與情的撞擊與融合：茅盾、巴金藝術比較之一

  袁振聲 《南開學報》（哲社版）（津），1989(1)：74～79

茅盾小說類型及其影響——兼與魯迅作比較分析

金燕玉　《福建論壇》（文史哲版）（神州），1990（4）：64～68

茅盾與魯迅小說的比較研究

徐越化　《湖州師專學報》（哲社版）（浙），1990（2）：91～98，115

現實主義傳統和作家的獨創性──茅盾與老舍比較考察

萬平近　《中國現代文學研究叢刊》（京），1990（2）：153～169

茅盾與梅特林克

張啓東　《信陽師範學院學報》（哲社版）（豫），1990（3）：51～57

茅盾創作中兩種類型「時代女性」小議

羅建平　《湘潭大學學報》（社科版）（湘），1990（2）：51～52

老課題的新思索──讀《茅盾小說》

肖馬　《文藝報》（京），1990.1.13 ③

中國現代馬克思主義文學思潮與茅盾的小說創作

陳詠芹　《信陽師範學院學報》（哲社版）（豫），1990（2）：70～75

民族心態艱難調整的宏觀掃描──茅盾小說論評之一

顧琅川　《紹興師專學報》（浙），1990（2）：46～51

茅盾小說的地域文化意蘊

吳明　《杭州師範學院學報》（社科版），1990（4）：38～43

作家感應生活的藝術再造──論茅盾的歷史小說

周培貞　《西北師大學報》（社科版）（蘭州），1990（2）：58～62

茅盾中長篇小說的情節建構及其審美規範

錢誠一　《文藝理論與批評》（京），1990（1）：117～124

論茅盾的兒童小說創作

熊文　《中山大學學報》（哲社版）（廣州），1990（2）：106～110

茅盾小說創作與傳統文化

秦志希　《江漢論壇》（武漢），1991（10）：71～75

真實的品格：論茅盾小說的外來影響

關國虬　《福建師範大學學報》（哲社版）（福州），1991（3）：52～58

茅盾小說的心理描寫與現實主義

黎舟　《福建論壇》（福州），1991（2）：28～33

茅盾小說人物塑造模式論

秦志希　《貴州社會科學》（文史哲版）（貴陽），1991（2）：26～30

茅盾與中國鄉土小說

　　丁帆　《浙江學刊》（杭州），1992（1）：94～98

茅盾小說與浙北風俗

　　余連祥　《湖州師專學報》（哲社版），1991（3）：20～28

茅盾小說藝術情感探源

　　馬麗蓉　《山東師大學報》（社科版）（濟南），1992（1）：88～93

茅盾小說與吳越文化

　　余連祥　《湖州師專學報》（哲社版），1992（4）：29～36，15

魯迅與茅盾小說的比較研究

　　屈正平　《內蒙古師大學報》（哲社版）（呼和浩特），1992（3）：52～60

茅盾短篇小說瑣議

　　党秀臣　《唐都學刊》（西安），1992（3）：81～83，43

茅盾與沈從文的小說風格斷想

　　孫中田　《山西師大學報》（社科版）（臨汾），1992（3）：59～63

寒冷世界的生命燃燒——茅盾小說藝術情感勘探

　　馬麗蓉　《湖州師專學報》（哲社版），1992（4）：37～44，7

茅盾小說中時代女性形象的衍化及其功能分析

　　彭曉豐　《中國現代文學研究叢刊》（京），1992（3）：213～220

茅盾小說中的神話視野

　　（斯洛伐克）高利克　《東北師大學報》（哲社版），1993（2）：15～18

論自然主義感傷主義對茅盾巴金長篇小說的影響

　　李萬鈞　《福建論壇》（文史哲版），1993（2）：23～27

茅盾對於魯迅歷史小說的繼承和創新

　　丁國興　《贛南師範學院學報》（社科版），1993（1）：65～70

「創作的最高目標是寫典型事件中的典型人物」——二論茅盾對中國古典小說的繼承發展

　　劉煥林　《廣西師範大學學報》（哲社版），1993（1）：64～70

略論茅盾中長篇小說的藝術結構及其現實主義特色

　　張啓東　《貴陽師專學報》（社科版），1993（2）：17～21，4

論茅盾「社會剖析小說」的獨創性

　　徐可　《內蒙古師大學報》（哲社版），1993（1）：62～69

論茅盾小說時代性的必然性

    吳秀英等　《松遼學刊》（社科版），1993(4)：46～48

論茅盾短篇小說的藝術特色

    馬殿超　《遼寧師範大學學報》（社科版），1993(3)：47～50

一個爛漫的豐收季節——談茅盾旅日期間創作的短篇小說

    鍾桂松　《語文月刊》，1993(9)：11～12

茅盾小說的理性色彩——《中國現代文學》輔導之六

    李平　《電大文科園地》，1994(7)：8～10

魯迅、茅盾小說的歷史價值與美學價值研究

    許祖華　《高師函授學刊》，1994(4)：8～11

茅盾小說的變形藝術

    鍾桂松　《浙江學刊》，1994(2)：73～75

一個引人矚目而又爭議的小說模式

    茅盾創作個性之一

    唐紀如　《江蘇社會科學》，1994(5)：111～116

論茅盾小說創作模式

    張雲龍　《文史哲》，1994(4)：34～38

論茅盾長篇小說的文體風格

    王一力、張大雷　《上海大學學報》（社科版），1995(4)：54～59

茅盾筆下的「時代女性」的現實認識價值

    于季文　《紹興師專學報》（哲社版），1995(4)：107～109

魯迅與茅盾農村題材作品的比較

    楊曉蘭　《中等城市經濟》，1995(4)：44～46

《紅樓夢》對茅盾小說創作的影響

    劉鋒傑　《安徽教育學院學報》（社科版），1996(2)：44～47

現實主義文學道路的廣闊性和作家的藝術獨創性——魯迅、茅盾、巴金、老舍小說比較考略

    李琬　《寧夏教育學院・銀川師專學報》，1996(2)：47～50

論茅盾的小說創作是否主題先行

    黃澤佩　《畢節師專學報》，1996(2)：53～60

從茅盾的三篇中國歷史題材小說試探其當時的創作心態

林後瀘　《畢節師專學報》，1996(2)：61～65

藝術衍變與價值取向——茅盾短篇小說新論

王衛平、王立新　《錦州師範學院學報》（哲社版），1996(1)：55～58，97

論茅盾等人的社會剖析派小說

李曉寧　《青海社會科學》，1966(5)：73～77

茅盾小說的創作個性及評價問題

鄧芳　《樂山師專學報》（社科版）：1996(3)：47～50

革命・性・長篇小說——以茅盾的創作為例

黃子平　《文藝理論研究》，1996(3)：40～49

茅盾小說創作的理性化特徵及文化成因

汪亞明　《文藝理論與批評》，1996(3)：51～57

論茅盾的小說創作並非主題先行

黃澤佩　《文藝理論與批評》，1996(5)：50～56，24

試論茅盾小說中的悲劇色彩

徐越化　《湖州師專學報》，1997(1)：40～46

茅盾與中國小說觀念的現代化

王立鵬　《聊城師範學院學報》（哲社版），1997(1)：98～103

從茅盾早期小說創作看他的文學觀

劉澍心　《婁底師專學報》，1997(1)：50～55

茅盾小說：社會人生的藝術再現

杜顯志　《鄭州大學學報》（哲社版），1997(3)：109～113

茅盾的在港小說

袁良駿　《博覽群書》，1997(7)：4～5

歐洲神話在茅盾小說中的投影

劉煥林　《廣西師範大學學報》（哲社版），1997(4)：44～49

茅盾小說世界中的女性形象

余連祥　《湖州師專學報》，1997(2)：21～34

茅盾小說研究二題

孟鄰、劉治業　《南都學壇》，1997(5)：61～64

時間與空間的象徵性形象——茅盾初期小說中的象徵性研究之一

沈惠英　《中國現代文學研究叢刊》，1997(2)：102～115

批評話語與敘述話語——茅盾小說中的批評者

　　馬雲　《中國現代文學研究叢刊》，1998(3)：227～239

慧眼洞悉人心，妙筆態摹攝神——列夫・托爾斯泰、茅盾小說心理描寫比較

　　王聰文　《福建論壇》，1998(5)：53～59

理性精神與茅盾小說

　　孫中田　《社會科學戰線》，1998(3)：137～141

「二沈」小說創作異同論：〔沈雁冰、沈從文〕

　　閻浩崗　《山西師大學報》（社科版），1998(3)：36～40

茅盾與魯迅小說藝術特徵之比較

　　張景忠、褚大慶　《東疆學刊》，1999(2)：81～82

茅盾小說創作中的矛盾

　　邱文治　《天津師大學報》，1999(3)：71～76

茅盾小說中的女性形象新論

　　賀智利、劉曉榮　《哈爾濱師專學報》，1999(2)：83～85

茅盾未完成的幾部長篇小說

　　林傳祥　《人民政協報》，1999.12.21

動蕩中國的全景圖——茅盾 30 年代前半期小說

　　秦弓　《上海大學學報》（社科版），1999(6)：41～45

盜火者的困境——論茅盾筆下的民族資本家形象

　　王澗　《培訓與研究》，2000(1)：10～13

《蝕》三部曲和《虹》

茅盾先生的《幻滅》

　　白暉　《近來的幾篇小說》第一節，《清華週刊》第 29 卷第 2 期，1928.2.1

《幻滅》

　　錢杏邨　《太陽月刊》3 月號，1928.3.1

《動搖》

　　錢杏邨　《太陽月刊》停刊號，1928.7.1

《追求》——一封信

　　錢杏邨　《泰東月刊》第 2 卷第 4 期，1928.12.1

茅盾《三部曲》批評號：

　　關於《幻滅》——茅盾收到的羅美的一封信

《幻滅》的時代描寫　張眠月

《動搖》和《追求》　林樾

《追求》中的章秋柳　辛夷

　　《文學週報》第 8 卷第 10 期，1929.3.3

《幻滅》、《動搖》的時代推動論

　　錢杏邨　《海風週報》第 14～15 期合刊，1929.4.21

茅盾與《動搖》

　　克生　《海風週報》第 17 號，1929.5

《蝕》題詞

　　茅盾　《蝕》，開明書店版，1930.5

茅盾的三部曲的批評

　　錢杏邨　《現代中國文學作家》第 2 卷，泰東書局版，1930

《虹》

　　錦軒　《前鋒週報》第 10 期，1930.8

讀茅盾的《虹》

　　莫芷痕　《開明》第 27 號，1930.10

《虹》

　　周夢蝶　《中外文學名著辭典》，上海樂華版，1931.12

茅盾三部曲──《中國文學史綱要》第 3 編第 2 章

　　賀凱　文化學社，1931.12；上海作者書店，1933 年

茅盾三部曲　復三；

　　《幻滅》　徐蔚南；

　　《幻滅》中的強惟力　雲裳；

茅盾三部曲小評　普魯士

　　收入《茅盾評傳》，現代書局版，1932.9

論茅盾的三部曲

　　李長之　《清華週刊》第 41 卷第 3～4 期合刊，1934.4.16

二馬及其他──《追求》、《虹》、《三人行》

　　《南風》第 10 卷第 1 期，1934.6

論茅盾的創作──從《蝕》到《子夜》到最近的《泡沫》

　　常風　《書人月刊》第 1 卷第 1 號，1937.1

茅盾及其三部曲

鄭學稼　《由文學革命到革文學的命》第五節，勝利出版社江西分社，1942.6
出版；香港亞洲出版社版，1953.7

談茅盾的《蝕》

張白山　《文藝學習》第 11 期，1955.11

茅盾的《蝕》和《虹》

樊駿等　《文學研究集刊》第四冊，1956

從人物心理趨向的描寫看《蝕》的整體構思──紀念茅盾誕辰九十周年

吳向北　《紅岩》（重慶），1986(5)：203～209

論《蝕》的人物主體性

丁帆　《揚州教育學院學報》（蘇），1986(2)：1～6

時代・個性・作品──論茅盾的三部曲《蝕》

馬大康　《溫州師專學報》（社科版）（浙），1986(1)：16～23

中國現代小說史上的第一個三部曲不是茅盾的《蝕》

謝會昌　《貴州社會科學》（文史哲版）（貴陽），1986(1)：53～54

從《蝕》到《子夜》──在創作方法上的一個躍進

絲鳥　《論〈林海雪原〉的創作方法》，湖北人民出版社，1959

論茅盾的《蝕》和《虹》──《茅盾文集》讀後之一

劉綬松　《文學評論》，1963(2)

讀《蝕》新版隨感

葉子銘　《名作欣賞》，1980(2)：130

關於《幻滅》評價的幾個問題

張立國　《中國現代文學研究叢刊》，1980(4)：267

論茅盾的《幻滅》

金芹　《鄭州師專學報》，1981(1)：13

時代女性的「二型」──《蝕》三部曲女性形象試論

錢誠一　《杭州師院學報》，1982(3)：26

初試鋒芒即犀利──讀茅盾的處女作《蝕》三部曲

丁爾綱　《山西大學學報》，1982(4)：4

妙筆飛鴻評《幻滅》──談茅盾的《幻滅》和沈澤民續茅盾的信

張立國　《嘉興師專學報》，1982(1)：12

茅盾長篇小說《虹》的獨創性

　　莊鍾慶　《浙江學刊》，1982(4)：70

對小資產階級含淚的批判──評茅盾的三部曲《蝕》

　　侯成言、辛銘元　《齊齊合爾師範學院學報》，1983(3)：69

評《蝕》的思想意義

　　李懷亮　《河北師院學報》，1983(2)：104

從茅盾的《蝕》想到的

　　陳煥仁　《四川日報》，1983.11.27 ④

論茅盾的《動搖》

　　金芹　《鄭州師專學報》，1983(4)：58

《蝕》、《子夜》的創作與學習馬克思主義──茅盾的創作道路初探

　　陳開鳴　《花溪》，1983(3)：59

論《蝕》的「時代女性」形象

　　陸文采　《遼寧師大學報》(社科版)(大連)，1984(3)：68～73

華肖‧細膩‧精深──《蝕》心理描寫的語言特色

　　夏齊富　《安慶師院學報》(社科版)(皖)，1984(3)：63～69

心靈的歷程，歷史的蹤影──《蝕》研究中的幾個問題

　　邵伯周　《中國現代文學研究叢刊》，北京出版社，1984(2)：259～276

《蝕》：茅盾小說的發軔之作

　　李復興　《濟寧師專學報》(魯)，1985(3)：46～51

從《蝕》到《虹》──論茅盾自大革命到左聯前夕的創作（1927～1929）

　　葉子銘　《教學與研究匯刊》第二期，1985

《蝕》三部曲與後延三部小說比較分析

　　邱文治　《天津社會科學》，1985(2)：71～77

論茅盾對胡國光形象的塑造

　　金芹　《齊魯學刊》(曲阜師院學報)，1985(2)：118～121

試談《幻滅》中的強連長

　　唐仁君　《揚州師院學報》(社科版)(蘇)，1985(3)：24～26

時代的弄潮兒──茅盾筆下的孫舞陽形象探索

　　朱德發　《東岳論叢》(濟南)，1986(4)：94～98

在不同評論中發展文藝批評──《蝕》三部曲的爭鳴

曉行　《作品與爭鳴》（京），1987（2）：79～80

試論茅盾的《虹》──兼論茅盾文藝思想發展的問題

張崇文、馮望岳　《湖州師專學報》（人文科學版）（浙），1987（2）：62～65

心靈的歷程──論茅盾長篇小說《虹》的心理描寫

馬大康　《湖州師專學報》（人文科學版）（浙），1987（3）：24～27，58

略論《虹》對梅女士性格發展的處理

顧順泉　《湖州師專學報》（人文科學版）（浙），1987（3）：19～23

評茅盾的《蝕》

張曉夫　《華中師範大學學報》（哲社版）（武漢），1988（2）：102～109

揚棄左拉的一個實際例證──《蝕》的校勘手記

徐學　《山東師大學報》（社科版）（太原）1989（6）：91～94

論《蝕》三部曲中的「時代女性」

張明釧　《河北大學學報》（哲社版）（石家莊），1990（3）：62～67

「向善的焦灼的」一代青年──茅盾《蝕》中青年知識者新解

王秀琳　《語文學刊》（呼和浩特），1991（1）：11～13

也談茅盾的《虹》沒能續寫的原因

金薇、張玉潔　《錦州師院學報》（哲社版），1991（4）：4～45、43

論「現代女性」梅行素

陸文采、王建中　《遼寧師範大學學報》（哲社版）（大連），1992（3）：35～41

茅盾的性描寫觀與《蝕》《野薔薇》中的性愛

〔日〕三枝茂人；董炳月譯　《中國現代文學研究叢刊》（京），1992（2）：195～214

胡蘭畦關於《虹》的談話記錄

王曉梅採訪整理　《新文學史料》（京），1992（2）：171～173

《蝕》的結構臆探

韓麗梅　《齊魯學刊》，1993（3）：98～101

中國現代長篇小說的出發點──論茅盾的《蝕》

佐藤一郎著；王文金譯　《中州學刊》，1993（5）：82～86

論「時代女性」的基本特徵──《蝕》中新女性形象的宏觀考察

翟耀　《山東師大學報》（社科版）：1994（6）：81～85

現代女性自我意識的張揚和迷惘──《蝕》中時代女性的文化內涵

翟耀　《山東師大學報》（社科版），1995（6）：74～79

《蝕》的思想和藝術

王太順　《瀋陽師範學院學報》（社科版），1995（2）：17～20

茅盾與秦德君共繪彩《虹》

經盛鴻　《民國春秋》，1996（2）：48～50

論《虹》——試探茅盾作品的「非寫實」因素

〔日〕是永駿　《中國現代文學研究叢刊》，1996（3）：24～38

也說《蝕》

陳敬中　《湖北師範學院學報》（哲社版），1998（1）：13～18

人性美的贊歌——對茅盾《蝕》的一種解讀

陳曉宇　《貴陽師專學報》（社科版），1998（3）：54～57

走出批評的誤區——關於《蝕》的評價問題

梁桂　《海南師院學報》（海口），1998（3）：31～34

論茅盾《蝕》三部曲的連貫性

《廣播電視大學學報》（呼和浩特），1999（2）：3～7

時代的畫卷，獨特的視角——論茅盾處女作《蝕》

田金長　《陝西教育學院報》，1999（3）：30～32

《女兵自傳》與《蝕》、《衝出雲圍的月亮》的比較研究

馬殿超　《大連大學學報》，2000（3）

《野薔薇》及其他短篇小說

茅盾的《一個女性》

銘　《青海》第 4 期，1928.12

茅盾的《一個女性》

祝秀俠　《海風週報》第 6～7 期合刊，1929.2.10

《一個女性》

徐傑　《海風週報》第 13 期，1929.3.23

《野薔薇》

顧仲伊　《新月》月刊第 2 卷第 6～7 號合刊，1929.9.10

茅盾與現實——讀了他的《野薔薇》以後

錢杏邨　《新流月刊》第 4 期，1929.12.15

時代精神與茅盾的創作——評《野薔薇》

繹秋　《萬人雜誌》第 2 卷第 4～5 期合刊，1931.2；收入《茅盾評傳》，現
代書局版，1931.12

評幾篇歷史小說──《石碣》、《大澤鄉》、《豹子頭林沖》

張平　《現代文學評論》第 1 卷第 3 期，1931.6.10

《野薔薇》

克　《茅盾評傳》，上海現代書局，1931.12

從《有志者》說起

彷徨　《中學生》第 60 號，1935.12

讀《耶穌之死》

譚汶　《新華日報》，1943.9.6

讀了《列那和吉地》

緒君　《中央日報》（重慶），1944.1.12

《委屈》──小說評選札記（十一）

徐中玉　《江西幹報》增刊《收獲》新 23 期，1944.2.4

《泡沫》

常風　《棄餘集》，北平新民印書館，1944.6

茅盾的《委屈》

許傑　《現代小說過眼錄》永安立達書店，1945.7

《當舖前》

張畢來等　初中文學教學參考書，人民教育出版社編，1956

《當舖前》

《語文教學通訊》第 5 期，1957.3.5

茅盾的《當舖前》

吉蒂　《語文教學》，1957.3

談茅盾的《當舖前》

林志浩　《短篇小說評論集》，北京出版社，1957.11

茅盾所作歷史小說

瞿光熙　《新民晚報》（上海），1960.12.1

《耶穌之死》和《參孫的復仇》

瞿光熙　《文匯報》（上海），1961.1.18

試論茅盾的短篇小說創作

黃侯興　《北京大學學報》，1964（1）

論茅盾的短篇小說

王西彥　《文學評論》，1981（4）：55

論茅盾早期的短篇小說

丁帆　《南京大學學報》，1981（1）：7

不斷突破自己的「鑄定形式」──讀茅盾短篇小說扎記

阿槐　《鍾山》，1981（3）：212

三十年代中國農民生活的真實寫照──讀茅盾《當舖前》

鍾桂松　《嘉興師專學報》，1982（1）：43

茅盾短篇小說創作的發展

史瑤　《浙江學刊》，1982（2）：72

雙峰並峙，各顯崢嶸──試論魯迅與茅盾短篇小說的藝術構思

劉煥林　《廣西師範學院學報》，1982（2）：1

論茅盾短篇小說的構思

劉煥林、李瓊仙　《學術論壇》，1982（4）：57

向生活的深廣處掘進──論茅盾短篇小說的思想深度

王嘉良　《求是學刊（黑龍江大學學報）》，1982（6）：52

試論茅盾短篇小說的藝術風格

王嘉良　《江海學刊》，1983（3）：88

人生的鏡面，雋永的風格──茅盾短篇小說思想藝術探幽之一

黃勤堂、傅騰霄　《阜陽師範學院學報》，1983（1）：76

茅盾短篇小說的語言藝術

黃勤堂、傅騰霄　《安慶師院學報》，1983（2）：68

廣闊的社會圖景和濃鬱的地方色彩的統一──讀茅盾三十年代前期短篇創作札記

萬平近　《新文學論叢》（京），1983（3）：71～81

試論茅盾短篇小說的卓越成就

劉煥林、李瓊仙　《廣西師範學院學報》（哲社版），1983（4）：32～41

樸實、生動、簡練──茅盾短篇小說語言特色初探

俞正貽　《修辭學研究》，華東師範大學出版社，1983（1）：306～314

一篇以細節取勝的優秀短篇小說──讀茅盾的《當舖前》

方伯榮　《青海師專學報》，1983(2)：61～64

《自殺》寫於何地考

范堅　《社會科學戰線》，1983(2)：254

茅盾小說中政治諷喻的運用──《牯嶺之秋》的實例研究（節譯）

〔美〕陳幼石著；美靜楠譯；楊恩堂校　《山東師大學報》（哲社版），
1981.3：60～64

從《委屈》看茅盾短篇小說創作的發展

熊朝雋　《昆明師院學報》（哲社版），1984(2)：44～48

談談茅盾的短篇小說

汝瞳　《桐鄉文藝》第 19 期「紀念茅盾逝世三周年專輯」，浙江省桐鄉文化
館編印，1984：18～23

色彩奇異，芬芳獨具──茅盾早期短篇創作藝術初探

宋延平　《學生論文選編》，延邊大學科研處編印，1984：264～280

茅盾的第一篇小說

張人權　《四川日報》，1984.9.8 ④

簡論茅盾三十年代短篇小說的思想成就

張衍芸　《寧夏大學學報》，（社科版）（銀川），1985(2)：59～64

試論茅盾的《創造》

李曉紅　《湖州師專學報》（社科版），1985(3)：101～104

一個獨特的藝術創造──論茅盾的短篇處女作《創造》

王嘉良　《浙江學刊》（杭州），1985(1)：46～52

從《創造》看茅盾「第一次思想上的變化」──茅盾的第一個短篇小說初論

彭欽、楊健　《湘潭師專學報》（社科版）（湘），1985(2)：27～36、102

論茅盾《野薔薇》的象徵意義

劉秀珍　《漢中師範學院學報》，1985(4)：34～41

茅盾短篇小說集《野薔薇》簡論

陳銳鋒　《今日文壇》（貴陽），1986(3)：62～65

《野薔薇》的政治寓意和主題的二重性

邱文治　《天津師大學報》，1986(1)：70～76

試論茅盾歷史小說的地位和特色

張寶華　《鞍山師專學報》（社科版）（遼），1987(2)：43～48

茅盾短篇小說藝術發展管窺——為紀念茅盾誕辰九十周年而作（下）

艾光輝、程新屏　　《新疆師範大學學報》（哲社版）（烏魯木齊），1987（1）：88～93

試論茅盾短篇小說的濃縮藝術

劉煥林　　《廣西師範大學學報》（哲社版）（桂林），1987（2）：1～7

茅盾亡命日本期間短篇小說的創作傾向

李樹榕　　《內蒙古師大學報》（哲社版）（呼和浩特），1987（2）：74～77，59

「創造」的語言、語言的創造——茅盾早期短篇小說語言特點

俞正貽　　《湖州師專學報》（人文科學版）（浙），1987（3）：59～67

茅盾怎樣寫作短篇小說

李廣德　　《湖州師專學報》（人文科學版）（浙），1987（2）：88～94

揭示心靈微妙衝突的藝術——《詩與散文》、《水藻行》、《烟雲》剖析

錢大宇　　《湖州師專學報》（人文科學版）（浙），1987（3）：49～58

《水藻行》在茅盾農村題材小說中的獨特意義

王衛平　　《錦州師院學報》（哲社版）（遼），1987（1）：55～59

論《水藻行》的多元突破

周建軍　　《南京師大學報》（社科版），1987（3）：89～93

論茅盾的《創造》

丘立才　　《語文輔導》（華南師大）（廣州），1987（1～2）：34～39

試論《野薔薇》

徐越化　　《湖州師專學報》（人文科學版）（浙），1987（3）：1～9

試論茅盾《野薔薇》——兼評對它的幾種批評

陳銳鋒　　《重慶師院學報》（哲社版）（川），1987（4）：11～14

再論茅盾短篇小說的濃縮藝術

劉煥林　　《廣西師範大學學報》（哲社版）（桂林），1988（1）：17～23

落墨於人，著眼於剖析社會——三論茅盾短編小說的濃縮藝術

劉煥林　　《廣西師範大學學報》（哲社版）（桂林），1989（3）：10～16

在「過去」與「未來」的夾縫中——論《野薔薇》中的男性形象

潘先軍　　《內蒙古民族師院學報》（哲社漢文版）（通江），1992（2）：38～41

茅盾短篇小說瑣議

党秀臣　　《唐都學刊》，1992（3）：81～83，43

論茅盾《野薔薇》的象徵意義

　　　　劉秀珍　　《漢中師範學院學報》，1995（4）：34～41

「尷尬年齡」時期小說主題學──再評《蝕》與《野薔薇》

　　　　孫飛龍　　《名作欣賞》，1997（2）：31～34

茅盾短篇小說《水藻行》研究述評

　　　　李廣德　　《湖州師專學報》，1997（2）1～13，87

交叉地帶的陽光和困惑──談茅盾的短篇集《野薔薇》

　　　　游路湘　　《電大教學》，1999（3～4）：35～38

文化夾縫中的痛苦呻吟──讀茅盾的《自殺》

　　　　林平喬　　《中國文學研究》，2000（2）：91～93

《三人行》和《路》

《路》的批判

　　　　金民天　　《讀書月刊》第 3 卷第 5 期，1932.6.13

《路》

　　　　《現代》第 1 卷第 4 期，1932.8.1

談談《三人行》

　　　　易嘉　　《現代》創刊號，1932.3.5

讀《三人行》

　　　　蘇汶　　《現代》創刊號，1932.3.5

論茅盾的《三人行》

　　　　禾金　　《中國新書月報》第 2～3 期合刊，1932.8

《路》不通行（一、二）

　　　　秀峰、高眞實　　《茅盾論》，上海光華書局版，1932.8

茅盾底《路》

　　　　瑞民　　《讀書月刊》第 3 卷第 5 期，1932.12.20

茅盾的近作──《三人行》《路》

　　　　《大公報・文學副刊》，1933.1.23

茅盾的《路》

　　　　賀玉波　　《茅盾論》，上海光華書局版，1933.2

茅盾的《路》

　　　　希孟　　《夜鶯》（開封）半月刊第 3 卷第 5 期，1933.5.5

《路》書話

    晦庵　《文匯報・文化街》（上海），1946.9.16

四本《三人行》

    黎文　《天津晚報》，1962.5.16

《春蠶》及農村三部曲

茅盾的《春蠶》

    朱明　《現代出版界》第 8 期，1933.1.1

《春蠶》與農村現狀

    另境　《申報・自由談》，1933.5.27

關於《春蠶》的疑問

    段廣煥、江龍　《現代》第 3 卷第 2 期，1933.6.1

《春蠶》

    知白　《大公報・文學》（天津），1933.7.3

評茅盾《春蠶》

    羅浮　《文藝月報》（北平），第 1 卷第 2 期，1933.7.15

《春蠶》

    言　《大公報・文學》（天津），1933.7.31

《文學》創刊號中的幾篇創作

    熹微　《北國》月刊第 1 卷第 5～6 期，1933.9

又一個關於《春蠶》的疑問

    《現代》第 3 卷第 5 期，1933.9

小說與電影

    趙家璧　《矛盾》月刊第 2 卷第 3 期，1933.11.1

評《春蠶》

    《矛盾》月刊第 2 卷第 3 期，1933.11.1

《春蠶》的檢討

    黃嘉謨　《矛盾》月刊第 2 卷第 3 期，1933.11.1

茅盾與《春蠶》

    靜如　《申報・自由談》，1933.10.19

《春蠶》——小說、電影、戲劇之交流

    羅庚　《晨報・劇刊》（北平），1934.7.8

《春蠶》的描寫方式

　　　王藹心　《讀書顧問》第 2 期，1934

《春蠶》的讀後感

　　　《讀書生活》第 1 卷第 9 期，1935

看了《春蠶》影片以後

　　　穆木天　《平凡集》新鐘書局版，1936

《春蠶》攝制台本

　　　茅盾原著　蔡叔聲編劇　《明星月報》第 1 卷第 5～6 期，1939：9～10

《春蠶》改訂

　　　晦庵　《文匯報》（上海），1945.10.23

我怎樣寫《春蠶》

　　　茅盾　《青年知識》第 1 卷第 3 期，1945.10

《殘冬》

　　　荃麟、葛琴　《文學作品選讀》，三聯書店，1949

《春蠶》

　　　北京市中小學教學參考資料編輯委員，北京大眾出版社，1951

《春蠶》的讀後感

　　　屈柏　《語文學習》，1953（8）

茅盾：《春蠶》

　　　霍辛夷　《語文學習》，1953（8）

分析《春蠶》裡的幾個人物

　　　戴青田　《語文學習》，1954（8）

評吳奔星的〈《春蠶》分析〉

　　　李永壽　《文藝月報》，1955（2）

《春蠶》的分析

　　　何家槐　《語文學習》，1955（8）

《春蠶》

　　　張畢來　教育參考書　人民教育出版社版，1956

《春蠶》

　　　萬曼　《現代作品選講》，湖北人民出版社，1956

《春蠶》中農民形象的性格描寫

樂黛雲　《文藝學習》，1956（8）

《春蠶》中的幾個人物

方白　《語文學習》，1957（4）

試論茅盾的農村三部曲

丁爾綱　《處女地》，1957（6）

論茅盾的《春蠶》

史明　《語文教學》，1958（9）

茅盾的《春蠶》《秋收》和《殘冬》

何家槐　《文學知識》，1959（1）

茅盾的《春蠶》

王沅圍　《語文學習》，1959（3）

影幕上的《春蠶》

呂志遠　《北京晚報》，1959.3.31

豐收成災話《春蠶》

《工人日報》，1961.8.27

且說《春蠶》

晦庵　《書話》，北京出版社版，1962

在《春蠶》的家鄉

程榮進　《文匯報‧筆會》，1962.11.22

三十年代初期中國農村社會生活的真實圖畫——讀《春蠶》

唐沅　《十月》創刊號，1978.8

三十年代舊中國農村悲慘生活的縮影——讀茅盾的《春蠶》《秋收》《殘冬》

周榕泉、徐應佩　《奔流》，1979（2）

《春蠶》——從生活到藝術

葉子銘　《雨花》，1979（6）

談《春蠶》的藝術形象

邵伯周　《東海》，1979（6）

茅盾與他的《春蠶》

梁駿、尤敏　《山西師院學報》，1979（3）：78

談談茅盾的《春蠶》

葉子銘　《語文教學通訊》，1980（1）：53

《春蠶》藝術瑣談

    馬名法　《齊齊哈爾師範學院學報》，1980（1）：5

血肉豐滿，生動傳神（老通寶形象塑造瑣談）

    吳松亭　《文藝理論研究》，1980（3）：80

重談茅盾的農村三部曲

    芷茵　《寧波師專學報》，1981（1）：41

試論《農村三部曲》中的農民形象

    黃梓榮　《上海師範學院學報》，1981（2）：126

《春蠶》的一處小疏忽

    枚子君　《語文教學與研究》，1981（6）：61

學習「農村三部曲」更好地反映農村生活——紀念茅盾同志逝世一週年

    高萬湖　《嘉興師專學報》，1982（1）：19

論茅盾的「農村三部曲」

    鄭平　《內蒙古師院學報》，1981（2）：39

重讀《春蠶》

    吳奔星　《河北師院學報》，1982（2）：59

一篇在典型環境中塑造典型人物的佳作——再讀茅盾先生《春蠶》淺談

    宋生貴　《文科教學》，1982（2）：67

《春蠶》的環境和細節描寫

    熊玉蓮　《寫作》，1982（2）：29

《春蠶》修辭特點簡析

    南一　《嘉興師專學報》，1982（1）：45

含蓄深遠，餘味無窮——試析《春蠶》的細節描寫

    谷尉年　《徐州師範學院學報》（哲社版）（蘇），1983（4）：92～94

論茅盾的「農村三部曲」的現實主義

    錢林森　《文藝論叢》，上海文藝出版社，1983（總17）：258～277

從《林家舖子》和《春蠶》看茅盾短篇小說的藝術特色

    唐詠秋　《電大文科園地》（京），1984（12）：10～12

茅盾「農村三部曲」的地方色彩

    王國柱　《杭州大學學報》（哲社版），1984（1）：62～66，97

話《春蠶》念茅公

沈羅凡　《桐鄉文化》第 19 期「紀念茅盾逝世三周年專輯」，浙江省桐鄉縣
文化館編印，1984：37～39

談《春蠶》的人物描寫

吳奔星　《教學與研究》（南通師專）（蘇），1984(2)：1～5

《春蠶》人物簡論

嚴僮倫　《桐鄉文化》第 19 期「紀念茅盾逝世三周年專輯」，浙江省桐鄉縣
文化館編印，1984：29～33

老通寶的悲劇

孫瑞丹　《淮陰師專學報》（社科版）（蘇），1984(1)：56～59

新意紛呈，各有千秋──《春蠶》與《豐收》之比較

江秀榮　《廣西師範大學學報》（哲社版）（桂林），1984(3)：98～102

三十年代初期中國農村的生活畫卷──淺談茅盾的「農村三部曲」

周家庭　《中學語文教學》（北京師院），1985(2)：42～44

希望・絕望・抗爭──茅盾「農村三部曲」的深刻思想

冬梧　《寧夏日報》，1985.6.14 ④

茅盾和洪深兩部「農村三部曲」之比較

穆白　《朝陽師專學報》（遼），1985(1)：50～56

論茅盾葉紫的「豐災」小說

李德堯　《荊州師專學報》（哲社版）（鄂），1985(3)：61～67

「吵架風波」在《春蠶》中的藝術作用

廖安厚　《語文教學》（煙台），1985(5)：19～20

談《春蠶》的結構技巧

趙耀堂　《當代小說》（濟南），1985(6)：63～64

「村中憂患繫春蠶」──談談《春蠶》中對老通寶的心理描寫

李繼凱　《名作欣賞》（太原），1985(3)：44～47

眾星拱月，星月交輝──《春蠶》的人物配置與形象塑造

李瓊仙　《廣西師範大學學報》（哲社版）（桂林），1985(4)：23～26

也談《春蠶》的階級意識

孔岩、劉洪波　《臨沂師專學報》（社科版）（魯），1985(4)：62～64

《春蠶》的人物塑造藝術

朱艷英　《克山師專學報》（哲社版）（黑），1985(4)：39～41，70

茅盾農村三部曲寫作與發表的時間考

　　歐家斤　《九江師專學報》（哲社版）（贛），1986（2）：63，74

老通寶的性格特徵

　　辜也年　《中文自然指導》（滬），1986（4）：38～40

關於三十年代我國文學一個側面的思考——重讀茅盾的「農村三部曲」

　　熊峰　《九江師專學報》（哲社版）（贛），1986（4）：95～98

《春蠶》與「豐災」小說

　　黃志雄　《撫州師專學報》（社科版）（贛），1987（3）：50～56

淺談茅盾《春蠶》的藝術結構

　　陳開鳴　《貴陽師專學報》（社科版），1987（1）：79～82

從「農村三部曲」中新、舊兩代農民的塑造看主題思想的深化

　　殷家瑞　《漢中師院學報》（哲社版）（陝），1987（1）：49～53

試析茅盾「農村三部曲」所反映的社會變遷

　　徐楓　《杭州師範學院學報》（社科版），1988（1）：73～79

在深刻的文化背景上展現人物——茅盾的「農村三部曲」人物談

　　馮國晨　《蒲峪學刊》（哈爾濱），1989（2）：22～25

寶石與璞玉——茅盾《春蠶》與葉紫《豐收》思想藝術比較

　　孫承純　《齊齊哈爾社會科學》（黑），1989（3）：40～43

《林家舖子》、《春蠶》的生活積累與藝術效應

　　鍾桂松　《南通師專學報》（社科版）（蘇），1988（4）：30～36

從「丫姑爺」到老通寶

　　徐春雷　《湖北師範學院學報》（哲社版）（黃石），1992（4）：74～77

也談茅盾的《春蠶》

　　楊喬　《湖州師專學報》，1992（4）：60～63

《春蠶》中的蠶鄉民俗和方言土語

　　鍾銘　《民間文學論壇》，1993（2）：58

各呈異彩，相映成輝——簡論《春蠶》與《多收了三五斗》的不同特色

　　盧惠餘　《鹽城教育學院學報》，1994（2）：30～34

試論《春蠶》的經濟認識價值

　　魏洪丘　《上饒師專學報》，1997（5）：83～87

《春蠶》中的方言土語

周若金　《語文函授》，1997（3）：22～23

論《春蠶》中的幾個問題

周若金　《東方論壇》，1997（2）：17～21

魯迅的鄉土小說與茅盾的《農村三部曲》

林木　《寧德師專學報》（哲社版），1997（2）：50～55

「豐收成災」同題創作初探──淺析《春蠶》《豐收》《多收了三五斗》在表現主題思想與藝術網絡方面的異同

賴志明　《廣東職業技術師範學院學報》，1999（2）：34～38

《春蠶》詞類難點分析

張松林　《四川師範大學學報》（社科版），1999（1）：58～64

《子夜》

《子夜》和國貨年

瞿秋白　寫於 1933 年，後收入人民文學出版社版《瞿秋白文集》第 1 卷，1955

讀茅盾底《子夜》

禾金　《中國新書月報》第 3 卷第 2～3 號合刊，1933.3

從《子夜》說起

門言　《清華週刊》第 39 卷第 5～6 期合刊，1933.4.19

《子夜》讀後感

顧鳳城　《大聲》週刊，1933.4.22

介紹茅盾的《子夜》

緣曦　《讀書中學》月刊創刊號，1933.5.1

《子夜》的讀者

《文學雜誌》月刊第 1 卷第 2 期，1933.5.15

讀《子夜》

盧藝植　《讀書與出版》第 2 卷第 3 期，1933.5

《子夜》在社會史的價值

焰生　《新壘》月刊第 1 卷第 5 期，1933.5

《子夜》介紹

《藝術信號》第 3 號，1933

《子夜》

梅　　《中學生》月刊第 36 號，1933.6.1

評茅盾《子夜》

吳組緗　《文藝月刊》創刊號，1933.6.1

《子夜》

木子、國梅　《中學生》第 36 號，1933.6

《子夜》

徐泉影　《學風》（安徽）第 3 卷第 6 期，1933.7.15

《子夜》

趙家璧　《現代》第 3 卷第 6 期，1933.10

《子夜》的藝術、思想及人物

侍桁　《現代》第 4 卷第 1 期，1933.11

收入 1935.3，上海良友版《參差集》

《子夜》略評

向曦　《文化列車》第 1 期，1933.12.1

關於《〈子夜〉略評》

向曦　《文化列車》第 3 期，1933.12.10

《子夜》

淑明　《文學季刊》創刊號，1934.1.1

《子夜》中所表現中國現階段的經濟的性質

芸夫　《中學生》第 41 號，1934.1.1

《子夜》

朱佩弦　《文學季刊》第 1 卷第 2 期，1934.4，後收入《朱自清文集》1953
年開明版

讀茅盾的《子夜》

李辰冬　《大公報·文學》，1934.9.22

《子夜》與革命的現實主義文學

何丹仁　《木屑文叢》第一輯，1935.4.20

《子夜》與《紅樓夢》

郭霽甫　《青年界》，第 8 卷第 4 期，1935.11.24

第一步讀《子夜》

錢俊瑞　《怎樣研究中國經濟》第一章，上海生活書店版，1936.9

《子夜》

  黃繩 《大公報》（香港），1941.8.8

介紹《子夜》

  海燕 《大公報》「學生界」（香港），第 303 期，1941.7.15

我讀《子夜》十九章

  冷火 《商務日報》，1945.6.23

《子夜》翻版全璧（書話）

  晦庵 《文匯報》「文化街」（上海），1946.8.10

《子夜》的翻版——書話之七

  晦庵 《文藝春秋》副刊（月刊）第 1 卷第 1 期，1947.1.15

《子夜》與《戰爭與和平》

  林海 《時與文》第 3 卷第 23 期，1948.9.24

從《子夜》看中國資產階級

  湯廷誥 《文匯報》，1952.3.28

關於茅盾及其《子夜》——摘自《中國文學從古典現實主義到無產階級現實主義的發展的一個輪廓》

  馮雪峰 《文藝報》第 14、15、17 號，1952

關於茅盾的長篇小說《子夜》

  傅魯 《藝術生活》第 9、10 期，1953

《魯迅小說集》《女神》和《子夜》

  文東 《中國青年》第 13 期，1954.7

《子夜》

  何家槐 《文藝學習》第 7 期，1954.7

政治文學的代表作

  鄭學稼 《由文學革命到革文學的命》，香港亞洲出版社，1953

《子夜》出版前後

  羊思 《新民報》晚刊，1956.2.16

吳蓀甫的命運——《子夜》談屑之二

  羊思 《新民報》晚刊，1956.2.19

「大魚吃小魚，小魚吃蝦米」——《子夜》談屑之三

  羊思 《新民報》晚刊，1956.2.20

《子夜》裡的南京路——《子夜》談屑之四

    羊思　《新民報》晚刊，1956.2.26

與工商業者談談《子夜》

    鍾子芒　《新聞日報》，1956.5.27

茅盾的《子夜》

    王積賢等　《文學研究集刊》第四冊，1956.11

《子夜》的成就

    劉柏青　《東北大學學報》，1956.11.4

談談茅盾的《子夜》

    宋漢濯　《西北大學學報》，1957(1)

《子夜》分析

    公蘭谷　《現代作品論集》，中國青年出版社，1957(4)

略論《子夜》

    金申熊　《新建設》，1957(4)

茅盾寫熱鬧場面的經驗

    楊啓明　《春雷》，1957(7)

論《子夜》

    王西彥　《新港》，1957(12)

談情和景——以《子夜》第七章為例

    楊啓明　《文學青年》，1958(4)

《子夜》

    新知識辭典編輯室　《新知識詞典》，上海新知識出版社，1958.6

試談《子夜》的主要內容和藝術特點

    北京大學中文系魯迅文學社　《語文學習》，1959(7)

《吶喊》和《彷徨》、《子夜》

    凡　《文學知識》，1959(12)

《子夜》的烙痕

    瞿光熙　《新民報》晚刊 1960.6.15

茅盾《子夜》的語言特色

    劉鏡芙　《鄭州大學學報》，1960(1)

練詞

國華 《大眾日報》，1962.4.22

茅盾與《子夜之圖》

瞿光熙 《新民報》晚刊，1962.6.5

瞿秋白與《子夜》

曹子西 《文匯報》，1962.6.17

談《子夜》的結構藝術

葉子銘 《江海學刊》，1962(11)

《子夜》舊話

何成 《吉林日報》，1963.2.15

關於茅盾的《子夜》

李牧 《三十年代文藝論》，台北黎明文化事業股份有限公司，1973.6

評三十年代的優秀長篇小說——《子夜》

田繪蘭 《華中師院學報》，1977(4)

裝書小記——關於《子夜》的回憶

孫犁 《光明日報》，1978.6.25

茅盾的《子夜》

陳翰 《語文學習》，1978(3)

生活和創作——讀《子夜》重印本後記

安明明 《哈爾濱文藝》，1978(6)

三十年代初期舊中國的鏡子——讀茅盾的《子夜》

莊鍾慶 《福建文藝》，1978(3)

反映民族資產階級歷史命運的一面鏡子——讀茅盾的長篇名著《子夜》

白友棠 《哈爾濱師院學報》，1978(2)

試論《子夜》的社會意義

劉國清 《江西大學學報》，1978(2)

論茅盾的長篇《子夜》

孫中田 《文藝論叢》（上海），1978 年第 3 輯

略談《子夜》中的人物形象

謝本良 《江西師院學報》，1978(4)

現代文學史上的一部光輝巨著——論茅盾的長篇小說《子夜》

方緒源 《山西大學學報》，1978(2)

談《子夜》

　　劉綏松　《武漢大學學報》，1978(6)～1979(1)

淺談《子夜》的歷史意義

　　馬良春　《南開大學學報》，1978(4～5)

茅盾的《子夜》

　　羅高林　《長江日報》，1979.2.25

茅盾談《子夜》

　　《新文學史料》第三輯，1979

《子夜》與1930年後的中國經濟

　　孔令仁　《文史哲》，1979(5)

《子夜》淺談

　　黃侯興　《三十年代作家作品論集》，1980.10

《子夜》中的經濟名詞釋義

　　蘭浦珍　《新時期》，1980(4)

《子夜》與《金錢》

　　曾廣燦　《齊魯學刊》，1980(4)：65

漫談《子夜》中公債市場的鬥爭

　　鄭富成　《河北師範大學學報》，1980(1)：90

匠心獨運，妙筆生輝——淺談《子夜》第一、二章的藝術處理

　　劉增傑　《光明日報》，1980.9.3 ④

茅盾筆下的夜上海

　　李孝華　《語文戰線》，1980(4)：7

《蝕》和《子夜》的比較分析

　　樂黛雲　《文學評論》，1981(1)：110

茅盾談《子夜》

　　《小說界》，1981.1：165

傑出的革命現實主義巨著——《子夜》

　　望晨　《中國青年報》，1981.4.12 ②

論《子夜》的藝術結構

　　邱文治　《天津師院學報》，1981(5)：50

藝術的巨匠，時代的畫師（簡介茅盾和他的《子夜》）

　　　　啓治　　《文科教學》，1981（1）：38

魯迅和《子夜》及其他

　　　　孫中田、宗諶　　《東北師大學報》，1981（5）：27

從吳蓀甫看《子夜》主題的藝術表現

　　　　解洪祥　　《山東大學文科論文集刊》，第 2 期，1980

民族工業資本家的典型形象——略論《子夜》中的吳蓀甫

　　　　袁建平　　《教學研究》，1981（1）：21

以《子夜》為例——學習茅盾如何熟悉生活

　　　　馬文　　《解放日報》，1981.4.3 ④

從吳府弔喪場面的描寫看《子夜》全書的結構脈絡

　　　　彭兆春　　《江西教育學院學刊》，1981（2）：66

《太上感應篇》‧鸚鵡‧烏龜畫——《子夜》細節描寫賞析

　　　　張椿　　《名作欣賞》，1981（3）：66

試談《子夜》中屠維岳的形象塑造

　　　　顧琅川　　《紹興師專學報》，1981（3）：86

關於「多頭」和「空頭」

　　　　戴錫佩　　《電影新作》，1981（2）：65

《子夜》軼聞錄

　　　　周稼駿　　《新華日報》，1981.9.6 ④

《子夜》出版前後

　　　　孫中田　　《新文學史料》，1981（3）：190

茅盾談《子夜》

　　　　《大眾電影》，1981（3）：8

茅盾短篇小說語言特色初探

　　　　俞正貽　　《嘉興師專學報》，1981（2）：52

簡論《子夜》的人物形象

　　　　鞏富　　《內蒙古師院學報》，1981（2）：48

讀《子夜》

　　　　瞿秋白　　《新文學史料》，1982（4）：88

巧妙的構思，傳神的藝術（《子夜》第十七章賞析）

　　　　邵伯周　　《嘉興師專學報》，1982（1）：7

中國不可能走資本主義道路——談《子夜》中吳蓀甫形象的典型意義

　　　張化　《藝叢》，1982（3）：83

論《子夜》中的吳蓀甫形象

　　　沈祖方　《藝譚》，1982（3）：133

吳蓀甫悲劇性格淺探

　　　胡玲玲　《承德師專學報》，1982（2）：23

吳蓀甫為什麼逃脫不了失敗的歷史命運

　　　吳秀英　《四平師院學報》，1982（1）：26

吳蓀甫兵敗垓下

　　　錢谷風　《新民晚報》，1982.2.15 ⑥

論吳蓀甫——兼談茅盾對吳蓀甫的說明和評述

　　　陳金淦　《徐州師範學院學報》，1982（3）：54

茅盾小說的語言藝術淺談

　　　莊森　《學術研究》，1982（4）：106

茅盾農村題材小說的獨特價值

　　　王嘉良　《杭州師院學報》，1982（3）：19

試走一條新路

　　　尤敏　《山西師院學報》，1982（2）：25

關於《子夜》的幾個問題

　　　雲無心、永惠　《北京日報》，1982.4.13 ③

漫談《子夜》的思想性與藝術性

　　　劉滋培　《西北師院學報》，1982（3）：118

《子夜》藝術叢談（二）

　　　孫中田　《東北師大學報》，1982（4）：33

《子夜》心理描寫瑣談

　　　張輔麟　《社會科學戰線》，1982（1）：302

淺談《子夜》中色彩詞和摹聲詞的運用

　　　王培基　《青海社會科學》，1982（5）：187

烘托在《子夜》中的運用

　　　劉明馨　《寫作》，1982（2）：27

改編《子夜》最早的劇本

倪墨炎　《新民晚報》，1982.2.5 ⑥

《子夜》拾零

江天　《中國青年報》，1982.3.7 ②

《子夜木刻敘說》——茅盾論《子夜》的佚文

叢荆　《社會科學》（上海），1982(3)：52

試論吳蓀甫語言的個性化

夏齊富　《安慶師院學報》，1982(1)：51

《子夜》藝術叢談

孫中田　《北方論叢》（哈爾濱師大學報），1983(1)：53

略論《子夜》的結構藝術

駱飛　《中國現代文學研究叢刊》，1983(2)：111

《子夜》的金融投機市場種種

陳學元　《天津師專學報》，1983(1)：58

「棺材邊」的戲謔——談《子夜》中的一個細節

張炳嘉　《課外學習》，1983(1)：26

關於《子夜》的初版時間

吳海發　《人文雜誌》，1983(1)：121

吳蓀甫的悲劇性格新識

王富隆　《天津師專學報》，1983(1)：54

吳蓀甫的性格

鞏富　《語言文學》，1983(3)：12

《子夜》的藝術風格

莊鍾慶　《文藝論叢》，上海文藝出版社，1983（總 17）：240～257

略論《子夜》的結構藝術

駱飛　《中國現代文學研究叢刊》，北京出版社，1983(2)：111～124

從《夕陽》到《子夜》

滔珍　《文學報》，1983.10.6 ④

《子夜》——三十年代前後中國社會的一面鏡子

宋建元　《山西師院學報》（社科版），1984(1)：20～24

《子夜》人物談

党秀臣　《寶雞師範學院教學與科研》（哲社版）（陝），1984(2)：45～54

簡論「子夜」的人物性格描寫——學習茅盾創作技巧札記

    張輔麟　《吉林大學社會科學學報》（長春），1984(5)：85～89

淺談吳蓀甫形象的塑造——《子夜》藝術瑣記之一

    黃仲文　《暨南學報》（哲社版）（廣州），1984(3)：78～85

一個失敗的英雄——記吳蓀甫的悲劇

    黃平生　《寧德師專學報》（哲社版）（閩），1984(1)：68～73，83

節奏・旋律・肖象・性格——《子夜》藝術叢談

    孫中田　《社會科學戰線》（長春），1984(1)：295～299

《子夜》簡論

    付中玉　《語文學刊》（內蒙師大），1984(4)：4～9

試論《子夜》的比喻

    俞正貽　《嘉興師專學報》（社科版）（浙），1984（增刊）：54～67

談《子夜》的開頭與結尾

    党秀臣　《寧夏大學學報》（社科版）（銀川），1984(2)：43～46

《子夜》的手稿

    力沛　《文學報》（滬），1984.1.19 ④

《子夜》軼話

    史明　《社會科學戰線》（長春），1984(3)：86

最早評論《子夜》的文字

    吳泰昌　《文匯報》，1984.2.21 ④

《子夜》的第一個知音

    吳海發　《人文雜誌》（西安），1984(3)：101

《子夜》出版的前後

    王廉官　《語文月刊》（廣州），1984(10)：1～2

《子夜》的外文譯本

    宋永毅　《新民晚報》，1984.4.12 ⑤

《子夜》簡論（續）

    富中玉　《語文學刊》（內蒙古），1984(5)：4～6

淺論《子夜》的結構與主人公的性格發展

    陳仰民、劉國清　《漢中師院學報》（哲社版）（陝），1984(2)：82～91

試論《子夜》中屠維岳形象的思想意義

鄧達泉　《成都大學學報》（社科版），1984（2）：72～77

《子夜》與《金錢》比較研究

張毓文　《社會科學研究》（成都），1985（4）：94～96，93

略談《子夜》

孫慶升　《電大語文》（瀋陽），1985（2）：31～33

漫話《子夜》續篇

孫中田　《文學報》（滬），1985.11.28 ③

一波三迭、扰曳生姿：茅盾的《子夜》節賞

張穎　《課外學習》（京），1985（5）：10～11

時代的畫卷──《子夜》的廣闊內容

冬梧　《寧夏日報》，1985.6.28 ④

《子夜》的視點與時空調遣

孫中田　《江海學刊》（文史哲版）（南京），1985（6）：33～42

《子夜》與都市題材小說

孫中田　《文學評論》（京），1985（3）：73～81

書與花的妙用──《子夜》細節瑣談

姜淮超　《寫作》（武漢），1985（6）：22～31

《子夜》的人物描寫瑣談

趙開泉　《西北師院學報》（社科版）（蘭州），1985（2）：62～69

一個愛國的民族工業資本家的形象──論《子夜》中的吳蓀甫

康詠秋　《湘潭師專學報》（社科版）（湘），1985（增刊）：1～12，21

論吳蓀甫

文心慧　《浙江師範大學學報》（社科版）（金華），1985（2）：37～45

吳蓀甫的法蘭西性格

唐敏　《臨沂師專學報》（社科版）（魯），1985（1～2）：42～44

吳蓀甫的民族意識瑣談

戴劍平　《安慶師院學報》（社科版）（皖），1985（3）：74～78

共同的命運，不同的出路──從吳蓀甫到林永清

王挺　《紹興師專學報》（社科版）（浙），1985（3）：62～66

烏鎮與《子夜》的寫作

鍾桂松　《語文月刊》（廣州），1985（1）：3～4

茅盾創作《子夜》的地方

　　孔海珠　《解放日報》（滬），1985.12.22 ④

《〈子夜〉軼話》補正

　　潘志　《社會科學戰線》（長春），1985(1)：214

《子夜》出版前後

　　曹慶彬　《青島日報》，1985.7.3 ③

情景交融景中寫人——《子夜》的寫景藝術

　　陳鴻祥　《南通師專學報》，1985(3)：28～33

試論《子夜》的真、善、美

　　邵伯周　《上海師範大學學報》（哲社版），1986(1)：60～66

關於《子夜》中的共產黨員形象

　　羅宗義　《烏達蒙族師專學報》（社科版）（內蒙古），1986(1)：42～49

《子夜》與外國文學的因緣

　　孫中田　《北方論叢》（哈爾濱師大學報），1986(3)：28～38

略談《子夜》的主要藝術成就

　　比爾　《中文自學指導》（滬），1986(4)：34

試論吳蓀甫的性格

　　齊平　《聊城師範學院學報》（哲社版）（魯），1986(4)：63～68

論《子夜》的人物描寫藝術

　　楊農　《淮北煤師院學報》（社科版）（皖），1986(4)：96～104

《子夜》、《金錢》比較談

　　張德美　《安徽師大學報》（哲社版）（蕪湖），1986(1)：83～88

論吳蓀甫形象的悲劇美

　　石高立　《貴陽師專學報》（社科版），1986(1)：26～33

吳蓀甫的心理結構

　　趙惠平　《中文自學指導》（滬），1986(4)：29～31

關於吳蓀甫形象評價的幾個問題

　　劉海洋　《淮北煤師院學報》（社科版）（皖），1986(4)：105～110

《子夜》——現代長篇模式的建構

　　沈光明　《克山師專學報》（黑），1987(3)：38～42

《子夜》與《金錢》主人公形象比較談

宋文耀　《杭州大學學報》（哲社版），1987(1)：69～75

《子夜》人物知多少

王澤龍　《華中師範大學學報》（哲社版）（武漢），1987(4)：175～176

試談《子夜》的三個地主形象

項文泉　《湖州師專學報》（人文科學版）（浙），1987(3)：28～32

茅盾筆下的上層女性──《子夜》人物談片

段聞禮　《銀川師專學報》（寧），1987(1)：82～86

吳蓀甫的民族意識辯疑

武斌　《上海師範大學學報》（哲社版），1987(2)：74～77

談吳蓀甫悲劇的美學特徵

張大雷　《唐山師專教育學院學報》（社科版）（冀），1987(1)：14～20

試論吳蓀甫性格的豐富性和主導體

石芳慶　《新疆大學學報》（哲社版）（烏魯木齊），1987(2)：81～87

全景式史詩的基礎工程──《子夜》開頭三章的藝術評說

程致中　《廣西師範大學學報》（哲社版）（桂林），1988(1)：24～30

關於吳蓀甫典型問題的思考

張啓車　《信陽師範學院學報》（哲社版）（豫），1988(2)：59～65

略論吳蓀甫形象的真實性

石芳慶　《新疆大學學報》（哲社版）（烏魯木齊），1988(1)：62～65

對中國現當代長篇小說的一個形式考察──關於《子夜》模式

徐循華　《上海文論》，1989(3)：54～59

一份高級形式的社會文件──重評《子夜》

藍棣之　《上海文化》，1989(3)：48～53

關於《子夜》的幾個問題

汪暉　《中國現代文學研究叢刊》，1989(1)：81～99

誘惑與困境──重讀《子夜》

徐循華　《中國現代文學研究叢刊》，1989(1)：100～110

《子夜》的心靈結構藝術──兼評對《子夜》的疑議

張頌南　《浙江學刊》，1989(1)：56～60

關於吳蓀甫形象的思考

孫中田　《東北師大學報》（長春），1989(3)：67～73

史詩：一個令人神往而又充滿艱難的誘惑——對《子夜》式史詩小說的探索

　　秦志希　《中國現代文學研究叢刊》（京），1989(3)：47～63

誰家的「文學批評理論」？——讀幾篇重評《子夜》的文章有感

　　曾文淵　《文藝報》（京），1990.5.5 ⑥

《子夜》直接心理描寫的藝術特色

　　王培基　《營口師專學報》（哲社版）（遼），1990(1)：25～28

表現時代，解釋時代，推動時代——談《子夜》的社會意義和吳蓀甫形象的典型性

　　左全安　《貴陽師專學報》（社科版），1990(1)：46～48

試論 1930 年前後中國的經濟與吳蓀甫性格的關係

　　黃小軍　《廣東教育學院學報》（社科版）（廣州），1990(1)：13～20

《子夜》研究述評：1933～1989

　　劉偉　《遼寧師範大學學報》（社科版）（大連），1990(2)：46～51

論《子夜》創作的多重動因——《子夜》動機模型假說之一

　　姜文　《無錫教育學院學報》（社科版）（蘇），1990(1)：1～7

現代都市文學的發展與《子夜》的貢獻

　　譚桂林　《文學評論》（京），1991(5)：4～16

《子夜》與中國革命文學

　　陳詩經　《寧波師範學院學報》（社科版），1991(4)：24～29

也談「重寫文學史」——從所謂《子夜》「主題先行」談起

　　莊鍾慶　《光明日報》（京），1991.3.4 ③

「《子夜》模式」辨

　　曾冬水　《江西師範大學學報》（哲社版）（南昌），1991(3)：88～91

吳蓀甫——失敗的英雄

　　修林　《語文學刊》（呼和浩特），1991(2)：17～18

中國的國情與吳蓀甫的悲劇

　　李善修　《河南師範大學學報》（哲社版）（新鄉），1991(1)：76～79

《子夜》對時代脈搏的把握

　　趙保富　《濟寧師專學報》（哲社版），1991(4)：44～45，43

《子夜》的意義和批評學

　　思吾　《文藝爭鳴》（長春），1992(2)：84～87

從經濟文化的角度看《子夜》與《上海的早晨》比較

　　　宋文耀　《溫州師院學報》（哲社版），1991(4)：44～50

論《子夜》的典型形象系列

　　　魏洪丘　《上饒師專學報》（哲社版），1992(3)：29～342

《子夜》與傳統小說的結構藝術

　　　崔柳生　《廣西師範大學學報》（哲社版）（桂林），1992(4)：74～77

現代商品經濟社會的宏觀透視——《子夜》新探

　　　汪昌松　《文藝理論與批評》，1992(6)：108～112

吳蓀甫：民族資產階級的巨子——茅盾《子夜》的人物分析之一

　　　王建中等　《社會科學輯刊》，1992(6)：139～145

《子夜》精神內涵再認識

　　　劉曉明　《東北師大學報》（哲社版），1993(2)：25～29

贖罪的都市——《子夜》的象徵結構

　　　王本朝　《贛南師範學院學報》（社科版），1993(1)：77～81

令人遺憾的「子夜」人——論吳蓀甫形象的藝術缺陷及其形成原因

　　　吳秀仁等　《黃淮學刊》（哲社版），1993(3)：69～74

瞿秋白與《子夜》

　　　劉小中　《內蒙古民族師院學報》（哲社版），1993(3)：28～32

《子夜》的結構形態美

　　　李志連等　《山西師大學報》（社科版），1993(3)：68～70，8

新時期十年《子夜》研究述評

　　　王衛平　《中國社會科學》，1993(1)：134～142

出自生活還是出自理念——從茅盾的創作思想和創作實踐看《子夜》的所謂「主題先行」

　　　石芳慶　《新疆大學學報》（哲社版），1993(1)：77～82，76

《阿Ｑ正傳》和《子夜》的哲學類型比較

　　　王慶福　《河北大學學報》（哲社版），1994(3)：59～24，10

《子夜》斷想

　　　鍾桂松　《文藝報》，1995.6.3 ②

旨趣相異的藝術世界：析茅盾、巴金筆下的「吳公館」與「高公館」

　　　袁振聲　《南開學報》（哲社版），1995(2)：17～22

茅盾的政治與文學側面觀──《子夜》的國際環境背景

　　〔日〕桑島由美子著；涂翠花等譯　《齊齊哈爾師範學院學報》（哲社版），
　　1995(1)：61～71

茅盾的政治與文學的側面觀──《子夜》的國際環境背景

　　〔日〕桑島由美子著；袁暌譯　《中國現代文學研究叢刊》，1995(3)：19

吳蓀甫典型性辨析──紀念茅盾誕辰 100 周年

　　陳開鳴　《貴州文史叢刊》，1996(5)：1～5

從兵學文化視點對趙伯韜形象的闡釋──紀念茅盾先生誕辰一百周年

　　歐秀嵐　《內蒙古社會科學》，1996(6)：47～51

從《子夜》看茅盾的左拉影響與獨創性

　　方正　《社會科學家》，1996(5)：51～61

《子夜》名著改編的成功之作

　　譚新　《大眾電視》，1996(6)：28～29

長篇電視連續劇《子夜》筆談

　　李準等　《文藝報》，1996.6.28 ⑤

試論《子夜》的語言美

　　蔣菁、周遠富　《閱讀與寫作》，1996(11)：3～4

文學名著向電視精品的轉換：電視劇《子夜》觀後

　　閻延文　《中國電視》，1996(7)：23～24

上海：媒介與語境──讀《子夜》

　　〔日〕鈴木將久著；李家平譯　《中國現代文學研究叢刊》，1996(3)：39～59

淺論吳蓀甫的結局

　　苗桂芬　《渤海學刊》，1996(1)：64～67

被文化暴力「客觀女性化」的吳蓀甫──對 20 世紀中國文學或第三世界文學
的一種文本描述

　　曾煜　《文藝爭鳴》，1996(5)：74～78

主題先行與圖解概念化──再讀《子夜》有感

　　盛玉萍　《四川教育學院學報》，1997(4)：36～42

《子夜》新論

　　程麗蓉　《四川師範學院學報》（哲社版），1997(1)：31～35

論吳蓀甫的現代意識

成遠鏡、張介華　《婁底師專學報》，1998(1)：50～54

《子夜》與《家》的藝術比較

〔日〕和富彌生　《高教自學考試》，1998(2)：41～49

《子夜》與《家》藝術比較論

鍾海波　《陝西師範大學學報》(哲社版)，1998(2)：98～103

失敗的英雄──吳蓀甫形象新論

宋聚軒　《齊魯學刊》，1998(5)：61～63

意識形態化的城市故事──重讀茅盾的《子夜》

王文英　《社會科學》，1998(8)：67～71

電視劇《子夜》的審美意識

近都　《當代電視》，1998(8)：30～31

茅盾嘔心瀝血鑄《子夜》

章驥、盛志強　《古今談》，2000(1)：9～12

以《子夜》和《家》為例比較分析茅盾和巴金對外來影響的接受

李標晶、章小英　《贛南師範學院學報》，2000(1)：50～54

一部無法實現「創作意圖」的名著──再論茅盾長篇小說《子夜》

胡煥龍　《阜陽師範學院學報》(社科版)，2000(3)：29～31

茅盾對《子夜》一些問題的解答

向錦江　《新文學史料》，2000(2)

從文藝控制論看《子夜》的藝術成就──兼駁所謂的「《子夜》模式論」

馬樹春　《廣西右江民族師專學報》(百色)，2000(1)：44～47

《子夜》重估

張景超　《求是學刊》(哈爾濱)，2000(4)：87～93

《林家舖子》

讀《林家舖子》

何家槐　《長江文藝》，1956.5

茅盾的《林家舖子》

汪承隆　《語文學習》，1956.7

茅盾短篇小說《林家舖子》

樂黛雲　《文藝學習》，1957(4)

人物分析──以《林家舖子》為例

錢谷融　《語文教學》，1957（9）

《林家舖子》的主題思想、結構和人物

姚虹　《語文學習》，1958（2）

談《林家舖子》

艾揚　《語文教學》，1958（4）

錢谷融先生在人物分析上的修正主義觀點

陳啓正　《語文教學》，1959（1）

《林家舖子》改編者言

夏衍　《電影創作》，1959（3）

扮演林老板的一些體會

謝添　《大眾電影》，1959（4）

夏衍同志給演員謝添的信

《大眾電影》，1959（4）

談談《林家舖子》電影

張容　《大眾電影》，1959（4）

看優秀影片《林家舖子》

何家槐　《大眾電影》，1959（4）

看《林家舖子》散記

汪歲寒　《電影藝術》，1959（5）

於樸素中見深刻

梅阡　《人民日報》，1959.10.8

論林老板這個性格

甘惜分　《文藝報》第 22 期，1959 年

《林家舖子》演後感

謝添　《天津日報》，1960.2.16

喜讀電影劇本《林家舖子》

楊天喜　《中國電影》，1959（6）

推薦影片《林家舖子》

楊晦　《大眾電影》，1959（4）

電影《林家舖子》是一株美化資產階級的毒草

謝逢松　《中國青年報》，1965.5.29

影片《林家舖子》必須批判

　　鍾聞　《光明日報》，1965.5.29

美化資本家醜化工人階級——批判電影《林家舖子》

　　關山、巴雨　《光明日報》，1965.5.29

影片《林家舖子》是怎樣美化資產階級的？

　　淮揚　《北京日報》，1965.5.29

職工批判電影《林家舖子》——《〈林家舖子〉販賣的是什麼貨》等三篇

　　令華等　《工人日報》，1965.5.29

影片《林家舖子》與社會主義革命的需要背道而馳

　　馬畏安等　《大公報》，1965.5.29

宣揚奴才哲學，鼓吹階級合作——剖視電影《林家舖子》中的壽生

　　呂啓祥　《光明日報》，1965.5.31

同情什麼，宣揚什麼——影片《林家舖子》批判

　　閔梁　《新建設》，1965（5）

《林家舖子》模糊人們的階級鬥爭觀念

　　虞岳祺　《解放日報》，1965.6.1

林老板是什麼樣的資本家？

　　王熾　《文匯報》，1965.6.1

天下老板都是剝削者

　　顧根富　《文匯報》，1965.6.1

影片《林家舖子》掩蓋了資產階級剝削的本質

　　冀群　《遼寧日報》，1965.6.1

資產階級的辯護士——對電影《林家舖子》中林老板形象批判

　　巴雨　《天津日報》，1965.6.2

在資產階級「兩面性」的幌子下

　　林志浩　《工人日報》，1965.6.2

《林家舖子》販賣的是什麼「貨」？

　　藝兵　《河北日報》，1965.6.2

天下烏鴉一般黑，哪有不剝削的資本家——《用我的遭遇駁〈林家舖子〉的謊言》等三篇（店員工人批判《林家舖子》）

　　李風華等　《光明日報》，1965.6.3

不准替資產階級塗脂抹粉──財貿職工座談批判影片《林家舖子》

　　　　《中國青年報》，1965.6.3

從根本上抹殺了資產階級的反動本性──林老板形象的批判

　　　　石珊　《南方日報》，1965.6.3

電影《林家舖子》的反社會主義實質

　　　　馮光廉等　《大眾日報》，1965.6.3

電影《林家舖子》是一株毒草

　　　　文件　《四川日報》，1965.6.3

《林家舖子》是為資產階級服務的壞影片

　　　　石　《四川日報》，1965.6.4

資本家只認金錢不認親故

　　　　張萬里　《人民日報》，1965.6.4

壽生的形象說明了什麼？

　　　　北文　《北京日報》，1965.6.4

資產階級不剝削農民嗎？

　　　　史長旭　《人民日報》，1965.6.4

一部和社會主義革命唱反調的影片──評電影《林家舖子》

　　　　蔡建平、鄭龍　《解放日報》，1965.6.4

《林家舖子》對青年十分有害

　　　　張慈雯　《解放日報》，1965.6.4

電影《林家舖子》販賣的是什麼貨色？

　　　　樓志斌　《文匯報》，1965.6.4

舊商店好比活監獄，資本家好比土皇上──商業職工批駁《林家舖子》中對資本家和店員關係的歪曲

　　　　《天津日報》，1965.6.4

被美化了的資產階級形象──批判電影《林家舖子》

　　　　羅士丁　《天津日報》，1965.6.4

《林家舖子》是一部掩蓋階級矛盾的壞影片

　　　　尤於天　《新華日報》，1965.6.5

不允許為資產階級辯護──談林老板形象塑造的思想實質

　　　　文齊思、毛軍　《羊城晚報》，1965.6.5

影片《林家舖子》歪曲了店員和資本家的階級關係

　　張哲、彭加錫　《吉林日報》，1965.6.5

《林家舖子》為資本家塗脂抹粉

　　水雲　《解放日報》，1965.6.6

世上哪有不剝削的資本家──店員批判影片《林家舖子》

　　郭硯永、郭其祥　《遼寧日報》，1965.6.6

奴才哲學的頌歌──從壽生看電影《林家舖子》的創作思想

　　方澤生　《解放日報》，1965.6.7

電影《林家舖子》嘆的什麼苦經？

　　端木華丹　《文匯報》，1965.6.7

從《林家舖子》想到新亞酒店

　　莫四妹　《南方日報》，1965.6.7

電影《林家舖子》是為資本家說話的

　　陳聯仲等　《天津日報》，1965.6.8

壽生──一箭雙雕的人物

　　毛軍、文齊思　《羊城晚報》，1965.6.8

談影片《林家舖子》的幾個問題

　　周山　《人民日報》，1965.6.9

改編《林家舖子》的真正意圖何在？

　　鄭擇魁、蔣守謙　《光明日報》，1965.6.9

影片《林家舖子》是一株宣揚階級融合的毒草

　　于力　《新華日報》，1965.9.9

反對美化資產階級、宣揚階級調合──批判影片《林家舖子》

　　何家槐　《南方日報》，1965.6.10

掩蓋階級剝削，抹殺階級茅盾──批判電影《林家舖子》

　　文四野　《陝西日報》，1965.6.11

電影《林家舖子》宣傳了什麼？

　　胡可　《人民日報》，1965.6.13

電影《林家舖子》必須批判──省和天津市文聯邀請工人店員等座談電影《林家舖子》

　　石見寶整理　《河北日報》，1965.6.13

影片《林家舖子》是一株毒草——鄭州市老工人、老店員座談《林家舖子》
紀要

　　《北南日報》，1965.6.13

《林家舖子》替資產階級塗脂抹粉

　　朱光榮　《貴州日報》，1965.6.13

階級界限不容抹殺——批判電影《林家舖子》

　　常秀桐　《光明日報》，1965.6.14

在資本家的笑臉背後

　　孟瑞雲　《北京日報》，1965.6.14

林老板是個什麼貨色？

　　蕭洪、于占德　《大眾日報》，1965.6.14

影片《林家舖子》對青年的毒害

　　馬志春　《文匯報》，1965.6.15

堅決批判《林家舖子》的反社會主義思想

　　江山、濤民　《江西日報》，1965.6.15

《林家舖子》掩蓋階級剝削、抹殺階級矛盾

　　歐陽廣　《廣西日報》，1965.6.15

林老板值得同情嗎？

　　師烽　《陝西日報》，1965.6.15

三十年代初期的杭嘉湖農村——看影片《林家舖子》怎樣歪曲歷史真實

　　劉耀林、賈建虹　《浙江日報》，1965.6.16

《林家舖子》掩蓋階級矛盾，抹殺階級鬥爭

　　陳瑞華　《雲南日報》，1965.6.16

一部為資本家塗粉，給工人階級抹黑的影片——電影《林家舖子》觀後

　　李培恩　《寧夏日報》，1965.6.16

揭露資本家的剝削本質——工人、店員批判電影《林家舖子》（四篇）

　　于憲亭等　《黑龍江日報》，1965.6.16

影片《林家舖子》的危害性在哪裡？

　　劉永年　《北京日報》，1965.6.18

從王老板看林老板

　　楊樹林　《人民日報》，1965.6.19

醜化了工人，美化了資本家——南寧市部分百貨公司職工座談電影《林家舖子》

　　　《廣西日報》，1965.6.19

世上哪有不壓迫工人的資本家——烏魯木齊市商業系統老職工舉行座談批判《林家舖子》

　　　《新疆日報》，1965.6.19

資產階級的本質就是唯利是圖

　　　鄭志新　《光明日報》，1965.6.20

要把青年引到哪裡去？

　　　林修　《甘肅日報》，1965.6.20

電影《林家舖子》是一株大毒草

　　　劉棘　《內蒙古日報》，1965.6.20

店員工人批判影片《林家舖子》——座談會紀要

　　　《文匯報》，1965.6.22

為資產階級唱的什麼挽歌——從電影《林家舖子》的改編說起

　　　林志浩　《文匯報》，1965.6.22

不許抹殺資產階級的剝削本質——評影片《林家舖子》

　　　江聞　《新華日報》，1965.6.23

杭嘉湖集鎮上商業資本的剝削手段——看影片《林家舖子》怎樣掩蓋資本家的剝削本質

　　　劉耀林、賈建虹　《浙江日報》，1965.6.23

剝削壓迫工人是資產階級的本性——十月拖拉機廠老職工舉行座談，批判電影《林家舖子》

　　　《新疆日報》，1965.6.23

不許替資本家畫眉貼金——南昌縣八一公社社員批判電影《林家舖子》

　　　《江西日報》，1965.6.24

壽生不值得歌頌——關於《林家舖子》中的壽生形象的塑造

　　　馬漢彥　《廣西日報》，1965.6.24

《林家舖子》險些害了我

　　　張辛　《內蒙古日報》，1965.6.24

不許坑害青年！

劉大生等　《內蒙古日報》，1965.6.24

為什麼要美化資本家？──評影片《林家舖子》中的林老板

　　劉經嵐　《青年日報》，1965.6.27

一部美化資產階級、醜化工人階級的影片──省會文藝界和部分工人、幹部、
教師學生舉行影片《林家舖子》的座談會

　　《湖南日報》，1965.6.27

這是用什麼歷史在教育青年──評《林家舖子》裡的壽生的形象

　　葉舟　《湖南日報》，1965.6.27

《林家舖子》的倒閉值得同情嗎？

　　祝珊　《南方日報》，1965.6.28

剝削階級的本性掩蓋不了──駁《林家舖子》改編者所謂「階級分析」

　　佟石　《寧夏日報》，1965.6.29

《林家舖子》是為資產階級唱頌歌

　　華文　《山西日報》，1965.6.30

反對美化資產階級，反對資產階級調合論──評影片《林家舖子》

　　楊耀民　《文學評論》，1965（3）

評《林家舖子》的改編

　　張天翼　《文藝報》，1965（6）

不許美化資產階級──長辛店機車車輛工人職工批判電影《林家舖子》

　　孫茂林等　《文藝報》，1965（6）

一部與社會主義革命唱反調的影片──評影片《林家舖子》

　　望流　《電影文學》，1965（6）

批判電影《林家舖子》的改編思想

　　聞岩　《電影文學》，1965（6）

影片《林家舖子》是一株毒草

　　青峰　《電影藝術》，1965（3）期

跟社會主義唱反調，為資產階級奏挽歌──批判電影《林家舖子》

　　申均碩　《電影藝術》，1965（3）

林老板──一個被美化的資本家形象

　　吳立品　《大眾電影》，1965（6）

在「階級分析」的幌子下──批判影片《林家舖子》的人性思想

閻煥東　《新建設》，1965

影片《林家舖子》是怎樣為資產階級塗脂抹粉的？

華文　《江漢文學》，1965（6）

影片《林家舖子》對店員和資本家的關係的歪曲描寫

子朗　《文史哲》，1965（3）

牢記階級仇，堅決除毒草──老職工批判電影《林家舖子》座談紀要

《山東文學》，1965（6）

一部美化資產階級的影片

文小耘　《山東文學》，1965（6）

《林家舖子》替資產階級塗脂抹粉──北京東四人民市場西單商場的部分職工座談電影《林家舖子》

本報記者　《新工商》，1965（6）

為「和平演變」效勞的《林家舖子》

劉景清　《學術月刊》，1965

影片《林家舖子》的錯誤傾向必須批判

彭治平　《長春》，1965（3）

評電影《林家舖子》

王紹璽　《華東師大學報》（社會科學），1965（2）

為啥對資產階級的沒落大放悲歌──評電影《林家舖子》

蘇渭　《青海日報》，1965.7.3

《林家舖子》是賣的什麼貨？

勤於耕　《西藏日報》，1965.7.3

違背工農兵方向的改編觀──從影片《林家舖子》看夏衍同志的文藝思想

潮江　《文匯報》，1965.7.5

影片《林家舖子》販賣的是什麼貨色？──福州百貨公司店員工人座談紀要

《福建日報》，1965.7.6

電影《林家舖子》討論中的兩個問題

劉西芳　《雲南日報》，1965.7.6

青年不需要這種歷史知識──批判影片《林家舖子》

楊文志　《遼寧日報》，1965.7.7

林老板是個被剝削者嗎？

葛銘　《遼寧日報》，1965.7.7

「合二而一」的藝術標本——從林老板和壽生的關係看《林家舖子》的錯誤實質

吳若　《重慶日報》，1965.7.8

資產階級的剝削本質是掩蓋不了的

楊田清　《浙江日報》，1965.7.10

天下哪有不剝削的資本家？——福州工人座談影片《林家舖子》

《福建日報》，1965.7.11

嚴重的歪曲

吳汛　《青海日報》，1965.7.13

明辨「黑白、好歹、真偽」——談影片《林家舖子》討論中的幾個問題

浦一冰　《解放日報》，1965.7.14

從《林家舖子》看夏衍同志的創作思想

應漢光　《解放日報》，1965.7.14

談影片《林家舖子》的思想毒害

聞聰　《天津日報》，1965.7.16

談影片《林家舖子》的所謂藝術手法

陸石　《解放日報》，1965.7.23

《林家舖子》是美化資產階級的壞影片——西寧市百貨公司部分職工批判《林家舖子》座談會紀要

《青海日報》，1965.7.27

評電影《林家舖子》中的林老板形象

武珞文　《武漢大學學報》（人文科學），1965（2）

沉渣的浮泛——批判影片《林家舖子》的人性思想

孫中田　《吉林師大學報》（社會科學），1965（1）

一部和工農群眾唱反調的影片——評影片《林家舖子》

呂元明　《吉林師大學報》（社會科學），1965（1）

階級合作的藝術標本——談影片《林家舖子》勞資關係問題

劉翹、倪玉　《吉林師大學報》（社會科學），1965（1）

揭穿《林家舖子》騙人的假象

陳承滿整理　《大眾電影》，1965（7）

經濟理論工作者批判影片《林家舖子》（四篇）

世傑等　《學術月刊》，1965（7）

一部美化資產階級的壞影片──《林家舖子》

亦平　討論綜述　《解放軍文藝》，1965（7）

同社會主義唱反調的《林家舖子》

《廣西文藝》，1965（7）

揭穿電影《林家舖子》的謊言──商業工作人員批判《林家舖子》

栗文秀等　《奔流》，1965（4）

影片《林家舖子》是一株毒草

齊平　《星火》，1965（7）

一個被美化了的資本家──評《林家舖子》中的林老板

張果夫　《山東文學》，1965（7）

回駁《林家舖子》改編者提出的兩個問題──批判電影《林家舖子》座談紀要

本刊記者　《實踐》，1965（7）

電影《林家舖子》的錯誤傾向

何中文　《河北文學》，1965（7）

揭開影片《林家舖子》的畫皮──杭嘉湖集鎮調查紀要

時鳴等　《學術月刊》，1965（7）

《林家舖子》美化了什麼人？

上海永大染織一廠工人業餘影劇評論小組　《萌芽》，1965（7）

這是一面什麼鏡子

禾之　《新工商》，1965（8）

資本家哪會同工人如一家

趙寶鑫　《新工商》，1965（8）

影片《林家舖子》是怎樣美化資本家的？

謝文傑　《青海湖》，1965（8）

影片《林家舖子》宣揚了什麼？

田師善　《北方文學》，1965（8）

電影《林家舖子》是什麼樣的一面鏡子？

陳玉等　《中山大學學報》（哲學社會科學），1965（1～2）

評電影《林家舖子》的改編及其反動思想內容

    劉綏松　《湖北日報》，1965.9.18

沿著什麼方向提高──批夏衍同志《電影論文集》中的幾個錯誤文藝觀點

    張廣明　《武漢大學學報》（人文科學），1965(3)

誰是歷史的創造者──批判四部電影中的「人情論」

    聞潮　《學術月刊》，1965(12)

評《林家舖子》──兼談對新民主主義時期文學作品的批評標準

    葉子銘　《文學評論》，1978(3)

重評影片《林家舖子》──淺談電影創作中的現實主義和歷史主義

    周忠厚、劉燕光、楊力　《電影創作》，1979(9)

《林家舖子》從生活到藝術

    耳聆　《東海》，1979(2)

茅盾筆下的林老板

    雷達　《北方文學》，1980(2)：69

凄風慘雨共一舖──《林家舖子》藝術構思淺探

    張安生　《名作欣賞》，1981(2)：58

寓繁於簡，一樹千枝──《林家舖子》的結構藝術

    劉煥林　《廣西師範大學學報》（哲社版）（桂林），1984(3)：103～106

從《林家舖子》和《春蠶》看茅盾短篇小說的藝術特色

    秋天　《湘潭師專學報》（社科版）（湘），1985(1)：48～52

衝不破的羅網──談《林家舖子》的矛盾衝突

    冬梧　《寧夏日報》，1985.5.17 ②

《林家舖子》與烏鎮　風貌瑣談

    鍾桂松　《湖州師專學報》（社科版）（浙），1985(2)：76～77

馬拉默得的《伙計》與茅盾的《林家舖子》

    李岫　《北京師範大學學報》（社科版），1986(4)：36～41，35

三十年代中國社會變動的側影──談茅盾的《林家舖子》

    任建林、王才路　《曲靖師專學報》（社科版）（滇），1986(1)：62～66

略談《林家舖子》對林老板的描寫

    陳思　《中文自學指導》（滬），1986(4)：33～35

中國的林老板與美國的莫里斯──《林家舖子》與《伙計》中兩個主人公形

象的比較

　　徐芸華　　《楚雄師專學報》（社科版），1991(2)：69～72

一幅三十年代初中國社會破敗的悲劇全景圖──《林家舖子》《春蠶》對讀

　　李小平　　《中文自修》，1995(9)：26～28

林家舖子：舊中國鄉鎮商業經濟的基本模式

　　魏洪丘　　《上饒師專學報》，1996(2)：50～54

兩個倒閉的店舖──《林家舖子》與《店員》比較兼及茅盾小說主題理性化
問題

　　孫馳　　《阜陽師範學院學報》（社科版），2000(3)：26～28

《林家舖子》的兩條副線

　　李中合　　《唐山師專學報》，2000(3)：48～51

《多角關係》

評《多角關係》

　　畢樹棠　　《宇宙風》第 13 期，1936.3.16

《多角關係》

　　余列　　《清華週刊》第 45 卷第 10～11 期，1937

《多角關係》的表現手法

　　〔日〕清水茂著；顧忠國、劉初霞譯　　《嘉興師專學報》（社科版）（浙），
1984（增刊）：68～75

論茅盾的中長篇小說結構與《多角關係》的成就

　　王建平　　《廣西大學學報》（哲社版），1995(6)：71～75

《腐蝕》

對「惠明」的又一看法

　　消愁　　《大眾生活》新 18 號，1941

《腐蝕》

　　林莽　　《新文化》第 1 卷第 3 期，1945.11.16

罪惡的淵藪──評《腐蝕》

　　《人民文藝》（北平）第 2 期，1946.3.20

讀《腐蝕》

　　白蕻　　《文藝生活》第 4 期，1946.4.10

從《腐蝕》談起

　　思慕　《華商報》，1946.4.15

介紹茅盾先生的《腐蝕》

　　陳稻　《新華日報》，1946.5.6

讀《腐蝕》

　　沈起予　《萌芽》，第 1 卷第 1 期，1946.7.15

茅盾先生菩薩心腸

　　周天牧　《朝報》，1946.8.16

談《腐蝕》

　　李伯釗　《解放日報》，1946.8.18

《腐蝕》──一週一書

　　青雲　《風下坡》週刊（新加坡），1946.9.14

《腐蝕》

　　孫次舟　《僑聲報》（上海），1946.11.18

趙惠明還能走出來嗎？──東北書店《腐蝕》座談會記錄

　　白金記　《知識》半月刊（哈爾賓），第 2 卷第 3 期，1946.12.15

讀《腐蝕》以後

　　林銑　《東北文藝》，1947.2

讀《腐蝕》

　　陳岑　《文藝知識連叢》第 2 輯之二，1947.5.15

介紹《腐蝕》

　　劉和民　《文藝週報》，1947.10.27

《腐蝕》研讀提要

　　海陵　《華商報》，1948.3.13

《腐蝕》小談

　　蕭下　《龍蛇》，潮鋒出版社版，1949

《腐蝕》

　　方紀　《到群眾中去》，文化工作社版，1950.2

腐蝕

　　柯靈改編　在《文匯報》連載，1950.10～12

座談《腐蝕》

張毓華等　《大眾電影》第 1 卷第 13 期，1950.12.16

影評文章一組：

從小說到電影

　　佐臨　柯靈

《腐蝕》的故事

　　杜星淡

《腐蝕》的「排後拍」製

　　石邦書

從演《腐蝕》談起

　　石揮

我所了解的趙惠明

　　丹尼

趙惠明該相承接同情嗎？

　　梅朵

我是怎樣被騙的？——看了《腐蝕》想起了自己

　　李英蘭

由衷的感謝

　　茅盾

《大眾電影》第 1 卷第 13 期，1950.12.16

從小說到銀幕——關於《腐蝕》

佐臨、柯靈　《文匯報》（上海），1950.12.18

對《腐蝕》的兩點意見

林植　《文匯報》（上海），1950.12.21

關於《腐蝕》

黃裳　《文匯報》（上海），1950.12.21

警惕——《腐蝕》觀後

徐風　《文匯報》（上海）附刊，1950.12.21

《腐蝕》座談

大春整理記錄　《文匯報》，1950.12.23

《腐蝕》電影座談會記錄

《詩歌與散文》（昆明），1950.8.1

介紹《腐蝕》

　　　愛陽　《現代婦女》第 2 卷第 1 期，1951.1.1

《腐蝕》的故事

　　　《新電影》第 1 卷第 1 期，1951.1.1

《腐蝕》給了我有力的啟示

　　　范慶麟　《大眾電影》第 1 卷第 14 期，1951.1.1

看《腐蝕》

　　　白原　《人民日報》，1951.1.20

看《腐蝕》

　　　梅令宣　《新電影》第 1 卷第 2 期，1951.2.1

看《腐蝕》

　　　奇巍　《光明日報》，1952.2.8

險些我和「趙惠明」一樣被腐蝕

　　　谷程　《新電影》第 1 卷第 3 期，1951.3.1

我廠工友看《腐蝕》

　　　周鐵生　《新電影》第 1 卷第 3 期，1951.3.1

評《腐蝕》

　　　鳳子　《北京文藝》第 2 卷第 1 期，1951.3.15

對《腐蝕》的幾點意見

　　　岳　《新電影》第 1 卷第 4 期，1951.4.1

關於電影《腐蝕》

　　　曉端　《東北文藝》第 3 卷第 3 期，1951.4

趙惠明這個人物同情她還是仇視她

　　　李　《大眾電影》第 25 期，1951.9.1

塵海茫茫指迷津——茅盾的《腐蝕》

　　　林志儀　《廣西師院學報》，1979(3)

略析《腐蝕》的藝術結構

　　　李光明　《教學研究》，1981(1)：59

《腐蝕》的時代性與戰鬥精神

　　　張立國　《東北師大學報》，1983(4)：39

明珠異彩當深知——略談《腐蝕》的藝術價值

孟蒙　《文學報》，1982.4.8 ③

我對評價《腐蝕》的一點看法

張椿　《山西大學學報》，1982（3）：28

談談《腐蝕》中趙惠明的形象

趙冰　《南寧師院學報》，1981（4）：66

《腐蝕》中的趙惠明的矛盾性格

吳向北　《重慶師範學院學報》，1982（2）：38

重評《腐蝕》

沈元加　《昭烏達蒙師專學報》，1982（2）：52

光明與黑暗的艱苦搏鬥——讀《腐蝕》

丁爾綱　《衡陽師專學報》，1983（1）：39

時代矛盾階級矛盾曲折性、多重性的投影——析《腐蝕》女主人公趙惠明的
性格特徵

陳澍　《齊齊哈爾師範學院學報》，1983（3）：75

《腐蝕》簡論

醴行　《昭通師專學報》（滇），1983（3～4）：47～52

論趙惠明

陳鐘　《黃石師院學報》（哲社版）（鄂），1984（1）：112～117

談茅盾的小說《腐蝕》

楊鼎川　《電大文科園地》（京），1985（5）：14～16

追求‧失足‧自拔——談《腐蝕》中趙惠明性格發展的合理性

陽濤平　《抗戰文藝研究》（成都），1985（1）：72～76

試談《腐蝕》心理描寫的幾個特色

陳銳鋒　《貴州社會科學》（貴陽），1984（6）：78～82

談《腐蝕》中趙惠明思想性格的二重性

陳玉蕊　《寧夏教育學院學報》（社科版）（銀川），1986（1）：59～65

《腐蝕》的結構藝術

丁爾綱　《中文自學指導》（滬），1986（4）：24～26

《腐蝕》片論

翟同泰　《南通師專學報》（社科版）（蘇），1986（3）：25～30

一部具有強烈的現實戰鬥意義的小說——《腐蝕》論析

　　劉炎生　　《語文輔導》（華南師大）（廣州），1987（3、4 合刊）：37～40

夜氣壓重樓，茅公筆更遒——重評《腐蝕》

　　趙開泉　　《西北師院學報》（社科版）（蘭州），1987(3)：41～49

不同其芳，各有其味——《腐蝕》、《寒夜》的語言風格比較觀

　　汪澤樹　　《抗戰文藝研究》（成都），1987(2)：20～26

談趙惠明的心理定勢

　　董建華　　《湖北師範學院學報》（哲社版）（黃石），1987(1)：73～78

關於《茅盾〈腐蝕〉的最後一頁》的說明

　　《茅盾全集》編輯室　　《文藝報》（京），1992.6.27 ③

心靈編碼的變異與調正——論趙惠明的性格結構及其心理內涵

　　偉程　　《安徽教育學院學報》（社科版）（合肥），1992(2)：60～65

論《腐蝕》中趙惠明形象的藝術價值

　　陸文采；王宇　　《遼寧商專學報》，1993(4)：94～97

關於《腐蝕》的敘事學解讀

　　郭海軍　　《內蒙古民族師院學報》（哲社版），1993(1)：49～53

《腐蝕》的敘事藝術

　　黃彩文　　《河北師範大學學報》（社科版），1995(2)：38～44

一部抗戰文學知識婦女主題的獨特作品——論茅盾的《腐蝕》

　　陳開鳴　　《貴州社會科學》，1997(6)：61～65

《第一階段的故事》

評《第一階段的故事》

　　鉗耳　　《文聯》第 1 卷第 2 期，1946.1.20

《第一階段的故事》

　　唐弢　　上海《大公報》，1946.12.26

《第一階段的故事》四版序

　　茅盾　　《第一階段的故事》，光明書店版，1949

《第一階段的故事》新版的後記

　　茅盾　　《茅盾文集》第 4 卷，人民文學出版社，1958

《霜葉紅似二月花》

讀《霜葉紅似二月花》

埃蘭　《新華日報》，1944.1.3

評《霜葉紅似二月花》

　　胡仲持　《文學創作》第 2 卷第 6 期，1944.1.15

《霜葉紅似二月花》座談記錄

　　王由、政之記錄　《自學月刊》（桂林）第 2 卷第 1 期，1944.2.1

茅盾的《霜葉紅似二月花》（二則）

　　李長之　《時與潮文藝》第 3 卷第 4 期，1944.6.15

《霜葉紅似二月花》讀後

　　田春　《新華日報》，1944.9.4

《霜葉紅似二月花》

　　莫洛　《大學週報・文藝》第 36 期，1945.3.12

茅盾新作《霜葉紅似二月花》

　　田玉　《文藝春秋叢刊》之四《朝霧》，1945.6

《霜葉紅似二月花》評介

　　姚隼　《申報》，1946.5.27

《霜葉紅似二月花》

　　稽山　《青年與婦女》第 5 期，1946.8.1

《霜葉紅似二月花》

　　朱澔　《時代日報》，1947.9.29

《秋潦》與《霜葉紅似二月花》

　　莊鍾慶　《文學報》，1982.4.8 ③

歷史發展的畫卷，社會風情的華章——讀《霜葉紅似二月花》

　　丁爾綱　《貴州社會科學》，1983（1）：89

論《霜葉紅似二月花》的民族風格

　　陳詠芹　《信陽師範學院學報》（哲社版）（豫），1984（3）：47～53

《霜葉紅似二月花》矛盾衝突主線之我見

　　李建平　《廣西大學學報》（哲社版）（南寧），1984（2）：10～14

《霜葉紅似二月花》主題探討——幾部茅盾研究專著讀後

　　汪小洋　《南京師大學報》（社科版），1984（4）：49～52

再評王伯申形象

　　吳承誠　《浙江學刊》（杭州），1985（5）：67～68，60

《霜葉紅似二月花》時代背景辨析

　　吳向北　《四川大學學報》（哲社版）（成都），1986(2)：77～81

《霜葉紅似二月花》的思想傾向

　　吳向北　《重慶師院學報》（哲社版），1988(4)：5～10

富有民族特色的歷史畫幅──論茅盾長篇小說《霜葉紅似二月花》

　　楊鼎川　《佛山大學佛山師專學報》（粵），1990(1)：62～66

根據茅盾先生名著改編的電視連續劇──《霜葉紅似二月花》在北京舉行首
映式和研討會

　　《文藝報》，1995.11.35

《鍛煉》

抗戰初年的時代風雲錄──談茅盾最後一部長篇《鍛煉》

　　嚴家炎　《光明日報》，1981.12.21 ③

《鍛煉》讀後

　　曾鎮南　《讀書》，1982(3)：13

茅盾小說《鍛煉》中的人物描寫

　　樹玉　《江海學刊》，1982(4)：119

茅盾長篇小說《鍛煉》獨特性探究

　　莊鍾慶　《廈門大學學報》，1983(2)：48

茅盾的長篇小說《鍛煉》

　　吳向北　《重慶師院學報》（哲社版），1984(3)：26～35

一代文學巨匠小說創作的「絕唱」──談茅盾的《鍛煉》

　　葉櫓　《南寧師院學報》（哲社版），1983(4)：78～82

讀《鍛煉》再續《鍛煉》──紀念尊敬的長者茅盾同志逝世六周年

　　陳學昭　《新文學史料》，（京），1987(30)：132～133

一個偉大歷史時代的序曲──讀茅盾的長篇小說《鍛煉》

　　李園生　《徐州師範學院學報》（哲社版）（蘇），1987(4)：91～94

《少年印刷工》

茅盾《少年印刷工》序跋

　　陳沂、魏紹昌　《江海學刊》，1982(2)：48

介紹茅盾的《少年印刷工》

魏紹昌　《解放日報》，1982.3.28 ④

讀茅盾《少年印刷工》

陳沂　《文學報》，1982.4.1 ③

有意義的紀念

魏紹昌　《文學報》，1982.4.1 ③

「看花」不易「做花」更難——讀茅盾的《少年印刷工》

丁爾綱　《浙江學刊》（杭州），1984(5)：41～46，23

詩歌

喜讀茅盾著《沁園春》

《浙江日報》，1979.12.9

八十自述

茅盾　《人民日報》，1981.3.30 ⑧

讀茅盾同志《八十自述》詩

秦牧　《作品》，1981(5)：33

茅盾獨具慧眼的詩人論

翟大炳　《延安大學學報》，1981(2)：3，32

殷切的期望　戰鬥的友情

陳沂　《文學報》，1981.4.2 ④

老作家的謙遜——茅盾關於鑒真的一首詩

成岩　《羊城晚報》，1982.4.13 ②

茅盾詞《沁園春》注析

丁茂遠　《嘉興師專學報》，1982(1)：39

簡談茅盾晚年的詩詞

林煥平　《人民日報》，1982.3.11 ⑤

解釋詩文切忌牽強附會

馬國征　《江海學刊》，1982(6)：106

茅盾詩詞簡論

丁茂遠　《杭州大學學報》，1982(2)：36

關於詩

茅盾　《新疆社會科學》，1983(2)：94

茅盾的《讀辛棄疾〈稼軒集〉》詩

　　維元　《北京日報》，1983.7.9 ③

茅盾的一組古詩詮釋首次發表

　　《文學報》，1983.6.9 ①

茅盾《壽瑜清表弟》詩注析

　　懷安　《西湖》，1983（1）：封三

茅盾的一首《一剪梅》詞

　　懷安　《西湖》，1983（1）：60

茅盾的《桂林無題》詩

　　維元　《北京日報》，1983.2.5 ③

茅盾談詩（資料摘編）

　　劉人雲　《星星》（成都），1984（3）：108～112

茅盾詩話

　　懷安　《藝譚》（合肥），1984（4）：104～106

茅盾詩選（續一）

　　懷安　《藝譚》（合肥），1985（2）：102，30

論茅盾對瞿秋白的崇高評價──從茅盾一首遺詩談起

　　丁景唐　《江海學刊》（文史哲版）（南京），1985（4）：29～32

茅盾悼念瞿秋白的一首遺詩

　　丁景唐　《人民日報》，1985.6.20 ⑧

茅公談舊體詩詞

　　趙清閣　《解放日報》（滬），1986.11.6 ④

茅盾詩話

　　懷安　《藝譚》（合肥）1985（4）：75～76

論茅盾的現實主義詩歌觀

　　李標晶　《臨沂師專學報》（社科版）（魯），1988（3）：86～92

試論茅盾抗戰詩詞

　　丁茂遠　《廣西師範大學學報》（哲社版）（桂林），1989（4）：1～7

茅盾佚文（詩）鉤沉

　　李建平　《廣西大學學報》（哲社版）（南寧），1990（1）：77～78

茅盾部分詩詞創作年月考

丁茂遠　《廣西師範大學學報》（哲社版），1993（1）：71〜77

「我的心向著你們」──茅盾詩詞學習札記

丁茂遠　《廣西大學學報》（哲社版），1994（3）：65〜70

郭沫若送茅盾遊蘇組詩考釋

丁茂遠　《郭沫若學到》，1997（2）：69〜73

戲劇《清明前後》

反映當前現實的《清明前後》

銘伊　《新民報》晚刊，重慶，1945.9.20

祝《清明前後》分演

唐納　《新民報》晚刊，重慶，1945.9.27

《清明前後》觀後感

金同如　《新華日報》，1945.10.1

《清明前後》雜談

菽　《新華日報》，1945.10.7

看《清明前後》

余異　《新民報》晚刊，重慶，1945.10.11

《清明前後》的現實意義

何其芳　重慶《新華日報》，1945.10.1

　　　　海燕版《關於現實主義》

茅盾的《清明前後》在重慶演出

《解放日報》（延安），1945.10.16

看了《清明前後》話劇後

黃炎培　《中華論壇》《中學生》《文匯》等聯合增刊三，1945.10.24

茅盾的劇作──《清明前後》

延安《新華日報》，1945.10.30

論《清明前後》的演出

理　《新民報》晚刊，重慶，1945.11.3

《清明前後》在重慶

黎舫　《週報》第 10 期，1945.11.10

《清明前後》與《芳草天涯》兩個劇本的座談記錄

《新華日報》，1945.11.28

關於《清明前後》

　　梅子　　《月刊》第 1 卷第 2 期，1945.12.10

西北文藝工作團將演出《清明前後》

　　《解放日報》（延安），1945.12.15

從《清明前後》說起

　　王戎　　《新華日報》，1945.12.19

略論文藝的政治傾向

　　荃麟　　《新華日報》，1945.12.26

茅盾的《清明前後》

　　東方曦　　《民眾雜誌》第一期，1946.1.1

「主觀精神」和「政治傾向」

　　王戎　　《新華日報》，1946.1.9

《清明前後》

　　劉西渭　　《文藝復興》第 1 卷第 1 期，1946.1.10

談《清明前後》

　　夏丏尊　　《文壇月刊》第 1 卷第 1 期，1946.1.20

《清明前後》在貴陽緊連

　　陳達君　　《民主生活》第 3 期，1946.1.23

題外的話

　　畫室　　《新華日報》，1946.1.23

西工團公演《清明前後》

　　《解放日報》（延安），1946.2.6

談談《清明前後》

　　方傑　　《解放日報》（延安），1946.2.9

看《清明前後》以後

　　陳湧　　《解放日報》（延安），1946.2.13

關於現實主義

　　何其芳　　《新華日報》，1946.2.3

《清明前後》的現實主義

　　何其芳　　《解放日報》，1946.2.16

論《清明前後》

　　周鋼鳴　《文藝生活》第 3 期，1946.3.1

談談《清明前後》的演技

　　解清　《解放日報》，1946.3.13

《清明前後》

　　荔九　《風下週刊》（新加坡）第 24 期，1946.4.18

國民黨禁止《清明前後》的密令

　　《華商報》，1946.4.19

　　《文匯報》（上海）1946.5.5

《清明前後》讀後

　　哈榮瑞　《申報》，1946.5.18

《清明前後》

　　唐軻　《大公報》（上海），1946.10.14

《清明前後》轟動馬尼拉，菲島華僑贈筆給茅盾

　　成　上海《文匯報》，1946.10.15

讀茅盾的《清明前後》

　　景山　《世界文藝季刊》（南京）第 1 卷第 4 期，1946.11

憶茅盾《清明前後》的演出

　　殷野　《戲劇界》，1980(5)：17

評茅盾的話劇《清明前後》

　　劉清宏　《學術論壇》，1981(5)：55

試論《清明前後》中的林永清

　　吳向北　《重慶師範學院學報》，1981(4)：23

茅盾的劇作《清明前後》

　　孫海珠　《上海戲劇》，1981(4)：13

《清明前後》的前後

　　林樸曄　《西湖》，1983(3)：10

《清明前後》的創作和演出

　　君騏　《重慶師院學報》（哲社版），1983(4)：14～18，54

《清明前後》在重慶──紀念茅盾先生誕辰 100 周年

　　石曼　《劇本》，1996(9)：77～78

散文

關於《大自然的禮讚》──藉此論到未名之流的「掂斤簸兩」

　　　李長之　　《星火》（文藝月刊）第 1 卷第 4 期，1935.8.20

茅盾的《浴池速寫》

　　　聖陶　　《新少年》第 1 卷第 3 期，1936.2.10

介紹《中國一日》

　　　烈文　　《中流》第 1 卷第 3 期，1936

《劫後拾遺》

　　　谷虹　　《現代文藝》第 5 卷第 6 期，1942.9.25

香港陷落的記錄

　　　矢健　　《學習生活》第 3 卷第 6 期，1944

評茅盾著《時間的記錄》

　　　孫德鎮　　《上海文化》，1946.12.1

一塊巧克力糖──讀《蘇聯見聞錄》

　　　耿纏綿　　《東南日報》，1948.5.19

讀書筆記二篇

　　　冰冰、晨曦　　《學生文叢》第七輯《播種的人》，1948.5

茅盾的《白楊禮讚》

　　　菁明　　《語文學習》，1953(9)

讀《白楊禮讚》

　　　陳伯吹　　《文藝學習》第 6 期，1955(8)

《白楊禮讚》

　　　張畢來等　　初中文學教學參考書，人民教育出版社，1956

《中國的一日》

　　　王成　　《新民報》，1958.6.25

喜讀茅盾的短文《關於〈黨的女兒〉》

　　　張本成　　《大眾電影》第 21 期，1958.11.11

《白楊禮讚》的教學

　　　朱紹禹　　《語文教學》，1958(10)

略談《白楊禮讚》的藝術特色

　　　何家槐　　《文學知識》，1959(10)

對《夜讀偶記》的一點質疑

  郭志今 《讀書》第 14 期，1959

重讀《夜讀偶記》

  巴人 《讀書》第 14 期，1959

《鼓吹集》

  岳璐 《文學知識》，1959(5)

茅盾《雷雨前》的象徵性的幾點疑問

  吳鹿 《語文教學》，1959(12)

關於《雷雨前》的寫作時間問題

  史明 《語文教學》，1960(3)

茅盾同志答讀者問

  《語文教學》，1960.7.7

嚴整的結構，深刻的象徵

  袁暉 《學語文》創刊號，1960

談談茅盾散文的象徵性問題

  葉子銘 《雨花》，1962(8)

談談茅盾的散文《白楊禮讚》

  劉綬松 《武漢晚報》，1962.10.15

茅盾先生的《雷雨前》

  向錦江 《工人日報》，1963.4.2

讀《封建的小市民文藝》有感

  慕容文靜 《文匯報‧筆會》，1963.4.24

《鼓吹續集》

  應胡 《文藝報》，1963(7～8)

《白楊禮讚》試析

  王陽松 《安徽師大學報》，1977(4)

《白楊禮讚》淺說

  吳登植 《北京師大學報》，1978(2)

論茅盾的散文創作

  鄭乙 《文藝論叢》第三輯，1978

關於茅盾早期的一篇文藝論文

曾廣燦　《破與立》第 4 期，1978.7

讀《第比利斯的地下印刷所》

顧景祥　《語文學習》，1978（3）

漫談《第比利斯的地下印刷所》

艾揚　《語文教學》第 3 期，1978（6）

《白楊禮讚》的意境美

冉欲達　《遼寧文藝》，1978（1）

論茅盾的散文創作

孫中田　《文藝論叢》第三輯，1978

介紹茅盾同志對《白楊禮讚》中「楠木」的解釋

彭守恭　《人民教育》，1978（8）

《白楊禮讚》的結構藝術

范昌灼　《四川師院學報》，1978（4）

俄國工人階級的智慧和力量──讀《第比利斯的地下印刷所》

顧景祥　《語文戰線》，1978（3）

延安禮讚──讀茅盾的散文《風景談》

葉子銘　《語文教學》，1979（2）

《風景談》簡析

劉宗德　《昆明師院學報》，1979（4）

《第比利斯的地下印刷所》教學通信

陳根生　《遼寧師院學報》，1979（5）

濃鬱的詩情　絕妙的畫筆──讀茅盾的《風景談》

劉煥林　《廣西師院學報》，1979（4）

《白楊禮讚》解析

王旋　《山東師院學報》，1979（1）

《白楊禮讚》的藝術特色

傅正乾　《天津教育》，1979（2）

「《白楊禮讚》非取材於一時一地」

柳尚彭　《中學語文教學》，1979（3）

《白楊禮讚》淺析

懷戀　《福建師大學報》，1979（4）

茅盾的《雷雨前》第三篇散文作於何時？
　　　莊鍾慶　《文學評論》，1979(2)

《白楊禮讚》的段落劃分
　　　劉清湯　《語文戰線》，1980(1)

又短又好的散文——讀茅盾的《可愛的故鄉》
　　　黃澤佩　《中學語文教學》，1980(11)

含蓄的藝術，深摯的感情——《風景談》淺析
　　　馮日乾　《延安大學學報》，1980(1)：83

談《風景談》
　　　木山　《語文教學通訊》，1980(8)：22

《風景談》注解質疑
　　　魏塤平　《語文教學通訊》，1980(8)：21

對「那也是直挺秀欣的」一句的理解
　　　曹津源　《語文戰線》，1980(7)：12～13

漫談茅盾的散文創作
　　　黎舟　《福建師大學報》，1981(2)：60

漫談茅盾的抒情散文
　　　樂黛雲　《中學語文教學》，1981(6)：13

飽含深意，滿蘊詩情——讀茅盾的四篇抒情散文
　　　李軍　《寧波師專學報》，1981(2)：46

特殊時代的特殊文體——讀《茅盾散文速寫集》
　　　趙孝思　《文匯月刊》，1981(5)：69

《雷雨前》試析
　　　王東華、奚可　《文科教學》，1981(1)：102

讀茅盾散文《雷雨前》
　　　劉思謙　《教學通訊》(文科版)，1981(2)：4

呼喊革命的詩篇——談茅盾的《雷雨前》
　　　趙午生　《教研資料》(文科版)，1981(1)：21

《雷雨前》的象徵藝術
　　　趙璧仁　《語文教學》，1981(1)：26

《雷雨前》中的象徵意義

凌雲志　《語言文學》，1981（1）：22

淺談茅盾的《雷雨前》

　　錢捍東、趙紹生　《教學參考資料》（文科版），1981（1）：15

深刻的思想，象徵的手法──讀茅盾的《雷雨前》

　　王錦泉　《散文》，1981（6）：45

睿智的預言，深邃的構思──學習《雷雨前》的體會

　　吳福群　《語文學習》，1981（6）：6

「讓大雷雨洗出個乾淨清亮的世界」──讀《雷雨前》

　　王傳珍、初文秀　《大連師專學報》，1981（1）：53

美妙的風景，激越的讚歌──《風景談》賞析

　　赤明樹　《淮陰師專學報》，1981（2）：59

形神並茂的特寫鏡頭──《風景談》小析

　　鄧永凱　《語言文學》，1981（5）：22

從《白楊禮讚》的修改中學習語言

　　王希傑、王家傑　《語言文學》，1981（5）：27

戰鬥的時代記錄──略論茅盾的散文

　　閻明俊　《鞍山師專學報》，1982（1）：23

讀茅盾象徵散文札記

　　嘉梅　《南寧師院學報》，1982（3）：9

託物言志，虛實結合──論茅盾的抒情散文及其藝術構思

　　丁爾綱　《西北師院學報》，1982（1）：79

淺說《風景談》的標題

　　金芹　《語文教學之友》，1982（4）：19

茅盾的《黃昏》簡析

　　王衛平　《語文教學與研究》，1982（6）：32

讀《黃昏》，迎朝陽

　　言廷　《語文新圍》，1982（2）：4

中國人民的讚歌──讀茅盾的《白楊禮讚》

　　吳奔星　《嘉興師專學報》，1982（1）：3

情深意濃感人肺腑──介紹茅盾散文《可愛的故鄉》

　　毛榮富　《新疆教育》，1982（4）：49

茅盾散文《霧》閱讀提示

    方仁工　《語文學習》，1982(4)：18

《雷雨前》的寫作手法簡析

    吳慶榮　《鎮江師專（教學與進修）》，1982(1)：49

茅盾散文藝術特色探微

    李標晶　《杭州師院學報》，1982(2)：73

讀《雷雨前》——兼談茅盾散文的一些特點

    董加陵　《語文教學之友》（廊坊師專），1982(7)：25

茅盾寫《可愛的故鄉》

    鍾桂松　《語文月刊》，1983(7)：26

關於茅盾的散文《冥屋》

    鍾桂松　《嘉興師專學報》，1982(2)：43

茅盾的散文《蘭州雜碎》

    常文昌　《甘肅日報》，1983.2.20 ④

一瓣心香說「楠木」

    彭守恭　《藝譚》，1983(1)：110

奇情壯彩意深味永——讀茅盾的《黃昏》

    艾子　《語文月刊》，1983(6)：7

由茅盾為《地泉》作序所想到的

    馮錫剛　《紅岩》，1983(2)：200

《雷雨前》淺析

    鄧達泉　《成都大學學報》（社科版），1983(2)：111～115

茅盾抒情散文的藝術特色

    丁爾綱　《包頭師專學報》（內蒙），1983（增刊）：9～19

論茅盾的散文創作

    方銘　《江淮論壇》（合肥），1984(3)：98～103

茅盾散文表現時代性的特色——茅盾散文研究之二

    李標晶　《杭州師院學報》（社科版），1984(2)：36～42

茅盾抒情散文的詩意美淺探

    張啓東　《信陽師範學院學報》（哲社版）（豫），1984(2)：83～88

茅盾小說散文中的鄉土特色

顧順泉　《嘉興師專學報》（社科版）（浙），1984（增刊）：43～53

試析茅盾象徵性散文及其意象模式

徐楓　《松州師院學報》（社科版），1984(1)：102～106

淺談茅盾抒情散文的象徵手法

蘇振元　《杭州大學學報》（哲社版），1984(1)：67～72，81

談茅盾抗戰時期的散文

張衍芸　《寧夏大學學報》（社科版）（銀川），1984(3)：61～65

注意於悲，言多奇慨——茅盾少年時代散文《悲秋》賞析

鍾桂松　《語文月刊》（廣州），1984(11)：4

永遠的導師——讀茅盾散文《青年苦悶的分析》

陳永昊　《嘉興師專學報》（社科版）（浙），1984（增刊）：24～29

意境形成的「三部曲」——兼析《白楊禮讚》的寫作

蔡善道　《名作欣賞》（太原），1984(5)：116～117

《風景談》賞析

寧桂芝　《綏化師專學報》（社科版）（黑），1984(1)：95～98，100

美妙的圖畫，熱情的讚歌——讀茅盾的《風景談》

羅永奕　《名作欣賞》（太原），1984(1)：68～71

《風景談》美的鑒賞

高梁　《畢節師專學報》（社科版）（黔），1984(1)：57～62

《風景談》賞析

胡憶肖　《芳草》（武漢），1984(3)：57～58

洗煉蘊藉，意深境遠——讀茅盾《〈草原上的小路〉序》

吳甸起　《名作欣賞》（太原），1984(5)：62～64

心靈的火花——讀茅盾散文《五月三十日的下午》

鍾桂松　《桐鄉文藝》第 19 期，「紀念茅盾逝世三周年專輯」浙江省桐鄉縣
文化館編印，1984：26～29

茅盾抒情散文中的象徵描寫及其象徵意義——兼與丁爾綱同志商榷

毛代勝　《衡陽師專學報》（社科版）（湘），1984(2～3)：74～81

勇於創新，巧於變化——論魯迅茅盾象徵散文的結構藝術

蘇振元　《浙江師範大學學報》（社科版）（金華），1985(4)：31～36

時代的畫卷——試論茅盾大革命失敗至抗戰前夕散文的藝術特色

陳佩珏　《雷州師專學報》（湛江），1985（1）：51～56

情真思深，優美別緻──讀茅盾的散文《叩門》

　　周國良　《學習導報》（長江），1985（3）：48～49

心火仍在燃燒──介紹茅盾散文《叩門》

　　方銘　《散文世界》（京），1985（8）：38～41

茅盾──傑出的報告文學作家

　　段百玲　《蘇州大學學報》（社科版）（蘇），1985（3）：49～54，48

讓暴風雨洗滌出嶄新的世界──高爾基《海燕》、茅盾《雷雨前》比較賞析

　　譚學純　《名作欣賞》（太原），1985（5）：50～52

茅盾與魯迅的三十年代雜文之比較

　　章紅　《杭州師院學報》（社科版），1985（2）：85～90

《風景談》中的幾個松句及其修辭效果

　　王曉平　《語文導報》（杭州），1985（12）：24～25

苦悶的象徵　獨特的風格──讀茅盾的抒情散文《叩門》

　　鄭富成　《名作欣賞》（太原），1986（1）：53～55

《白楊禮讚》的藝術特色

　　劉景清　《中文自學指導》（滬），1986（4）：27～29

《白楊禮讚》藝術手法三題

　　楊澱勛　《寧夏教育學院學報》（社科版）（銀川），1986（3）：83～84

莊諧結合，縝密曉暢──茅盾雜文特點之二

　　鄭富成　《河北師範大學學報》（社科版）（石家莊），1987（2）：35～39

關於《春雨之夜》的創作特點

　　姚素英　《松遼學刊》（社科版）（四平），1987（4）：40～44

叩門聲中露真情──略談茅盾的早期散文《叩門》

　　曹汝植　《畢節師專學報》（社科版）（黔），1987（2）：66～68

茅盾散文對比結構的美學價值

　　錢威　《湖州師專學報》（人文科學版）（浙），1987（3）：41～48

茅盾的雜文觀

　　章才金　《雜文報》（石家莊），1987.12.4 ③

論茅盾旅日散文的憂患意識

　　翟耀　《東岳論叢》（濟南），1988（4）：101～105

茅盾的矛盾——重讀《夜讀偶記》

　　張頤武　文藝報（京），1989.5.6 ③

茅盾散文《叩門》的象徵意義辨

　　張啓東　《貴陽師專學報》（社科版），1989(3)：46～48，60

《白楊禮讚》的藝術美

　　郭素賢　《唐都學刊》（西安），1989(4)：104～105

談茅盾散文的創作軌迹

　　李復興　《濟寧師專學報》（哲社版），1991(4)：38～43

論茅盾紀實散文的個性價值

　　李傳璽　《安徽教育學院學報》（社科版）（合肥），1992(2)：56～59

吳越民俗與茅盾的散文

　　林榮松　《寧德師專學報》（哲社版），1992(1)：54～58，41

茅盾散文體式摭談

　　魯人　《出東師大學報》（社科版），1992(6)：66～70

茅盾和周作人的散文比較

　　顧忠國　《湖州師專學報》，1993(4)：39～44，12

茅盾與豐子愷散文比較研究

　　錢大宇　《江蘇教育學院學報》（社科版），1993(3)：39～43

茅盾的散文藝術

　　龍恩　《齊魯學刊》，1993(3)：102～106

《叩門》：對革命道路的急切探索與對象徵主義的借鑒

　　陳開鳴　《黔南民族師專學報》（哲社版），1993(2)：19～23

茅盾散文的詩體特徵

　　鍾桂松　《紹興師專學報》（哲社版），1993(2)：52～55

整幅畫面的象徵——茅盾《雷雨前》的啟示

　　林錦鴻　《新文學研究》，1993(3～4)：36～37

茅盾散文的「個人筆調」

　　王國柱　《杭州大學學報》（哲社版），1994(3)：140～147

茅盾旅日散文漫述

　　鍾桂松　《文藝報》，1994.4.30 ③

「香市」昔盛今衰因何在——從一條注釋解讀茅盾的散文《香市》

陸維天　《新疆大學學報》（哲社版），1995(2)

概念淹沒的白楊——重評茅盾的《白楊禮讚》

　　郝宇民　《名作欣賞》，1996(3)：106～109

表現時代，解釋時代，推動時代——茅盾散文略論

　　王建中　《綏化師專學報》，1996(2)：12～18

讀茅盾的抗戰雜文

　　范國華　《重慶社會科學》，1996(4)：44～45

茅盾《叩門》語音修辭賞析

　　李蜜　《名作欣賞》，1997(5)：52～53

攬時代風雲，促社會變革——從文化視角論茅盾散文的思想特色

　　王建中　《社會科學輯刊》，1998(1)：149～154

茅盾《風景談》《白楊禮讚》的思維藝術探微

　　余紅纓　《鹽城教育學院學報》，1998(2)：23～26

五、翻譯研究

《文憑》

　　景賢　《學風》月刊第 2 卷第 10 期，1932.12.15

《西洋文學》

　　蓮子　《益世報·文學週刊》（天津），1933.2.15

茅盾先生論《伊利亞特》和《奧德賽》

　　羅　《大公報·文藝副刊》（天津），1934.9.12

《伊利亞特》和《奧德賽》的討論——答茅盾先生

　　羅　《大公報·文藝副刊》（天津），1934.12.12

《話匣子》

　　允一　《讀書生活》第 1 卷第 8 期，1935.2.25

茅盾先生的《神曲》

　　水天同　《人生與文學》（天津）第 1 卷第 4 期，1935.7.25

《文憑》

　　碧遙　《婦女生活》月刊第 2 卷第 2 期，1936.5.16

讀《戰爭》

雨梅　《生活知識》半月刊第 2 卷第 3 期，1936.5.16

茅盾先生的《吉訶德先生》

李洪　《宇宙風》第 39 期，1937.4.16

《人民是不朽的》

李廣田　《文哨》月刊第 1 卷第 2 期（重慶），1945.7.5

論《人民是不朽的》

林煥平　《文聯》半月刊第 1 卷第 1 期，1946.1.5

讀《復仇的火焰》

李萌　《江西幹報增刊·收獲》（江西信豐），新第 30 期，1944.2

《人民是不朽的》與《虹》

金丁　《風下》（新加坡）周刊第 19 期，1946.4.13

茅盾譯的《團的兒子》

小萍　月刊第 2 卷第 4 期，1946.12.10

《蘇聯愛國戰爭短篇小說譯叢》

朱劍　《時代時報·文化版》（上海），1947.5.26

西蒙諾夫與《俄羅斯問題》

楊嘉　《生活周報》（爪哇），第 184 期，1948.4.25

讀書筆記兩篇——讀《幸福的家庭》讀《俄羅斯問題》

冰冰、晨曦　《學生文叢》第 7 輯《播種的人》，1948.5

茅盾的第一篇翻譯小說

孔海珠　《新文學史料》，1979.5：126

《茅盾譯文選》序

茅盾　《文匯報》，1981.3.29 ③

外文版《茅盾選集》序

茅盾遺作　《光明日報》，1981.4.7 ④

魯迅、茅盾關於英譯中國短篇小說集《草鞋腳》的書信和資料手稿

《文獻》，1979.1.9

重視對茅盾業績的研究——《黎明時期的文學——中國現實主義作家茅盾》
譯後記

林煥平　《人民日報》，1981.3.30 ⑧

茅盾與翻譯

邱磊　《中國青年報》，1982.3.28 ②

茅盾的翻譯觀（學習《茅盾譯文選集序》）

楊郁　《翻譯通訊》，1983(11)：2

翻譯和創作（茅盾談話錄）

金韻琴　《藝叢》，1983(1)：34

《茅盾譯文選集》

洪怡　《書林》，1982(3)：63

論茅盾早期的翻譯理論

楊健民　《江海學刊》（南京），1984(4)：97～103

茅盾的譯介外國文學歷程

黎舟　《齊魯學刊》（曲阜師院學報），1984(1)：111～115

略論茅盾的文學翻譯理論

王衛平　《錦州師院學報》（哲學版），1985(4)：89～94

試述茅盾翻譯介紹外國文學的業績

劉獻彪　《撫順師專學報》（社科版），1985(2)：42～50

茅盾譯介外國文學的歷史經驗

黎舟　《福建師範大學學報》（哲社版）（福州），1985(4)：61～67

建黨初期的茅盾譯作

迪水　《文學報》（滬），1985.6.20 ④

茅盾談翻譯及其它

楊郁　《藝譚》（合肥），1986(1)：81～83

茅盾早期論翻譯標準和翻譯方法

楊健民　《江西社會科學》（南昌），1986(1)：121～125，126

茅盾的兒童文學翻譯

金燕玉　《蘇州大學學報》（哲社版），1986(1)：79～82

茅盾和我國的文學翻譯工作

金芳　《南京師大學報》（社科版），1993(1)：121～125

茅盾和我國的文學翻譯事業

金芳　《中國翻譯》，1993(1)：12～16

《孤獨》不是茅盾譯作：〔蘇聯長篇小說〕

孔海珠　《新文學史料》，1993(4)：216～217

六、編輯研究

致編輯先生

    魯迅　寫於 1938.1，後收入北京人民文學出版社《魯迅書信集》

魯迅和《小說月報》──兼記魯迅與茅盾早年的友誼

    姜德明　《文藝報》，1979（5）

茅盾和編輯生涯

    王向民　《瀋陽師範學院》（社會科學學報），1984（2）：79～84

茅盾親自動手為我處理稿件

    安邦師　《文學報》（滬），1984.5.3 ②

茅盾──《小說月報》的改革者

    党秀臣　《泰安師專學報》（社科版）（魯），1987（1）：78～81

茅盾的文學編輯工作

    莊鍾慶　《瀋陽師範學院學報》（社科版），1989（2）：125～129

茅盾的早期編輯生涯考略

    金美富　《東疆學刊》（哲社版）（延吉），1992（2）：72～78

編輯大師茅盾與《小說月報》改革

    金美富　《錦州師院學報》（哲社版），1992（3）：17～22

茅盾的出版評論初探

    李頻　《邵陽師專學報》，1992（6）：62～66

試論茅盾「雜誌辦人」的思想

    李頻　《編輯學刊》，1992（4）：92～94

茅盾的期刊評論探析

    李頻　《編輯之友》，1993（3）：37～40

略論茅盾在「五四」前後的編輯思想和實踐

    徐楓　《杭州師範學院學報》，1993（5）：76～80

略論茅盾的編輯思想和實踐

    徐楓　《河南大學學報》（社科版），1994（3）：104～111，114

學報業要有學術與文化的追求目標──茅盾主編《小說月報》的啟示

    金美福　《錦州師範學院學報》（哲社版），1995（4）：110～114

茅盾出版評論的類型批評法

李頻　《益陽師專學報》，1995（1）：68～69，71

茅盾主編《人民文學》的編輯思想

李琳　《編輯之友》，1997（5）：58～61

茅盾主持時期的《漢口民國日報》

曾曙華　《新聞大學》，1997（春季號）：69～70

茅盾早期的現代編輯意識

翟德耀　《東岳論叢》，1999（3）：119～123

七、筆名研究

沈雁冰筆名

袁湧進　《現代作家筆名錄》，北平中華圖書館協會，1936.3，第 29 頁

「茅盾」的由來

王之　《羊城晚報》，1959.9.18

關於茅盾筆名

查國華　《山東師院學報》，1978（3）

茅盾筆名（別名）箋注

孫中田　《吉林師大學報》，1979（4）：149

關於「茅盾」筆名由來的答問

楊鼎川　《南方日報》，1980.7.27 ③

沈雁冰的筆名

闇良　《北京晚報》，1981.4.3 ③

「茅盾」筆名的由來

R・S　《齊齊哈爾師範學院學報》，1981（3）：32

中國作家筆名探源——茅盾

叢楊等　《吉林大學社會科學學報》，1982（2）：70

關於茅盾的筆名「子漁」

金燕玉　《新文學史料》，1982（4）：189

「P生」——茅盾的一個筆名

姚以恩　《文匯報》，1983.9.28 ④

茅盾筆名（別名）箋注補遺

孫中田　《東北師範大學學報》（哲社版）（長春），1984(2)：117～118

茅盾幻名、名、號、別名、化名、筆名輯錄

艾揚　《中國現代文藝資料叢刊》（8），上海文藝出版社，1984：390～418

茅盾筆名辯正

黃景行　《浙江師範大學學報》（社科版）（金華），1985(2)：53～54

關於茅盾筆名「終葵」的含義

張效民　《成都師專學報》（文科版），1986(1)：59～60

關於茅盾的筆名──與翟同泰先生商榷

陳小善　《藝譚》（合肥），1987(3)：82～83

變幻無常難尋覓：談茅盾的筆名

《語文輔導》，1994(2)：60～62

八、書信研究

新發現的魯迅致茅盾書信中的幾件史實

包子衍　《文教資料簡報》第 75 期，1978.3

1.茅盾文藝書簡（致臧克家的十二封信）

2.重讀茅盾先生的來信

臧克家　《文藝研究》，1981(3)：89

1.茅盾致臧克家信

2.向茅盾先生學習

臧克家　《紅岩》，1981(3)：182

1.茅盾同志給臧克家同志的兩封信

2.後記

臧克家　《北京晚報》，1981.4.5 ④

茅盾給丁力同志的信

《長江日報》，1981.4.11 ④

茅盾書簡七封

孔海珠　《百花洲》，1981.2：177

茅盾同志的一封信

張帆　《人民日報》，1981.4.25 ⑤

茅盾同志給《湘江文藝》的一封信

　　《湘江文藝》，1981(5)：3

茅盾遺墨，茅盾同志的一封信

　　《電影創作》，1981(5)：3

茅盾同志給本報的信

　　《中國青年報》，1981.4.2 ④

1.茅盾同志的一封信（1961 年 9 月 26 日）

2.崇高的精神，高尚的品德——關於茅盾同志給我的一封信

　　翟同泰　《華東師範大學學報》，1981(2)：1

茅盾給馬爾茲的信

　　沙博理　《光明日報》，1981.6.16 ④

讀舊信追懷哲人

　　姚雪垠　《解放日報》，1981.4.19 ⑤

憶和茅盾同志相處的日子〔一〕（和茅盾同志的最初通信〔附來信三封〕）

　　戈寶權　《新文學史料》，1981(3)：178

1.茅盾同志的三封信

2.寫在沈老三封信的後面

　　葉子銘　《雨花》，1981(7)：8

茅盾書簡

　　《紹興師專學報》，1981(3)：79

沈雁冰（茅盾）同志給本刊一位編輯的信部分手迹（1963.6.4）

　　《新港》，1981(5)：13

致表弟陳瑜清書

　　茅盾　《光明日報》，1982.3.31 ④

來往書信四封

　　茅盾、姚雪垠　《文獻》8 輯 1 頁

1.關於「第一篇文學論文」的一封信

2.茅盾的第一篇文學論文

　　茅盾、邵伯周　《上海師範學院學報》，1982(1)：43

茅盾致臧克家的信

　　《人民文學》，1982.2：97

給克家的信

　　　　茅盾　　《文匯報》，1982.3.24 ④

茅盾給臧克家的十封信

　　　　《文學報》，1982.4.1 ④

一封新發現的茅盾給李劼人的信

　　　　李定周　　《社會科學研究》，1982(6)：107

1.關於茅盾 1972 年的一封信

2.書簡（1972.10.6）

　　　　茅盾、孔海珠　　《圖書館雜誌》，1982(2)：42

茅盾給業餘作者的一封信

　　　　《時代的報告》，1982(5)：28

湖州一些單位獻出茅盾生前親筆書信

　　　　賈記　　《浙江日報》，1983.7.5 ①

茅盾的信

　　　　金韻琴　　《人民日報》，1983.4.26 ⑧

從茅盾致鄭振鐸的信談起

　　　　郭志剛　　《光明日報》，1983.5.26 ③

茅盾的一封軼信

　　　　陳勇　　《文學報》，1984.2.16 ④

關於茅盾給我的信（一）

　　　　范泉　　《青海日報》，1984.11.11 ④

茅盾致碧野信五封

　　　　《光明日報》，1986.8.14 ③

道德文章是我師──讀《茅盾書信集》

　　　　臧克家　　《人民日報》，1987.5.12 ⑧

友誼的呼籲──讀宋慶齡、茅盾、蔡元培佚簡

　　　　陳漱渝　　《魯迅研究月刊》，1994(5)：41

關於茅盾同志的三封信

　　　　袁良駿　　《新文學史料》，1994(2)：32～33

新發現茅盾（沈雁冰）致胡適四封信──茅盾從新浪漫主義向寫實主義轉變的契機

沈衛威　《河南大學學報》（社科版），1996（3）：88～90，22

偉大而又平凡的文學巨匠——追憶與茅盾先生通信的一段往事

　　姜雲　《江南》，1996（4）：162～164

魯迅茅盾致紅軍賀信重見天日

　　閻愈新　《魯迅研究月刊》，1996（7）：6～10

記茅盾與美國作家馬爾茲的一段交往——關於茅盾致馬爾茲的兩封信的來歷

　　陳冰夷　《世界文學》，1996（3）：16～27

關於魯迅茅盾賀紅軍的信

　　倪墨炎　《文匯報》，1996.9.25 ⑪

新發現的茅盾給任何的兩封信

　　陳遼　《新文學史料》，1996（2）：43～45

六十年前魯迅、茅盾致紅軍賀信之發現

　　閻愈新　《新文學史料》，1996（3）：56～61，31

魯迅、茅盾致紅軍賀信的發現與辨析

　　閻愈新　《炎黃春秋》，1997（2）：28～31

魯迅、茅盾致陝北信不容否定

　　陳福康　《新文學史料》，1998（2）：205～207

九、書法研究

茅盾與瞿秋白故居題字

　　《常州報》供稿　《文匯報》，1980.6.23 ①

茅盾為魯迅紀念郵票題簽

　　張克讓　《文學報》，1981.9.10 ③

茅盾同志題簽《金文新考》的附記

　　駱賓基　《北京文學》，1981（8）：32

一幅珍貴的題字

　　滕大千　《天津日報》，1981.4.1 ④

茅盾的筆迹

　　楊紹練　《廣州日報》，1981.4.12 ④

茅盾同志的一次題字

嚴承章　《南方日報》，1981.4.26 ④

敬題《鄧雅聲烈士遺詩集》

茅盾　《北京日報》，1981.4.12 ④

讀矛公遺墨

黎丁　《光明日報》，1981.4.7 ④

茅盾的手稿

連碧　《大地》增刊，1981，第 1 期封二

一條題字

魏新生　《人民日報》，1982.3.26 ⑧

又是秋葉蕭蕭時——記茅公的一帖遺墨

李樂山　《人民政協報》，1983.10.26 ④

茅盾同志的書法

陳大遠　《冀東文藝》（唐山），1984(11～12)：32～33

從茅公為《清明》題籤說起：〔茅盾〕

韓瀚　《清明》，1994(2)：177～180

十、佚文研究

中國新文學運動

茅盾　《北方論叢》（哈爾濱師大學報），1983(5)：31

關於茅盾佚文《中國新文學運動》

周安華　《北方論叢》（哈爾濱師大學報），1983(5)：34

老舍與茅盾的佚詩

谷葦　《文學報》，1983.11.17 ④

茅盾的一封軼信

陳勇　《文學報》（滬），1984.2.16 ④

茅盾佚詩三首

翟同泰　《文學報》（滬），1984.8.23 ③

新發現的茅盾佚文七篇

翟同泰輯注　《浙江師範大學學報》（社科版）（金華），1986(3)：1～7

新發現的茅盾佚文五篇

翟同泰　《新疆大學學報》（哲社版），1986(3)：79～85

新發現的茅盾佚文十篇

翟同泰輯注　《河南大學學報》（哲社版）（開封），1986(5)：20～26

新發現的茅盾佚文兩篇的說明

翟同泰　《曲靖師專學報》（社科版）（滇），1987(1)：35～40

茅盾的一篇佚文

善文　《藝譚》（合肥），1987(2)：81～82

新發現的茅盾佚文四篇

翟同泰　《信陽師範學院學報》（哲社版）（豫），1987(1)：63～67

新發現的茅盾佚文四篇

翟同泰輯注　《大理師專學報》（社科版）（滇），1987.2：19～24

新發現的茅盾佚文六篇

翟同泰輯注　《新疆大學學報》（哲社版）（烏魯木齊），1987(3)：71～77

新發現的茅盾佚文七篇

翟同泰輯注　《寧波師院學報》（社科版）（浙），1986(4)：28～32

茅盾佚文八篇

翟同泰輯注　《華東師範大學學報》（哲社版）（滬），1987(4)：87～95

新發現的茅盾佚文九篇

翟同泰輯注　《紹興師專學報》（社科版）（浙），1986(4)：18～24

「茅盾佚文」獻疑

楊樺　《湖州師專學報》（人文科學版）（浙），1987(3)：91～99

茅盾佚文質疑

黃民　《藝譚》（合肥），1887(3)：83～84

「秀才遇考」思茅公：關於茅盾的一篇佚文

黃萍蓀　《浙江學刊》（杭州），1988(1)：65～66

茅盾佚文七篇

翟同泰　《安順師專學報》（綜合版）（黔），1988(1)：21～27

茅盾佚文七篇

翟同泰　《黔東南民族師專學報》（社科版）（凱里），1988(1)：15～21

茅盾佚文三篇

翟同泰　《南都學壇》（南陽師專）（豫），1989(1)：48～55

早年新詩寓深情──茅盾佚詩二首學習札記

　　丁茂遠　　《江西大學學報》（社科版）（南昌），1989(1)：43～45

茅盾佚文（詩）鈎沉

　　李建平　　《廣西大學學報》（哲社版）（南寧），1990(1)：77～78

親近發現的茅盾佚文《關於小說中的人物》

　　陸維天　　《新疆大學學報》（哲社版），1993(3)：69～70

茅盾在粵港「第二條戰線上」：茅盾佚文《民主與文藝》所引起的回憶

　　李莎青　　《文藝理論與批評》，1994(2)：30～34

十一、版本研究

《茅盾論創作》出版

　　華　　《人民日報》，1980.9.17 ⑤

《茅盾詩詞》出版

　　《大眾日報》，1980.2.27 ④

六十年文學實踐經驗的結晶──推薦《茅盾論創作》

　　葉子銘　　《文藝報》，1980(11)：56

喜讀《茅盾論創作》

　　華然　　《文匯報》，1980.9.28 ③

深厚・博大・精湛──喜讀《茅盾評論文集》

　　林煥平　　《人民日報》，1980.2.13 ⑤

簡評兩種《茅盾著譯年表》

　　查國華　　《山東師院學報》，1980(4)：70

《茅盾全集》編委會成立，首次編委會在京召開

　　《文學報》，1983.5.12 ①

《茅盾著譯年表》補正

　　史明　　《華東師範大學學報》，1983(5)：51

《茅盾全集》將出版四十卷

　　雯萱　　《人民日報》，1983.7.24 ③

訪美所見幾種茅盾作品的盜版書

　　葉子銘　　《書林》，1983.2：56

《茅盾全集》將陸續出版：力爭收齊作者生前全部著作

　　　朱偉倫　《新民晚報》（滬），1984.2.23 ②

《茅盾全集》編輯出版工作順利進展

　　　丁爾綱　《人民日報》，1984.7.16 ⑦

《茅盾全集》第一、二、三卷出版

　　　《人民日報》，1984.3.27 ③

關於茅盾兩個散文集的版本

　　　王中忱　《湖州師專學報》（社科版）（浙），1985(2)：72～73

《茅盾全集》編餘漫記

　　　查國華　《山東師大學報》（社科版）（濟南），1988(2)：58～64

茅盾《我走過的道路》錯誤略說

　　　沈衛威　《浙江學刊》（杭州），1990(5)：89～91

《茅盾全集》第十卷詩詞校注質疑

　　　丁茂遠　《浙江師大學報》（社科版）（杭州），1990(3)：40～44

十二、茅盾研究書評

兩本關於茅盾文學道路的著作

　　　樊駿　《文學評論》，1960(2)

中國現代作家研究的可喜收獲——讀葉子銘《論茅盾四十年的文學道路》

　　　艾揚　《上海文學》，1960(3)

《茅盾的創作歷程》問世

　　　楊渡　《光明日報》，1982.10.21 ③

藝術探索與政治偏見之間的徘徊傾斜——評美國學者夏志清的《中國現代小說史》茅盾專章

　　　丁爾綱　《中國現代文學研究叢刊》，1982(4)：323

對一部研究茅盾新作的幾點意見

　　　鄧祝仁　《廣西日報》，1983.5.16 ③

茅盾研究新起點的標識——評四本論述茅盾文學歷程的專著

　　　吳幅輝　《文學評論》（京），1984(2)：75～80

《茅盾研究論集》

《人民日報》，1984.12.10 ⑧

茅盾研究的新收獲──評《茅盾的創作歷程》

李標晶 《浙江學刊》，1983（2）：110

評《茅盾的創作歷程》

白崇義 《新文學論叢》，1983（3）：82～89

茅盾研究的新收獲──讀《茅盾前期文學思想散記》

張學軍 《齊魯學刊》（曲阜師院學報）（魯），1986（3）：128～129

老課題的新探索──讀《茅盾小說論》

肖馬 《文藝報》（京），1990.1.13 ③

探討：在不斷超越中進行──讀《〈子夜〉的藝術世界》

丁亞平 《中國現代文學研究叢刊》，1992（3）：287～291

革命作家茅盾的一扇心扉──讀丁茂遠著《茅盾詩詞鑒賞》

張捷 《東海》（杭州），1992.8：79～80

關於傳記《一代文豪：茅盾的一生》的寫作出版

李廣德 《湖州師專學報》，1993（1）：84～93

讀《茅盾的小說藝術》

馬相武 《文學自由談》，1993（4）：123～124

創新與求實的學術品格──讀《茅盾研究叢書》的三部專著

陳天助 《文藝報》，1993.5.29 ③

茅盾早期思想的歷史透視──評丁柏銓新著《茅盾早期思想新探》

左健 《江海學刊》，1994（5）：190～192

一部全新的學術專著──評《時代女性論稿》

劉鵬 《冀東學刊》，1995（3）：47～51

勾畫一個實實在在的早期茅盾──評丁伯銓《茅盾早期思想新探》

林道立 《文藝報》，1999.3.25 ②

生命如歌──讀《茅盾，孔德沚》

李向輝 《甘肅社會科學》，1966（1）：83～85

走進茅盾的情感世界

評丁爾綱《茅盾，孔德沚》

李標晶 《紹興文理學院學報》，（哲社版）1996（2）：111～112

在女性天國裡馳騁──評《時代女性論稿》

姜波　《大慶高等專科學校學報》，1997（1）：50～51

一個人與世紀文學——評鍾桂松的《茅盾傳》

李詠吟　《當代作家評論》，1997（2）：54～56

茅盾研究的新拓展——讀《茅盾文論的歷程》

羅宗義　《文藝報》，1997.6.19 ②

讓文學研究回歸到研究文學上——讀史瑤新著《論茅盾的小說藝術》

駱寒超　《浙江學刊》，1997（1）：109～111

現實主義：值得深長思索的歷史命題——讀史瑤的《論茅盾的小說藝術》

王嘉良　《浙江學刊》，1997（2）：80～82

十三、茅盾作品在國外

西人眼中的茅盾

《現代文學評論》第 2 卷第 3 期、第 3 卷第 1 期，1931

《子夜》英譯本——譯文有問題，出版尚有待

莫　《文藝新聞》第 5 號，1946.4.3

《子夜》德文版在西德重版發行

馬樹德　《世界文學》，1979（5）

日本出版評介茅盾創作活動的專著

集思　《世界文學》，1980（1）：130

《子夜》德譯本記談

胡天石　《世界圖書》，1981（8）：5

茅盾作品在國外

莊鍾慶　《新文學史料》，1982（3）：245

跨越時代和民族的界限——介紹世界各國對茅盾著作的研究

李岫　《文化交流》，1982（2）：4

《茅盾研究在國外》

張健　《人民日報》，1985.4.25 ⑧

《茅盾研究在國外》簡介

趙鐵信　《光明日報》，1985.5.23 ③

評國外對茅盾短篇小說的研究——《茅盾研究在國外》一書編餘札記

李岫　《浙江學刊》（杭州），1985(3)：44～52

日本近期對茅盾的實證研究

孫中田　《文藝報》（京），1992.4.4 ③

近年來國外對茅盾研究述評

木函、愛華　《社會科學戰線》，1996(6)：197～203

我和高利克（Marian Galik）關於茅盾研究的交往

葉小銘　《中國現代文學研究叢刊》，1998(3)：284～299

茅盾研究書錄
（1954～2001）

茅盾小說講話

吳奔星著，上海泥土社，1954 年 3 月初版；四川人民出版社，1982 年 8 月第 1 版，150 頁。

本書是「解放後第一本比較系統的茅盾研究專著」。該書分前後二部分：第一部分是「代序」，把茅盾的創作道路作了一個輪廓式的考察，特別是茅盾文藝觀點的演變、創作思想中社會主義因素增長以及代表作品的主要特點等關鍵性的問題，作了簡明扼要的粗線條的闡述，使讀者從縱的方面了解茅盾的創作；第二部分是作品分析，分六個專題詳盡地分析了茅盾創作中影響最廣、成績最大的第二次革命戰爭時期的代表性作品——《子夜》、《春蠶》、《秋收》、《殘冬》、《林家舖子》和《兒子開會去了》的思想意義和藝術價值，使讀者從橫的方面了解茅盾的創作，這樣就明確了茅盾在我國現代文學史上的歷史地位和傑出貢獻。本書是建國後 17 年中茅盾研究「具有代表性的著作」。

茅盾的文學道路

邵伯周著，長江文藝出版社，1959 年 5 月第 1 版，1979 年 2 月第 2 版，231 頁。

本書對茅盾的文學道路作了較為細緻的探討、分析和評論。全書共五個部分：一、起點和第一步——「五四」時期和第一次國內革命戰爭時期的茅盾；二、曲折的歷程——第二次國內革命戰爭時期的茅盾（上）；三、創作的

豐收時期——第二次國內革命戰爭時期的茅盾（下）；四、新的探索和新的成就——抗日戰爭和人民解放戰爭時期的茅盾；五、爲發展我國社會主義文藝而鬥爭——社會主義革命時期和社會主義建設時期的茅盾。作者對每個時期的時代背景，茅盾的文藝思想，都聯繫具體的作品進行了分析，可以清楚地看出茅盾的文藝思想和創作是怎樣發展的，以及他的創作的主要成就。

書末附有「茅盾主要著譯書目」。

論茅盾四十年的文學道路

葉子銘著，上海文藝出版社，1959 年 8 月第 1 版，1978 年 10 月第 8 次印刷，1988 年 2 月第 4 版，第 4 次印刷，197 頁。

本書收入《中國現代文學研究叢書》，這是一部最早的比較全面地研究和分析茅盾創作道路的著作，它結合各個歷史時期革命鬥爭的特點和茅盾在這些鬥爭中的地位，評論茅盾的文學活動和文學創作；同時又結合茅盾的社會活動和思想發展，評論他各個時期作品的成就和缺點，從而使讀者能從客觀環境和具體歷史進程中來理解茅盾的創作，評價茅盾作品的得失。

作者在幾次重版的過程中，根據新的材料進行了核實和修改，使內容更加充實和完善。本書是茅盾創作研究的較好的參考書。

茅盾研究資料集

山東大學中文系、文史哲研究所資料室編，1979 年 6 月鉛印本。

本書爲內部交流材料，共分四個部分：1.茅盾簡介。主要介紹茅盾在建國前的創作和革命活動；2.茅盾談自己的作品。收茅盾關於自己一些主要作品的創作過程談話和序跋；3.茅盾論文藝（1920～1949）。收茅盾於建國前關於文藝理論的代表性文章 21 篇；4.茅盾著譯年表，羅列了自 1916 年 9 月到 1979 年 6 月的茅盾所有著譯，並注明發表地點、發表時的署名。

論茅盾的生活與創作

孫中田著，百花文藝出版社，1980 年 5 月第 1 版，372 頁。

作者詳細地論述了茅盾同志的生活進程和創作道路，論述了茅盾同志的生活與創作的關係。作者認爲「茅盾的創作，是以深廣的社會生活的描寫，清晰的時代風雲的展示，錯綜複雜的社會矛盾的反映而引人入勝的」。作者通過對茅盾生活和創作的探索，確立了一個偉大的現實主義作家的形象。

全書共四章。一、早期的思想和文學活動；二、大革命前後的生活和創

作；三、左聯時期的創作；四、抗戰和解放戰爭時期的創作。每章的編寫都先記述生活和思想，再論述創作。

書後附有《茅盾著譯年表》、《茅盾筆名（別名）箋注》、《茅盾評論資料目錄索引（1924～1978 年）》。

黎明的文學——中國現實主義作家・茅盾

〔日〕松井博光著，高鵬譯，浙江人民出版社，1982 年 1 月第 1 版，254 頁。

本書是日本文學界第一部全面地系統地研究茅盾的專著。作者松井博光是日本著名的漢學家，東京都立大學教授，早在 1959 年就編輯過日本第一部關於茅盾研究的資料——《茅盾評論集》。作者用客觀的引用和敘述方式，介紹了茅盾早年的作品。本書以在日本所能得到的較多的資料，介紹了茅盾從 1916 年進入商務印書館到 1929 年流亡日本，以及 1949 年抵達解放後的北京這一漫長的歲月中的生活和創作。對進一步研究和探索茅盾的文學道路和文學創作很有益處。

本書介紹的重點是茅盾 20 年代至 30 年代初期的生活和創作。本書附有《日譯茅盾主要著作目錄》和《茅盾年譜簡編》。

茅盾

侯成言編著，黑龍江人民出版社，1982 年 4 月第 1 版，154 頁。

本書收入《中國現代作家叢書》。作者運用廣泛搜集的大量材料，結合我國現代歷史發展的進程，深入介紹了茅盾在建國以前的生活歷程、思想發展和創作道路。對他在這個時期的小說作了中肯的評價，用他在我國文壇上半個世紀以來的活動，闡述了茅盾在刻苦致力於文學藝術的鑽研和創造方面所作出的不朽貢獻。這是「一本普及性讀物，它在幫助廣大讀者了解茅盾及其作品方面做了有益的工作。」

茅盾的創作歷程

莊鍾慶著，人民文學出版社，1982 年 7 月第 1 版，402 頁。

這是一部專門論述和研究茅盾創作的著作，作者分 16 章比較詳盡地系統地評述茅盾的主要作品，探索了他創作進程的軌迹，從而窺視我國現代文學發展的重要側面。

作者按茅盾生活年代次序分析評價茅盾創作的主要作品，能使讀者從橫

的方面了解茅盾的各個作品，而且能從縱的方面了解茅盾各個時期創作的相互聯繫的發展過程。這是一部研究茅盾創作的重要參考書。

茅盾在香港和桂林的文學成就

林煥平著，浙江人民出版社，1982 年 11 月第 1 版，152 頁。

本書專論茅盾 40 年代在香港和桂林期間的文學成就，「這在茅盾研究工作上是一個新的嘗試」，作者諳熟這一時期茅盾的生活和創作，在書中談了自己的心得體會，發表了自己的看法，分析了作品的藝術形象，並注意了茅盾創作的連貫性和系統性。本書對於引導讀者閱讀茅盾的作品，認識他的作品所寫的這一歷史時期的社會本質有一定幫助。

憶茅公

文化藝術出版社編，文化藝術出版社，1982 年 12 月北京第 1 版，504 頁。

本書選編回憶文章 112 篇，是從大量的回憶茅盾的文章中精選出來的。這些文章的作者不僅有和茅公共同戰鬥過的文藝界老前輩，如巴金、丁玲、冰心、葉聖陶等，也有親受茅公扶植、獎掖的中、青年作家，還有茅公的親朋好友。他們從各個不同的歷史時期、不同的角度回憶了這位卓越的無產階級文化戰士光輝的一生，再現了茅盾高尚的情操、橫溢的才華和嚴謹治學、辛勤勞作的崇高品質，有很高的史料價值。

茅盾與兒童文學

金燕玉編，河南少年兒童出版社，1983 年 1 月第 1 版，208 頁。

本書是一本茅盾關於兒童文學的論文集，收茅盾在兒童文學方面的 29 篇論文、一首詩及兩篇小說。作者在前言中概括了茅盾在一生的文學生涯中對兒童文學創作和繁榮作出的傑出貢獻，對茅盾一生為「少兒文學的春天」所做出的巨大努力作了崇高的評價。

茅盾故鄉的傳說

浙江桐鄉縣文化館編，1983 年 2 月出版鉛印本，77 頁。

本書記錄了茅盾故鄉——桐鄉烏鎮的一些民間傳說，內容分：1.古迹傳說；2.塘橋水閣；3.特產故事；4.歷史人物；5.俗語逸聞；6.烏鎮掌故；7.風俗花絮；8.古詩吟烏鎮；9.補白。了解烏鎮這些特殊的水鄉特色傳說，對研究茅盾的生平、思想和創作有一定的參考作用。

茅盾作品淺論

丁爾綱著，青海人民出版社，1983 年 3 月第 1 版，231 頁。

本書是研究茅盾創作思想和創作道路的專集，「是在新的基礎上，運用新的研究成果，側重對於作品進行探討的論著」，作者盡量地把茅盾的散文、短篇小說、長篇小說連貫一氣，在茅盾不同時期的作品中尋求出共同軌迹，從一定的高度上來考察茅盾的創作特色。書中前三章專門論述茅盾小說的典型提煉，是一種理論性的概括，接著分析茅盾的散文創作，特別注重分析茅盾抒情散文的含蓄蘊藉的象徵色彩。在分析茅盾具體的單篇作品時，作者充分運用有力的材料來證明自己的觀點，發表自己的獨特見解。

本書作者從作品出發，把藝術分析、思想分析、人物分析結合起來，把作品的內容與作家思想結合起來，從而使讀者能更好地從作品來認識茅盾，追尋茅盾的創作道路。

茅盾研究資料（上、中、下）

孫中田、查國華編，中國社會科學出版社，1983 年 5 月第 1 版，共 1344 頁。

本書收入《中國現代文學史料匯編》（乙種）的《中國現代作家作品研究資料叢書》，記事和選文止於 1981 年 3 月 31 日。本書上冊是「關於茅盾的生平和思想」，收部分茅盾的回憶錄和一些學者的懷念文章；中冊是「關於茅盾的創作」，收茅盾自作的序跋和茅盾研究者們對茅盾作品的評論文章；下冊是「茅盾著譯繫年及其他」，收茅盾著譯年表、書目、茅盾筆名箋注、茅盾主編和參與編輯的部分文學期刊、報紙副刊簡介，以及茅盾研究資料目錄索引。「這部三卷本，百餘萬字的資料，內容豐富而系統，編排清爽而謹嚴，是迄今見到的有關茅盾的研究資料和已出版的數種《中國現代作家作品研究資料叢書》中質量比較好的一部」。

茅盾漫評

葉子銘著，百花文藝出版社，1983 年 6 月第 1 版，335 頁。

本書是作者繼《論茅盾四十年的文學道路》之後，近 30 年來關於茅盾研究散篇論文的結集，是「一部厚積薄發的著作」。內容包括茅盾生平和文學活動研究、主要作品評價、茅盾在文學評論方面的貢獻，以及一些頗有情趣的「茅盾書話」，共收了 24 篇文章。本書主要是對茅盾生平和創作的各個細部

的探討和研究，如對《子夜》、《蝕》和電影《林家舖子》的評價等等，都有明顯的針對性。在材料的運用上「盡量做到讓第一手的資料自己來說話」和佐證，並糾正了作者自己以前搞錯了的一些茅盾事實。在本書中作者努力使學術通俗化，盡量做到雅俗共賞，如對茅盾作品的通俗化講解和一組「茅盾書話」即體現出這種傾向。本書的一大特色是「直面前幾年來文學研究領域大力撥亂反正的現實，對一代的革命文學家茅盾進行嚴肅而深入的評論」。

茅盾前期文學思想散論

朱德發、阿岩、翟德耀著，山東人民出版社，1983 年 8 月第 1 版，312 頁。

本書收入《中國現代文學研究叢書》，共收 12 篇文章，從不同側面探討了茅盾從「五四」到「五卅」期間在建設我國文學批評、美學理論方面所作出的重要貢獻。

茅盾研究論文選集（上、下）

全國茅盾研究學會編，湖南人民出版社，1983 年 11 月第 1 版，856 頁。

本書共收茅盾研究論文 42 篇，是從 1983 年 3 月召開的首屆全國茅盾研究學術討論會上的發言和收到的 100 多篇學術論文中選編而成的。這些論文包括下面六個方面內容：一、關於茅盾的文學史地位與歷史作用的總評和對茅盾文藝思想特別是早期文藝思想的初步探討；二、關於茅盾的文學批評研究，其中包括探討他在文體學方面所作的貢獻；三、關於茅盾長篇小說的研究；四、關於茅盾短篇小說的研究；五、關於茅盾散文和話劇的研究；六、關於茅盾思想發展和生活道路的研究。另有著名學者葉子銘寫的一篇《茅盾研究的歷史和現狀》，從宏觀上介紹了 60 年歷史和對茅盾研究的展望。本書所選論文觀點與角度新穎、富有啓發性和開拓性，具有一定的代表性。

茅盾散文欣賞

丁爾綱著，廣西人民出版社，1984 年 3 月第 1 版，廣西教育出版社，1990 年 4 月新 1 版，267 頁。

本書是茅盾散文研究的專著。作者在書前寫有專文一篇，從總的方面論述了茅盾思想發展過程和散文創作的主要成就與特色。作者認爲茅盾的抒情散文有「象徵」、「情理結合」和「取精用宏，以一當十」三個藝術特色。全書選輯茅盾具有代表性的散文 27 篇，先列原文，後列欣賞文章，按抒情散文、

敘事散文和雜文編爲三輯，而選文的重點是抒情散文。欣賞文章簡明扼要，書末附有《茅盾年表》，這份年表是以茅盾的社會活動與文學活動爲經，以其創作（主要是散文）爲緯編寫的專題性簡表。本書收入《中國現代作家作品欣賞叢書》。新版加收了唐弢先生 1990 年 1 月作的「新版序言」該序對中國現代文學史上名家散文的各自特點作了概述。另收謝國誠先生 1989 年 4 月作的《五四・中國・新文學——台灣版出版說明》，台灣版把「中國現代作家作品欣賞叢書」更名爲「中國新文學大師名作欣賞叢書」。

茅盾研究論文集

嘉興師專中文科茅盾研究小組編，1984 年 3 月印刷，186 頁。

本書收嘉興師專中文科教師寫的論文、文章 19 篇，包括茅盾生平、思想、作品方面的研究，還有茅盾研究資料和有關考證。書末附有「日本茅盾研究參考資料目錄」。

茅盾研究論集

莊鍾慶編，天津人民出版社，1984 年 6 月第 1 版，597 頁。

本書主要選編建國前的報刊上發表過或見之於著述中有關茅盾的評論文章，亦收入一些國外評論茅盾的文章，共計 97 篇。

編者在選編時力求反映茅盾研究各方面的成果。同時，爲促進研究工作的深入開展，也選了一些不同觀點的文章，一些有明顯錯誤觀點而又有某種代表性的文章也收入。書末附有「1928～1949 年有關茅盾研究文章目錄」，極便讀者查找。本書爲了解建國前茅盾研究的全貌提供了方便。

茅盾研究（第一輯）

《茅盾研究》編輯部編，文化藝術出版社，1984 年 6 月北京第 1 版，321 頁。

本書是茅盾研究學會會刊，主要發表國內外茅盾研究的最新成果和重要資料。本期有「《子夜》研究與討論」、「資料與考證」、「茅盾研究在國外」等幾個專題，計有論文 8 篇。另外還有在首屆全國茅盾研究學術討論會上的發言 4 篇及中國茅盾研究學會章程、會員名單等資料。

茅盾研究在國外

李岫編，湖南人民出版社，1984 年 8 月第 1 版，765 頁。

本書是蘇、德、捷、法、西、美、阿拉伯、日、蒙、越、泰等 14 國學者

關於茅盾研究的論文及資料匯編的結集，起於 1931 年，止於 1983 年。全書較爲全面地介紹了這半個世紀裡世界文學領域中茅盾研究的主要成果，爲中國讀者了解茅盾在世界文學中的地位和影響打開了一個窗口。全書共六輯：第一輯是茅盾爲自己作品的外文譯本寫的小傳和序言；第二輯是部分世界性百科辭典中的茅盾條目譯文，說明了茅盾在世界文學中的地位；第三輯是各種《子夜》譯本的序跋；第四輯是其它小說譯本的序跋，這兩輯中介紹了《子夜》的社會價值和思想價值及茅盾的創作道路和藝術風格；第五輯是國外對茅盾作品研究的論文，較有針對性地對茅盾的作品中某個角度進行細緻、全面的分析評論，其中包括綜合研究、小說研究，《子夜》研究、文藝思想研究和附錄；第六輯是茅盾研究論文索引。

　　書前有著名翻譯家戈寶權作的序，詳盡地介紹了茅盾在世界文學中的地位和貢獻。編者李岫的《半個世紀以來外國茅盾研究概述》，概括了全書的主要內容和精神，是一篇提綱挈領的文章。本書填補了茅盾研究的一項空白。

茅盾研究（第 1 期）

　　《嘉興師專學報》編輯部編，1984 年 7 月印刷，105 頁。

　　本書是《嘉興師專學報》增刊，共收文章 13 篇，有「茅盾研究突破問題」、「茅盾生平」、「茅盾作品研究」等方面的內容。

茅盾故鄉──烏鎮

　　浙江省桐鄉縣茅盾文物徵集辦公室、文化館編，1984 年 10 月印刷，41 頁。

　　本書是介紹茅盾及其與故鄉關係的資料性論文集，介紹了茅盾故鄉──烏鎮的名稱由來、歷史沿革、地理環境、名勝古迹和烏鎮新貌，結合茅盾的身世與故居，眞實地再現了茅盾在故鄉的童年和少年生活的情景。書前附有較多的茅盾及其親屬和茅盾故居的照片。本書爲茅盾研究者們提供了很多第一手材料。

茅盾筆名印集

　　中國書法家協會浙江分會、浙江省桐鄉縣文化局編著，浙江人民出版社，1984 年 11 月第 1 版，126 頁。

　　本書共收錄根據茅盾曾經使用過的筆名篆刻成的作品 125 方。本印集緣自浙江省書法家協會組織本省部分篆刻家在茅盾故鄉烏鎮舉行的「茅盾筆

名印集」創作活動，把收集到的茅盾筆名資料，按編年順序進行創作而成。這些印章形式多樣，風格各異，有較高的藝術價值，也有珍貴的文化資料價值。

茅盾與兒童文學

孔海珠編，少年兒童出版社，1984 年 11 月第 1 版，555 頁。

本書是一本茅盾兒童文學選集，選編的作品是茅盾兒童文學創作的各個時期的不同體裁的代表作品。茅盾生前曾親審選目，並題寫書名。全書按「科學小說、科學小品」、「童話、神話」、「希臘神話」、「北歐神話」、「小說、散文」、「評論」分成六輯，共 85 篇，以類相從，每輯則依寫作先後為次序。書末附有「茅盾譯著兒童文學作品年表」以及「茅盾對兒童文學事業的貢獻」專論一篇。

茅盾研究（第二輯）

《茅盾研究》編輯部編，文化藝術出版社，1984 年 12 月北京第 1 版，341 頁。

本書共收論文 25 篇，分「小說研究」、「文藝思想研究」、「資料與考證」、「茅盾研究在國外」、「茅盾新著評介」等幾個專題。其中蕭三遺作《論〈子夜〉》著於 1937 年，至今才與讀者見面，很有參考價值。另有一些中青年作者的論文，觀點新穎，行文富有文采，值得重視。

茅盾史實發微

莊鍾慶著，湖南人民出版社，1985 年 2 月第 1 版，126 頁。

本書是作者學習和研究茅盾過程中，寫下的一些有關茅盾史實的文章，涉及到茅盾的作品、生平和工作等方面，共 22 篇。書中的有關事實資料對研究茅盾的生平和作品有一定的參考價值。

茅盾年譜

查國華著，長江文藝出版社，1985 年 3 月第 1 版，508 頁。

本書是一本比較完整地介紹茅盾生平思想和創作活動的傳譜著作。作者為編寫年譜收集了大量的資料，並得到了茅盾本人及兒子韋韜的支持，內容豐富，材料翔實。該書有以下幾個特點：1.以年月為目，逐年、逐月、逐日記載茅盾的生活、寫作和社交，列事清晰，檢索便利；2.羅列茅盾所有的書名、發表時的署名及發表處，並對重要著作作了適當的提要和評析；3.記錄茅盾參

加過的各種會議和外交活動（主要是建國後）。

中國當代文學研究資料（茅盾專集）（第二卷上、下冊）

唐金海，孔海珠編，福建人民出版社，1985 年 7 月第 1 版，1801 頁。

本卷是關於茅盾具體作品的評論文章選輯，在茅盾研究的同類書中，收評論文章最多，內容也最爲豐富，較爲典型。書中的評論文章的觀點很多不盡相同，甚至截然對立的也一并收入，可供對比參考，本書是研究茅盾及其作品的忠實可靠嚮導，爲研究茅盾及其創作提供了比較完整的、系統的資料，實爲文學教學和研究人員案頭必備之書。

茅盾紀實

莊鍾慶編，四川文藝出版社，1986 年 1 月第 1 版，305 頁。

本書收茅盾去世前散見於報刊、雜誌或有關著述裡的研究文章 59 篇，主要記述了茅盾的爲人、思想、性格、生活及創作情況。也有幾篇是茅盾去世後的紀念文章。

茅盾研究（第 2 期）

《湖州師專學報》編輯部輯，1986 年 6 月印刷，340 頁。

本書是《湖州師專學報》1986 年增刊，共收文章 25 篇，分「茅盾書簡和新發現的茅盾佚文」、「首屆全國茅盾研究講習會上的開幕詞及學術報告」、「茅盾生平及作品研究」和「國外茅盾研究論文和資料譯文」等四個方面。此外，還有關於浙江省茅盾研究學會，湖州師專茅盾研究室成立的賀信及報導 4 篇，書末附有「1985 年茅盾研究資料索引」。其中在首屆全國茅盾研究講習會上的七篇報告，是國內知名茅盾研究學者所作，有較高的質量，值得一讀。

茅盾的早年生活

孔海珠、王爾齡著，湖南文藝出版社，1986 年 8 月第 1 版，133 頁。

本書是一本關於茅盾最初 20 年（1896 年 7 月 4 日出生，1916 年進商務印書館）生活的傳記。作者研究了所見茅盾早年生活的史料，包括茅盾的回憶錄，遺存至今的文獻資料，以及茅盾同時代人的回憶文章，對茅盾成才的基礎階段作了系統性的傳述。作者在寫作時，以傳述爲主，間或考證，因此有豐富的史料價值。

茅盾少年時代作文賞析

鍾桂松著，河南文心出版社，1986 年 8 月第 1 版，232 頁。

本書分析了茅盾少年時代 13 歲時寫的兩冊作文，共 22 篇。先列作文原文，作文後附欣賞文章，對有關篇章內容，時代背景，少年茅盾其人、寫作技巧作了深入淺出的介紹與評論。作文原文還保留有茅盾少年時的語文老師頗有見地的批點。書末有一篇專論──「茅盾少年思想和追求」。

本書是一本欣賞性、分析性、介紹性的著作，對當前中學生增長歷史知識、文學知識，了解茅盾少年時代刻苦學習的精神、開拓視野有幫助。同時，爲現在和以後的茅盾研究者提供了許多重要的線索和資料依據。

茅盾年譜

萬樹玉著，浙江文藝出版社，1986 年 10 月第 1 版，483 頁。

本書的作者以豐富、翔實的資料按年、月、日次序記述了偉大的文學家茅盾一生的生活道路、文學道路和革命道路，繫年編譜準確、眞實、系統。本書綜合記述了茅盾的生活、政治、文學和創作、著譯等各個方面的情況，並且對重要的學術性專著、文學創作（主要是小說）和文論，從內容提要、寫作背景、特點影響、作用等方面加以評介。本書後附有每年的「重要紀事」，包括國內外大事、文藝動態等時代背景材料。正文中還有親屬事略，這些對於深入地了解茅盾的生平、思想發展過程和文學道路有重要作用，本書的引文都注明來源，便於讀者查對。

本書爲廣大現代文學史研究者、教學者提供了有關茅盾生平和創作的比較全面的重要資料，是學習和研究茅盾生平、思想、文學道路、戰鬥業績的一部重要參考書。

茅盾短篇小說欣賞

劉煥林、李瓊仙著，廣西人民出版社，1986 年 12 月第 1 版；廣西教育出版社，1990 年 8 月新 1 版，256 頁。

本書是茅盾短篇小說研究的專著。作者在書前寫有《茅盾短篇小說的卓越成就》專論一篇，從總的方面論述茅盾短篇小說創作的主要成就和特色，認爲：茅盾短篇小說有兩個卓越成就──眞實地反映了社會矛盾，展示了深廣的社會內容及成功地塑造了個性鮮明、富有時代色彩的人物形象。作者從茅盾 50 多篇短篇中選出具有代表性的 10 篇進行分析，簡明扼要地分析了作

品的思想和藝術特色，通過這 10 篇作品的評析，讀者能大致了解茅盾短篇小說的主要風格及其在文學史上的地位。書末附有「茅盾短篇小說創作年表」一份。本書收入《中國現代作家作品欣賞叢書》。因收入台灣版「中國新文學大師名作欣賞叢書」而改版出版，加收了台灣版新序。

茅盾在新疆

陸維天編，新疆人民出版社，1986 年 12 月第 1 版，254 頁。

本書共分三個部分：第一部分是「茅盾在新疆的著述」，收集了目前所見的茅盾當年在新疆寫的書信、詩詞和文章，共 36 篇；第二部分是「關於茅盾在新疆之行的回憶和研究」，收 9 篇回憶性文章和研究論文；第三部分是「增補」，是本書出版社排版後發現的 5 篇茅盾的著作。

茅盾評傳

邵伯周著，四川人民出版社，1987 年 1 月第 1 版。

本書結合茅盾的生平、經歷、事迹的評述和他的為中國革命事業與共產主義理想而獻身的精神，生動鮮明地描述了茅盾偉大的一生。全書分上、中、下三編；上編寫他的家庭、童年和學生時期，大體上是舊民主主義革命時期；中篇寫他 1916 年進入商務編譯所至 1948 年底去解放區的經歷，大體上是新民主主義革命時期；下篇寫他 1949 年初到北平參加政治協商會議到與世長辭，相當於社會主義革命和建設時期。每章分若干節，大體按生活經歷來劃分。本書比較注重「傳」與「評」的特色，偏重茅盾的創作歷程，對茅盾的許多主要作品都作了詳盡的分析，結合具體記述和具體評價，寫了一個真實的茅盾。

桐鄉茅盾研究會刊（第 1 期）

浙江省桐鄉縣茅盾研究學會、茅盾故居管理所編輯，1987 年 2 月鉛印本，80 頁。

本刊選收茅盾研究文章 14 篇，作者都是茅盾故鄉——桐鄉縣茅盾研究學會成員，這些研究富有地方性、資料性，對其他茅盾研究者有一定的學術參考價值。

桐鄉茅盾研究會刊（第 2 期）

浙江省桐鄉縣茅盾研究學會、桐鄉縣茅盾故居管理所編，1987 年鉛印本，72 頁。

本輯會刊共收入李標晶等人茅盾研究論文 12 篇，其中關於茅盾研究方法 1 篇，「作品研究」5 篇，「創作思想探討」2 篇，「資料與考證」4 篇。

論茅盾的創作藝術

浙江省茅盾研究學會編，浙江文藝出版社，1987 年 3 月第 1 版，270 頁。

本書選收浙江省茅盾研究學會「紀念茅盾九十誕辰學術討論會」提交的論文 19 篇。主要圍繞茅盾的創作藝術問題進行討論，打破茅盾研究早已形成的格局，從嶄新的角度探討了茅盾的創作。文章大多數出自中青年作者之手，或有一些可商榷之處，但也不乏一定的參考價值，如王嘉良的《論茅盾創作的藝術思維特徵》和李標晶的《試論〈虹〉的心理描寫藝術》等文章，都有一定力度和深度，「充分體現了茅盾研究者的魄力和見地。」

論茅盾的早期文學思想

楊健民著，湖南人民出版社，1987 年 7 月第 1 版，242 頁。

本書突破了解放以來茅盾創作道路研究的格局，是我國茅盾研究史上第一部探討茅盾早期文學思想的專題性著作。全書共分六章，作者在分析茅盾早期文學思想的形成和貢獻時，能夠結合當時的歷史條件和文學大潮的廣闊背景，認為茅盾早期文學思想的主信號是文學必須為「人生」。

茅盾

孫中田、李慶國著，人民文學出版社，1987 年 8 月第 1 版，186 頁。

本書是一本關於茅盾的傳記，全書共 17 章，記錄了茅盾一生的生活經歷和文學創作活動，通過閱讀能了解茅盾偉大的一生。本書文字淺顯，語言通俗，是普及性讀本，收入《祖國叢書》。

茅盾九十誕辰紀念論文集

中國茅盾研究學會編，作家出版社，1987 年 11 月北京第 1 版，456 頁。

本書共收茅盾研究論文 26 篇、講話和發言 7 篇，是從 1986 年 7 月在北京舉行的茅盾誕辰九十周年紀念活動和第三次全國茅盾研究學術討論會上的講話、發言以及收到的 70 多篇論文中選出，編成文集。這些論文無論是對茅盾的總體評價、對他在文藝理論上的貢獻闡發、對他在文學創作上的成就探索，都有新的開拓和收獲，「代表了近幾年來茅盾研究領域所取得的新成果」。

茅盾研究（第三輯）

《茅盾研究》編輯部編，文化藝術出版社，1988 年 7 月北京第 1 版，427 頁。

本輯共收茅盾研究文章 17 篇，茅盾書簡 10 封，茅盾研究信息 5 則。分「筆談開創茅盾研究新局面」、「資料與考證」、「茅盾研究在國外」、「茅盾研究信息」四個欄目。其中張頌南的全國第二屆茅盾研究學術討論會述評和錢誠一寫的全國第三屆茅盾研究學術討論會述評，介紹了國內茅盾研究的最近成果和信息，對廣大茅盾研究者了解茅盾研究的現狀有一定的幫助，具有綜合性和啓發性，值得一讀。

茅盾藝術美學論稿

曹萬生著，四川社會科學院出版社，1988 年第 1 版。

本書是我國第一部較全面地研究茅盾藝術美學思想的專著，分上中下三篇共 11 章：上篇從本質論、本體論和美學範疇三個層次闡述茅盾的藝術美論；中篇著重從心理論、實踐論方面評述茅盾的藝術美感論；下篇從門類藝術美學的角度論述了茅盾對神話、小說、詩歌、戲劇、散文的審美特性、規律及表現手法的見解。本書對整體把握、描述茅盾藝術美學的全貌有著獨創性的指導意義。

一代文豪：茅盾的一生

李廣德著，上海文藝出版社，1988 年 10 月第 1 版，373 頁。

本書是一部長篇人物傳記，收入《紀實叢書》，全書共 62 節，通過茅盾生平事迹的故事，反映了茅盾豐富的革命和文學生涯。作者是一位茅盾故鄉的茅盾研究學者，爲了茅盾研究，他深入茅盾的家鄉——烏鎮了解茅盾的家庭和生平事迹，作了細緻的調查、考證和研究工作，掌握了大量的第一手材料，因而本書突出的特點是材料翔實，本書的另外一個特點是寓學術性於文學性之中，語言通達流暢，雅俗共賞。

茅盾比較研究論稿

李岫著，北嶽文藝出版社，1988 年 11 月第 1 版，318 頁。

本書是一部茅盾比較研究專著，共 3 章：第一章，「茅盾在世界文學中的地位和影響」，著重介紹國外半個世紀來茅盾研究的情況，論述了茅盾在世界文學中的地位和影響；第二章「茅盾比較研究」，共分八節，把茅盾及其同時

代作家和他的前輩作家進行比較研究，力圖找出他們之間的師承關係、影響關係，從而看到茅盾在世界文學中的作用，在這一章裡有《子夜》和左拉《金錢》的比較，有《子夜》和《戰爭與和平》結構原則之比較，有「豐收成災」同題創作比較；第三章「茅盾對我國比較文學的貢獻」，介紹了茅盾為使「五四」以來的中國新文學走向世界付出了艱辛勞動和為使世界文學走向中國所做的巨大工作，論述了茅盾這位早期比較學者為比較文學中國學派的建立所做的貢獻。「本書的問世對茅盾與中外文學的探討無疑是一巨大推動」（萬樹玉語）。

茅盾小說論

王嘉良著，上海文藝出版社，1989 年 8 月第 1 版，322 頁。

本書共分十章分析歸納茅盾小說的基本特徵和創作經驗。前三章著眼於小說的史詩描述，從不同體裁、不同題材的作品中揭示一以貫之的史詩性特徵；中間三章是形象論，著力論述了茅盾小說創造典型形象的特點；後四章是茅盾小說的基本特質歸納，勾劃社會剖析小說模式、理性化創作思維特徵、「以人為本」的形象創造理論和實踐、小說敘事結構等方面的形態特徵。

收入《中國現代文學研究叢書》。

茅盾的童心

金燕玉著，南京出版社，1990 年 6 月第 1 版，193 頁。

本書是我國第一部研究茅盾與兒童文學雙向關係的學術專著，全面、歷史地考察了茅盾的兒童文學活動，在茅盾與兒童文學之間架起了一座橋樑，從茅盾的角度去探尋兒童文學的足迹，從兒童文學的角度去探尋茅盾的足迹，是兒童文學史上茅盾兒童文學業績的補白，全書共分六章：一、在「兒童文學運動」中；二、兒童文學翻譯的碩果；三、履行著批評家的職責；四、兒童小說創作的成就；五、吸引兒童的散文篇章；六、為了少兒文學的春天。「茅盾的兒童文學活動」年表一份。

茅盾傳

李標晶著，團結出版社，1990 年 7 月第 1 版，293 頁。

本書是一本評傳性著作，作者從茅盾作為偉大革命文學家和無產階級戰士的光輝形象入筆，在描述茅盾一生的業績的時序中穿插了一些富有可感性和生動性的細節，並採用了夾敘夾議的手法。對於茅盾的文學創作活動的

介紹和評述，則側重在作品的創作契機、構思過程及作品所產生的社會效果方面。

一個批評家的心路歷程

丁亞平著，上海文藝出版社，1990 年 11 月第 1 版，219 頁。

本書收入《中國現代文學研究叢書》，作者選擇了茅盾的批評心理這一新視點，試圖探究茅盾作爲批評家的個性特徵。在基於那個時代的知識分子相似的心理歷程和選擇心態上，將茅盾置於動態的現代社會背景和文化背景之中來揭示他的文學批評的個性風貌和深刻涵意。分六章闡述：引言；第一章、讓現代意識的理性光芒照亮一切——論茅盾文學批評的社會心理；第二章、交織在雙重網絡系統裡的審美心態——論茅盾文學批評的個性心理；第三章、批評思維的整體、宏闊與發散性——論茅盾文學批評的思維品質；第四章、文學價值的感知、判斷與預測——論茅盾文學批評的思維模式；第五章、選擇意識與現實主義理論批評的歷史運動——論茅盾文學批評的發展心理（一）；第六章、群體心理、人格、心理與形成心理的演變軌迹——論茅盾文學批評的發展心理（二）。

桐鄉茅盾研究會刊（3）

浙江省桐鄉縣茅盾研究會、桐鄉縣茅盾故居管理所編，鉛印本，71 頁。

本期共收「創作思想探討」2 篇、「作品研究」2 篇、「生平研究」2 篇、「資料與考證」等 4 篇。主要是討論了茅盾散文創作，小說創作中的一些問題。

茅盾研究（第四輯）

《茅盾研究》編輯部，文化藝術出版社，1990 年第 1 版，407 頁。

本輯共收入文章 35 篇，分別爲「文藝思想研究」9 篇，討論茅盾在現代文學史上的地位、早期文藝思想史、文體理論等；「創作研究」收有黎舟等人關於茅盾小說創作研究文章 8 篇；「回憶與考證」有郭風、潔泯等人的回憶文章 5 篇；「茅盾研究在國外」收前蘇聯的索羅金、捷克的瑪利安·高利克茅盾研究專家文章 2 篇；「爭鳴園地」4 篇，「書評」2 篇，「來稿擷英」3 篇及茅盾關於《鍛煉》的自擬總綱和茅盾書簡 7 封。

回眸集

羅宗義著，團結出版社，1990 年 8 月第 1 版，242 頁。

這是一本個人文學評論集，收了作者近年來現代文學研究論文 20 篇，其中有 12 篇是關茅盾研究的，其它 8 篇則是研究魯迅、丁玲、曹禺、郭沫著等作家的論文。作者茅盾研究的側重點在於茅盾的文藝批評和《子夜》等主要作品。本書由楊占升教授題序。

《子夜》的藝術世界

孫中田著，上海文藝出版社，1990 年 12 月第 1 版，232 頁。

本書從主題、人物形象、藝術手法三個角度對《子夜》這一代表作進行了細緻深入的分析研究。注重對《子夜》主題的總體把握和縱向、橫向比較研究，分析了群體形象，並從藝術的視角對《子夜》創作特色作全方位的透析。書前有引論「茅盾的文學業績」，書後附錄二：1.《子夜》出版紀事；2. 直觀的「實物教授」──《子夜》版本修訂比較。

收入《中國現代文學研究叢書》。

茅盾研究（第五輯）

《茅盾研究》編輯部編，文化藝術出版社，1991 年 3 月第 1 版，538 頁。

本輯為 1988 年 11 月在廈門舉行的第四屆全國茅盾研究學術討論會論文選集，收入茅盾研究專家邵伯周、莊鍾慶、孫中田等人的論文 35 篇，主要內容除討論茅盾的文學批評理論和創作研究外，還涉及茅盾對外國文學借鑒改造以及茅盾與外國文學、與中國同代作家的比較研究，其中包括參加這次討論會的三位日本學者是永駿、白水紀子、松井博光，美國學者陳幼石的論文各 1 篇。

另外，還收有「書評」等 3 篇文章。

桐鄉茅盾研究會刊（第 4 期）

浙江省桐鄉縣茅盾研究學會、桐鄉縣茅盾故居管理所編，1991 年鉛印本，72 頁。

本輯會刊收入「作品研究」3 篇（分別關於《子夜》、《幻滅》和《鍛煉》），「生平研究」2 篇，「資料與考證」3 篇，「簡訊」一組。

茅盾文藝美學思想論稿

史瑤、王嘉良、錢誠一、駱寒超著，杭州大學出版社，1991 年 3 月第 1 版，287 頁。

本書概述了茅盾文藝美學全方位的思想框架，按茅盾藝術審美思想的形

成到創作中成熟地運用體現的過程展開論述。分以下章節：引記、茅盾的文化心理結構及其建構過程；一、藝術美的本質；二、藝術美與眞實性、功利性；三、藝術審美創造；四、文藝批評觀；五、文體美學：對藝術美的特徵和創造的具體把握，後記。

夢回星移——茅盾晚年的生活見聞

葉子銘著，南京大學出版社，1991年4月第1版，300頁。

本書是茅盾研究專家葉子銘先生以自己與茅盾交往過程爲線索的回憶性著作，作者用紀實、形象的手法著重記述茅盾晚年的生活、寫作狀況與心態，書中的許多事例都是作者親身的經歷與耳聞目睹的事實，以及茅盾親屬提供的第一手材料，有很強的眞實性和可讀性。

茅盾文體論初探

李標晶著，廈門大學出版社，1991年5月第1版，170頁。

茅盾的文體論一直以來在茅盾研究論著中並沒有廣泛地展開，本書作者從茅盾的文化觀出發，對茅盾的文體劃分體系和定性進行論述。分小說理論、散文理論、詩歌理論、戲劇理論、兒童文學理論等幾部分內容。

收入「茅盾研究叢書」。

茅盾小說的藝術世界

邱文治著，百花文藝出版社，1991年5月第1版，316頁

本書是作者茅盾研究的第二部專著，全書共分十六章，前八章以茅盾小說創作的順序，分別對《蝕》、《野薔薇》、《子夜》、《春蠶》、《腐蝕》、《霜葉紅似二月花》、《走上崗位》和《鍛煉》等名篇名著擇一角度進行縱向研究。後八章從題材提煉、藝術創新、創作方法、藝術風格、流派特點及主客體關係等角度，以某一問題爲綱進行橫向研究。作者採用辯證唯物的觀點進行分析，以一種實事求是的態度辨明茅盾創作的精華和存在的時代缺陷。

茅盾與故鄉

鍾桂松著，四川文藝出版社，1991年8月第1版，306頁。

本書作者是茅盾故鄉桐鄉市的一位卓有建樹的茅盾研究學者，熟悉烏鎮的過去和今天，在掌握最眞實可信的烏鎮風土人情的基礎上，對照茅盾作品中的故鄉的影子，描述了老通寶、林老板們生活的環境和背景，讓讀者能更眞切地感受到茅盾作品的泥土氣息、地方風味，理解茅盾的藝術個性與藝術

風格，以及烏鎮這個典型的江南小鎮對茅盾創作的深刻影響。這是一部資料性與學術性融爲一體的讀物。

茅盾文學批評論

羅宗義著，廈門大學出版社，1991 年 8 月第 1 版，232 頁。

本書作者在研究茅盾文學批評理論方面長期來有較多的探究，在此基礎上，又重新撰寫了這本專著，比較系統完整地總結了茅盾的文學批評實踐活動。作者分篇進行討論：上篇、文學批評觀論；中篇、文學批評方法論；下篇、文學批評者論；結語——在中國現代文學批評史上的地位。書後附有參考書目。

收入「茅盾研究叢書」。

茅盾與外國文學

黎舟、闕國虬著，廈門大學出版社，1991 年 8 月第 1 版，254 頁。

本書作者從茅盾對外國文學的自覺接受和揚棄的過程出發，「在廣闊的世界性文學視野內，探討茅盾的文學理論建樹和創作實踐與外國文學之間的有機聯繫及其體現的獨創性」。分四章論述：一、「窮本溯源」與「取精用宏」——譯介外國文學的進程和歷史特色；二、「現實主義屹然爲主潮」——現實主義文藝觀與外國文藝思潮流派的關係；三、中國現代歷史的恢宏畫卷——小說創作外來影響之一；四、藝術地掌握世界的多樣性——小說創作外來影響之二；結束語、對世界文學的貢獻。書後附錄：一、茅盾與外國文學關係研究述評；二、茅盾與外國文學關係研究資料索引。收入「茅盾研究叢書」。

茅盾學論稿

李廣德著，香港正之出版社，1991 年 8 月第 1 版，210 頁。

本書共十二章，內容涉及茅盾身世學、茅盾人際學、茅盾著作學、茅盾批評學、茅盾成就學、茅盾心理學等方面。本書是作者第二部茅盾研究專著。作爲茅盾研究的專家教授，作者多年來一直在高校開設「茅盾研究」選修課，在這方面也積累了大量的材料，並撰寫了大量的具有獨特視角的茅盾研究的學術論文，本書是一本集成之作。

茅盾詩詞鑒賞

丁茂遠著，杭州大學出版社，1991 年 11 月第 1 版，318 頁。

本書共收錄茅盾創作的新詩、舊體詩詞、民間歌謠和歌詞創作，由作者加以詳盡的解說和評析。每首詩詞都注明創作時間過程、發表場所、收入詩詞集情況等，並逐句進行分析討論，重點介紹詩詞「本事」與思想藝術。爲求眞實可信，作者曾多方與詩詞中的有關當事人聯繫取證，使本書更具參考價值。

帶枷鎖的笑

吳福輝著，浙江文藝出版社，1991 年 12 月第 1 版，343 頁。

本書是作者一本關於中國現代文學研究的論文集，共收錄論文 19 篇，其中有 2 篇論文是完全研究茅盾的，其它篇目中論及茅盾的地方也較多。這兩篇分別是：1.在與世界文學潮流的聯結中把握傳統——茅盾的民族文學借鑒體系；2.茅盾研究新起點的標識——評述茅盾文學歷程的專著。

中國革命與茅盾的文學道路

王瑤主編，杭州大學出版社，1992 年第 1 版，265 頁。

本書把茅盾作爲革命家和文學家的雙重身份結合起來進行研究，探討了兩者之間的相輔相成的影響作用。序論：茅盾文藝思想的發展；第一章、時代哺育了茅盾和茅盾對時代的選擇；第二章、中國革命的歷史要求與茅盾文學創作模式；第三章、「茅盾模式」作用下的茅盾創作實踐；第四章、茅盾文學現象對茅盾後文學的深遠影響。

茅盾語言詞典

潘曉東主編，四川辭書出版社，1992 年 8 月第 1 版，250 頁。

這是一本茅盾作品用語詞典，選錄詞語 400 條，共分 18 類，條分縷析，完備齊全。該詞典選例典型，釋義準確，很注意作家語言的「個性」，能較好地反映茅盾語詞的豐富性和創造性，其中的新造詞、方言詞、外來詞、增義詞、變性詞、縮減詞、超常搭配等爲茅盾之獨創，都是《現代漢語詞典》中未曾收錄的。本詞典對理解茅盾作品的思想涵義、領略其語言藝術具有較好的參考價值。

茅盾《蝕》三部曲的歷史分析

陳幼石著，社會科學文獻出版社，1993 年 3 月出版，266 頁。

本書作者是一位海外學者。作者通過對茅盾早期小說所涉及的社會和政治內容的探討，以及對茅盾的生活經歷等各方面進行研究後提出了一種新的

見解，認爲《蝕》三部曲裡的基本矛盾是美麗動人的理想（共產主義革命事業）和醜惡難堪的現實（革命事業未能實現它的目的）之間的矛盾。在本書中，作者試圖把茅盾的早期作品裡的敘事面和多重的涵義之間，以及手法和意義之間的辯證關係盡可能地揭示出來，明白地展示給讀者。

簡明茅盾詞典

李標晶、王嘉良主編，甘肅教育出版社，1993 年 6 月第 1 版，489 頁。

這是一本了解茅盾、學習茅盾、研究茅盾的工具書，共收詞目 1900 條，按內容分 10 輯：1.生平；2.著譯；3.文學形象；4.人物；5.報刊；6.書籍作品；7.文藝思潮；8.團體機構；9.詞語掌故；10.茅盾研究。

歷史匯流中的抉擇：中國現代文藝思想家與西方文學理論

羅鋼著，中國社會科學出版社，1993 年 6 月第 1 版，242 頁。

本書共六章，論及多位現代文學作家，其中第三章爲「茅盾前期文藝觀與西方現實主義、自然主義」，作者選取茅盾作爲論題是基於茅盾是五四時期最有代表性的現實主義思想家，同時茅盾的文藝觀最典型地反映了五四現實主義與西方現實主義的多方面聯繫，分三節論述：一、「爲人生的藝術」與俄國現實主義；二、自然主義；三、五四現實主義的民族特徵。

人間茅盾——茅盾和他同時代的人

鍾桂松著，河南人民出版社，1993 年 11 月第 1 版，250 頁。

本書分篇記敘了茅盾與中國現代史一些著名的文學家、革命家之間的交往和親密關係，這些名人有魯迅、郭沫若、瞿秋白、葉聖陶、鄭振鐸、周揚、陽翰笙、張聞天、丁玲、朱自清、蕭紅、柳亞子、馮雪峰、老舍、孔德沚等，茅盾與他們之間或是文學創作道路上摯友，或是革命事業中志同道合的知己，或是情眞意切的師生，或是伉儷人間的生活伴侶。本書眞實地反映了茅盾生活中人際關係的主要層面。

書前附有照片 7 幅。

茅盾對外國文學的借鑒與創新

李庶長著，山東大學出版社，1993 年 12 月第 1 版，266 頁。

本書從茅盾對外國文學的研究、介紹、翻譯中，及他的文藝理論、創作風格中探討了外國文學對他的影響和他對外國文學的消納和創新，具體內容分別有茅盾與托爾斯泰、左拉、司各特、梅特林克、羅曼·羅蘭的比較研究、

茅盾從早期文藝思想經過轉變到成熟的過程、茅盾的現實主義文藝觀、茅盾論魯迅、茅盾的小說和散文創作特徵及他的美學思想等方面。書後有附錄：一、茅盾與巴爾扎克（綱要）；二、茅盾主要著譯書目。

少年茅盾的故事

徐春雷著，甘肅少年兒童出版社，1993 年 12 月第 1 版，143 頁。

本書雖然是一本兒童讀物，但對研究茅盾成長道路仍不失有許多的參考作用，作者精選了茅盾少年生活中的 20 多則小故事，讓人們了解了他的家庭生活與學校生活，領略到他那個時代江南水鄉的風土人情，去認識他所接觸到的農村與集鎮中的形形色色的人物。

書前有劇作家顧錫東先生作的序。

茅盾的創作個性

唐紀如著，廈門大學出版社，1993 年 12 月第 1 版，229 頁。

本書從茅盾的文學理論與他的創作個性的關係、創作個性在創作中的體現、形成他這種創作個性的必然性及我們今天對這種創作個性的評價等角度出發加以討論。分十章論述：一、「什麼是文學」；二、「抉取偉大的時代意義的題材」；三、「鳥瞰式地來表現主題」；四、「時代舞台的主角」；五、「『人物的命運』深深思索」；六、「立體的複雜的活人」；七、「促成這總的之有機的結構」；八、「句調的精神卻一絲不得放過」；九、一個引人矚目而又有爭議的小說模式；十、茅盾創作個性形成的原因。

收入「茅盾研究叢書」。

茅盾的藝術世界

丁爾綱著，青島出版社，1993 年 12 月第 1 版，530 頁。

本書從茅盾的作為理論批評家、文學史家和作家的多重身份出發，探討了茅盾的文學歷史道路，總結了他在理論和創作兩方豐碩成果。從六個角度進行討論：一、生活道路論；二、理論批評論；三、主題人物論；四、典型提煉論；五、結構藝術論；六、茅盾研究論。

茅盾談話錄

金韻琴著，上海書店，1993 年 12 月第 1 版，219 頁。

本書共收入 64 篇「談話日記」及 7 篇根據茅盾的多次談話綜合寫成的「回憶」。其中「談話日記」中記茅盾日常生活的有 30 篇，談文學藝術生活

和問題有 18 篇，談文藝界著名人物的有 16 篇，這些「日記」同「回憶」都是已出版的茅盾著作中未曾見過的，因此，是研究茅盾在某一特定時期的少見的資料，真實而無所拘束。

本書收入《文史探索書系》。

茅盾　孔德沚

丁爾綱著，中國青年出版社，1995 年 1 月第 1 版，308 頁。

本書記錄了茅盾與孔德沚之間的情感生活，和他們在革命的洪流中愛人與同志的親密關係，以及在國難當頭、顛沛流離的生活環境下相濡以沫、生死與共的深情厚誼。全書共分八章，書後附有茅盾回憶錄中的孔德沚、給他人書信中的孔德沚、日記中的孔德沚等內容。

收入「名人情結叢書」。

編輯家茅盾評傳

李頻著，河南大學出版社，1995 年 2 月第 1 版，306 頁。

本書記敘了作為編輯家的茅盾重要的工作經歷，探究了茅盾在中國現代出版發展史上不可磨的貢獻，開闢了與其它茅盾傳記類作品完全不同的新視角。全書分三編：第一編、「報刊編輯」，從茅盾進商務印書館寫起，記錄了他編輯《小說月報》、《漢口民國時報》、《文學》、《譯文》、《文藝陣地》和《筆談》等報刊的經歷；第二編、「書籍編輯」，敘述了茅盾圖書編輯的思想和部分圖書的編輯經過；第三編、「出版評論」，討論了茅盾在圖書評論園地中的理論指導思想和實踐過程。

葉子銘先生作序。收入「編輯學叢書」。

茅盾研究（第六輯）

《茅盾研究》編輯部編，北京師範大學出版社，1995 年 2 月第 1 版，401 頁。

本書共收錄文章 35 篇，內容包括「茅盾書簡」、「文藝思想研究」、「創作研究」、「生平與回憶」、「爭鳴園地」、「資料與考證」、「書評」、「紀念茅盾逝世十周年」、「茅盾研究信息」等方面，既有老一輩專家學者的精闢論述，又有中青年現代文學研究者從新視角出發的新穎見解。

張琴秋的一生

謝燕著，中國紡織出版社，1995 年 4 月第 1 版，320 頁。

　　張琴秋是一位紅軍女將領，建國後曾任紡織工業部副部長，她通過茅盾的夫人孔德沚認識了茅盾和沈澤民，並與沈澤民結為夫婦，本書記錄了茅盾一家對她的成長道路的影響，及她與茅盾之間一些交往，對研究茅盾生平有一定的參考價值。

茅盾散文（1～4冊）

　　賈亭、紀恩編，中國廣播電視出版社，1995年4月第1版，共2145頁。

　　本書收錄茅盾各個時期、各種類型的所有散文作品，共分十七卷。分別為：1.散文小品；2.鄉鎮寫真；3.上海面面觀；4.戰時生活剪影；5.往事自敘；6.旅蹤屐痕；7.關於魯迅；8.雜感隨想；9.書信；10.創作經驗談；11.文學論（一）；12.文學論（二）；13.作品論；14.人物情思；15.作家論；16.序跋；17.文摘。書前編者撰有《茅盾的文學貢獻》一文，總結了茅盾散文創作的概況和成就。

　　收入「二十一世紀中國文化名人文庫」。

新文學作家與外國文化

　　顧國桂著，上海文藝出版社，1995年6月第1版。

　　本書是作者比較文學研究論文集，選取了十位中國現代文學作家，專題研究他們個人和外來某種思潮代表人物或文學現象的關係。有關茅盾的論題3個：1.茅盾與西方新浪漫主義；2.茅盾與左拉自然主義；3.茅盾與尼采哲學。

論茅盾的小說藝術

　　史瑤著，廈門大學出版社，1995年12月第1版，348頁。

　　本書是作者在大量的茅盾研究論文中選擇其中探討茅盾小說藝術方面的論文整理而成的。分五章論述：一、論創作主體和藝術構思；二、論中長篇小說的情節；三、論中長篇小說的結構；四、論兩個系列的人物；五、論短篇小說。

　　收入「茅盾研究叢書」。

茅盾──「人生派」的大師

　　黃侯興著，山東人民出版社，1996年3月第1版，306頁。

　　本書分六章，分別為：第一章、「跨進人生大門的第一步」，記述了茅盾早期的文學主張；第二章、「大革命失敗後的文學創作」，描述了茅盾迷惘時

期的心態；第三章、「『左聯』時期輝煌的文學業績」，記茅盾創作鼎盛時期的成就；第四章、「抗日戰爭時期的文學活動」，是茅盾創作與時代需要的結合；第五章、「絢麗多彩的散文世界」，是論「爲人生」文學主張在散文作品中的體現；第六章、「建國後的文化心態與文學活動」，寫茅盾文學觀的調整過程。

收入「中國現代三大文豪研究叢書」。

茅盾年譜（上、下）

唐金海、劉長鼎主編，山西高校聯合出版社，1996 年 6 月第 1 版，1674頁。

本譜是已出版的幾種茅盾年譜中最爲詳盡的一種，以茅盾的文學活動、社會活動爲主線，較爲系統、全面、客觀、準確地反映譜主的生平、著譯、思想和人格。本譜嚴格按年、季、月、旬、日順序編列，全部列出至今可以確定的茅盾著作篇目。該年譜區別於同類著作最大的特點是劃分正譜和副譜兩部分，正譜爲主流，敘述譜主本事，副譜爲分支，分別爲「當月」和「本月」兩部分，「當月」摘要介紹對譜主的評論以及有關評論和著作的主要內容和出處；「本月」摘要記述國內外大事和文化動態。

茅盾

韋韜、陳小曼主編，文化藝術出版社，1996 年 6 月第 1 版，16 開 222頁。

本畫傳共收錄記錄茅盾生活經歷的圖片 557 張，時限自 1896 年至 1981年，按時間順序共劃分爲九大部分。編輯這本畫冊的目的，是「力求把父親光輝的一生——他的生平、經歷，他的品德、事迹、成就和他的獻身精神通過畫面和簡單的文字說明，呈獻給廣大讀者」（主編語），以紀念這位中國現當代史上的文化巨人。

茅盾和我

萬樹玉、李岫編，中國廣播電視出版社，1996 年 7 月第 1 版，396 頁。

本書是爲紀念茅盾先生誕辰一百周年而編的一本紀念文集，收有巴金、冰心、曹禺、陳荒煤、臧克家、劉紹棠、高莾、葉子銘等許多與茅盾同時代及不同時代的作家、評論家、戲劇家、畫家、茅盾研究學者及親屬的紀念文章，他們或談與茅盾先生之間的親密交往，往事歷歷在目，或記茅盾對自己

創作和生活的殷切關懷，恩情難忘，都以一種崇敬的心情緬懷了茅公這位新文化新文學的開拓者爲二十世紀以及更遠的將來所留下的豐功偉績。

茅盾傳

鍾桂松著，東方出版社，1996 年 7 月第 1 版，357 頁。

本書作者利用業餘時間、利用茅盾故鄉人的優勢，寫出了一本與眾不同的茅盾傳記，「把一個受器重，遭誤解，受通緝，走過輝煌，被賦閑以及晚霞絢爛，向親愛的讀者奉獻自己一生的茅盾重寫出來」。茅盾的傳記作品已經很多，但落筆點都有所不同。作者在積了近 20 年的夙願之後，終於寫出這部全面眞實記錄茅盾一生的新傳。

桐鄉茅盾研究會刊（第 5 期）

浙江省桐鄉市茅盾研究會、桐鄉市茅盾紀念館編，1996 年鉛印本，108頁。

本輯會刊共收入茅盾研究論文 13 篇，其中「生平研究」5 篇，「文學思想研究」2 篇，「資料與考證」6 篇。

茅盾的文論歷程

莊鍾慶著，上海文藝出版社，1996 年 7 月第 1 版，241 頁。

本書作者是茅盾研究方面卓有貢獻的老專家，已有多部專著出版。本書共分 8 章論述茅盾的文論發展歷程。作者「聯繫中國現代當代文論的形成、發展進程、評述茅盾文論的發展軌跡及獨特貢獻，以顯示我國進步的、特別是中國化的馬克思主義文論的威力」。

茅盾名作欣賞

林非主編，中國和平出版社，1996 年 10 月第 1 版，503 頁。

本書先錄作品原文，然後由當代專家學者對具體作品作詳盡的分析評論，見解新穎深刻，具有鑒賞性和導讀性，是研讀茅盾作品較好的輔導讀物。收「小說部分」10 篇，「散文部分」30 篇，「雜感部分」5 篇，「評論部分」3 篇。

書前有林非作的序，概述了茅盾創作的主要成就，書後附「茅盾傳略」，「茅盾作品要目」，「茅盾研究資料目錄索引」。

收入「名家析名著叢書」。

轉折時期的文學思想──茅盾早期文藝思想研究

楊揚著，華東師範大學出版社，1996 年 10 月第 1 版，223 頁。

本書爲華東師範大學中青年學術著作出版基金會叢書，也是作者的博士學位論文。該書從 20 世紀 20 年代文化背景下來認識和理解茅盾的早期文藝思想，論證縝密，思路清晰，行文嚴謹。分以下幾部內容：導論：茅盾早期文藝思想對外國文學的接受、茅盾早期與中國傳統文學的關係、茅盾早期文藝思想與文學社團、文學論爭的關係；最後是結語。

收附錄兩篇：1.論五四新文學的價值特徵；2.商務印書館與二十年新文學中心的南移。

茅盾與浙江

徐越化、顧忠國主編，海南出版社，1996 年 12 月第 1 版，225 頁。

本書共分四大章，由 17 篇專題論文組成，是一本茅盾故鄉學者的研究論文集，列入浙江省哲學社會科學「七五」規劃重點課題。第一章揭示了地域因素對茅盾世界觀、文藝觀形成的關係；第二章從茅盾的「作家論」出發，顯示了吳越文化對茅盾的理論個性的滲透作用；第三章是茅盾與浙江籍現代作家的創作比較；第四章是關於茅盾作品中的浙江風貌研究。

茅盾評說

歐家斤著，學林出版社，1997 年 10 月第 1 版，251 頁。

這是作者的第一部個人學術專著，全書共分五輯，第一輯「革命春秋」，概述茅盾與黨的關係，對黨的事業的追求和在革命潮流中的顛簸和坎坷；第二輯「文壇足迹」，從文學研究、文學創作、文學評論、文藝編輯、文學翻譯等五個方面論述茅盾的文學業績，並介紹了國內茅盾研究的成果；第三輯「高風亮節」，記錄茅盾對青年作家關愛和培養的事迹及他與毛澤東、瞿秋白、陳獨秀等黨的領導人之間的親密關係；第四輯「明辨是非」提出了作者對茅盾研究論著中的部分觀點的個人見解；第五輯「名家點評」，討論茅盾對現代文學作家和作品的審視觀點。

書前有上海炎黃文化研究會會長陳沂、副會長峻青分別作的序言。

茅盾與 20 世紀中國文化

王嘉良主編，天津人民出版社，1997 年 11 月第 1 版，248 頁。

本書收入「20 世紀中國文學研究書系」，是浙江省茅盾研究會紀念茅盾誕

生一百周年重要研究課題，並組織部分茅盾研究專家者集體撰寫。主要內容有：緒論、茅盾在中國現代文化史上的歷史定位；第一章、二十世紀中國文化的動態結構與茅盾文化思想的發展；第二章、整合：在二十世紀中國文化背景中形成的茅盾的文化觀；第三章、茅盾對二十世紀中國文化現代化的理論探尋；第四章、茅盾對二十世紀中國文化諸種門類的考察；結束語；後記。書前有賈植芳先生《二十世紀中國文學研究書系》序。

桐鄉茅盾研究會刊（第6期）（茅盾在香港專輯）

浙江省桐鄉市茅盾研究會、桐鄉市茅盾紀念館編，1997年12月鉛印本，36頁。

本輯會刊為紀念香港回歸而編輯的專輯，共收入論文7篇，其中有5篇是專事記敘茅盾在香港的生活和戰鬥經歷。

父親茅盾的晚年

韋韜、陳小曼，上海書店出版社，1998年7月第1版，356頁。

這是一本圖文並舉的茅盾傳記作品，作者用最真實的第一手材料記錄了茅盾先生晚年的日常生活和精神面貌，起於1965年元旦，止於1981年4月11日追悼大會。書中以大量的圖片資料為佐證，描繪了作為普通人的茅盾，糾偏了其它一些傳記作品的誤記，作者認為，「作為茅盾的後代，有責任盡最大的努力，將我們所知道的爸爸的真實情況奉獻給讀者，同時，也盡可能彌補爸爸的回憶錄《我走過的道路》所留下的遺憾」。

事蹟與心蹟

余斌著，江蘇人民出版社，1998年8月第1版，292頁。

本書是作者研究魯迅、茅盾、張愛玲等現代作家作品的論文集，其中茅盾研究的論文3篇，1.「同路人」茅盾；2.茅盾小說中的性描寫；3.茅盾與莫泊桑。

茅盾傳——坎坷與輝煌

鍾桂松著，河南文藝出版社，1998年12月第1版，386頁。

這是作者又一本茅盾傳記作品，總觀茅盾的一生，作者認為「如果沒有職業革命家的熱情和參與，也不會有這個職業文學家」，而「沒有政治上的坎坷，他就沒有創作上的輝煌」，作者從一個全新的角度來認識茅盾，介紹茅盾，在眾多的茅盾傳記類作品中別具特色。全書分八章：1.免籍求學；2.商務

十年；3.追隨革命；4.寄情創作；5.奔波抗日；6.迎接曙光；7.嘔心為國；8.坎坷輝煌。

書後附後記：「我心中的茅盾」，記敘了作者在茅盾研究經歷中長期來的一種崇敬的心情，揭示了茅盾的人格力量對自己學習和生活的影響，表達作者一種更深刻、更全面地去認識茅盾、理解茅盾的願望。

火鳳凰——秦德君和她的一個世紀

秦德君、劉淮著，中央編譯出版社，1999 年 2 月第 1 版，246 頁。

本書記錄了在世紀風雲中經歷曲折坎坷，具有傳奇般命運的奇女子秦德君的生命歷程。作為曾在她的生活中風雨相伴的茅盾，在該書中有詳盡的憶敘，書中第三部「櫻花盛開又悄悄落下」就回憶了他們在東京一起生活的前前後後，這個時期正是茅盾從悲觀、動搖轉向積極進取，追求光明的人生道路的重要階段，作者「把這些鮮為人知以及一些誤傳的事實真相寫出來，也許這對研究茅盾生平和創作的學者及關心他的人不無參考價值」。

本書收入「世紀與人生」叢書。

少年茅盾與作文

李廣德編，東方出版社，1999 年 7 月第 1 版，141 頁。

本書收錄茅盾少年時期的作文（原題為《文課》）37 篇，為保持真實和輔助閱讀，對作文中原任教師的眉批和文後評語照原文收入，同時編者對作文中的字句根據事實和原意進行解釋。本書可作為提高寫作能力的指導參考書，同時也是茅盾研究者一份寶貴的第一手材料。

另收有茅盾的《學生作文與教師批改》、李廣德的《少年茅盾的讀書和作文》和鍾桂松的《從茅盾作文看少年茅盾的思想和追求》等幾篇文章。

茅盾故鄉名勝風情

徐春蕾著，內蒙古人民出版社，1999 年 7 月第 1 版，151 頁。

本書記敘了茅盾故鄉——桐鄉市的名勝風情，包括「名人文化」，介紹了茅盾故居等 8 個名人紀念館、藝術館等；「名勝古迹」，介紹了茅盾幼時曾就讀過、今為「茅盾紀念館」的立志書院等 22 處亭台樓閣、文化遺址；「民俗風情」，介紹桐鄉一地較有影響的廟會節俗等 19 項；「風物特產」，介紹烏鎮姑嫂餅等 19 種桐鄉名特產。介紹的事物多在茅盾的作品中曾有描述或出現過，在本書中也有較多的地方是結合茅盾生活經歷而寫的。

茅盾

沈衛威著，江蘇文藝出版社，1999 年 9 月第 1 版，180 頁。

這是一本寫給少年兒童看的茅盾傳記，作者用簡煉、通俗的敘述語言記錄了茅盾偉大的一生，起筆於江南古鎮的童年生活，落筆於對黨的事業孜孜追求的夕陽餘輝。書後附「茅盾生平大事年表」

本書收入：「中外名人傳記叢書」。

茅盾：都市子夜的呼號

宋炳輝著，上海教育出版社，2000 年 5 月第 1 版，322 頁。

作爲現代中國進步新文化的先驅和奠基者之一的茅盾，用純厚生動的文學創作在上海這塊土地上留下了自己深深的文化足迹。本書分三個時段闡述茅盾在 20 世紀前半期與上海這個複雜的、多元的、開放的城市之間的密切關係，即上海特有的經濟文化環境對茅盾的影響和茅盾的文學思想對上海的新文化運動的滲透與促動。上編：「初居上海（1916～1925） 交錯在政治與文學之間的人生選擇」，刻寫了年輕時期的茅盾在上海新文學陣地上的活躍身影；中編：「再居上海（1925～1929） 從革命漩渦中分離出來的人生反省」，是大革命政治風暴中茅盾孤寂痛苦和探索反思的心路寫照；下編：「三居上海（1930～948） 子夜時分呼喚黎明的人生追求」，是茅盾爲團結爭取左翼作家共同戰鬥和爲迎接新中國而奔走呼號的創作高峰時期。

本書收入「二十世紀文化名人與上海」叢書，書前收有各類照片 11 幅。

茅盾：翰墨人生八十秋

丁爾綱著，長江文藝出版社，2000 年 12 月第 1 版，468 頁。

本書專門記載茅盾的讀書歷程，故原定名爲《茅盾的讀書生涯》，與作者的另一專著《茅盾評傳》形成互補，共同構畫茅盾的學習和創作歷程。作者把茅盾的讀書生涯置於廣闊的歷史舞台、時代風雲當中，動態地考察與總結茅盾留下的鮮活經驗和包孕的精神遺產，全書共分十章，從茅盾的思想文化參照體系到他的編輯、創作、左翼思想、文藝理論的形成等等，都緊密結合他的讀書經歷，闡明互相之間的映射關係。

書前收有茅盾各個時期手迹，書後附「茅盾主要閱讀書目」。

走近茅盾

翟德耀著，中國文聯出版社，2001 年 3 月第 1 版，264 頁。

本書是作者在學術刊物上發表過的茅盾研究論文集，共收入論文 20 篇，依題旨分為 5 個專輯：1.茅盾早期的新女性觀及時代女性的創造；2.茅盾早期的文學觀與俄國文學；3.茅盾與新文學的民族化和現代化建設；4.茅盾散文和歷史小研究；5.茅盾研究芻論。作者用「實事求是的思維模式和科學的治學態度」來進行研究和探討，「通過對茅盾帶有元話語性質文本的闡釋，形成他關於茅盾研究的獨特話語和學術優勢」（朱德發序言語）。

烏鎮之子茅盾——紀念茅盾逝世二十周年

桐鄉茅盾紀念館、桐鄉市茅盾研究會編輯出版，2001 年 3 月印刷，153 頁。

本書是為紀念茅盾逝世二十周年編輯的論文集，按內容歸成五個大類：「高山仰止」，是一組學習、紀念茅盾先生的文章；「茅研論壇」，收集了 9 篇關茅盾作品研究的論文；「巨匠人生」，記錄的都是茅盾的生平片斷；「鄉情友誼」，記敘了茅盾與故鄉的親情、茅盾與同志朋友的友誼，「故鄉風采」，則記茅盾故鄉的文學新人和桐鄉茅盾研究會的概況。

本書為內部出版物。

文學巨匠茅盾

鄭彭年著，新華出版社，2001 年 3 月第 1 版，300 頁。

這是一本茅盾傳記作品，作者是茅盾的同鄉，對茅盾生活過的故鄉了解較多，本書從茅盾出生前的晚清政治環境、烏鎮的人文地理環境寫起，完整地記敘了茅盾先生為我國革命文藝和文化運動奉獻出的光輝一生。該書文字通俗、故事性較強。

書前收有照片 11 幅，書後附「茅盾生平大事記」。

茅盾散論

鍾桂松著，復旦大學出版社，2001 年 3 月第 1 版，292 頁。

本書共收錄作者自 80 年代以來茅盾研究論文 38 篇，從探究茅盾的家世生平到研討茅盾各類文學體載作品的創作特色，涉及的層面較為廣泛，反映了作者在工作之餘進行茅盾研究的歷程和部分成果。

二十世紀茅盾研究史

鍾桂松著，浙江人民出版社，2001 年 3 月第 1 版，323 頁。

這是一本關於 20 世紀內茅盾研究進程的史評性著作，作者在梳理了幾代

學人在茅盾研究領域裡厚重的碩果之後，又溶進了自己獨到的學術見解，進行了詳盡的歷史總結。全書共分七章論述：1.濫觴時期的多聲部（1928～1937）；2.史詩的耀煌和殘缺；3.系統平靜的深入和學院派的興起（1950～1966）；4.劫後再生：重鑄輝煌（1977～1980）；5.由感性到理性（1981～1986）；6.挑戰歷史（1987～1992）；7.世紀茅盾（1993～2000）。

茅盾

陳小曼編著，河北教育出版社，2001 年 4 月第 1 版，116 頁。

這是一本茅盾的畫傳，編著者用圖文並茂的方式，通過一系列能代表茅盾生平基本面貌的照片和簡明扼要的文字說明，展示了茅盾一生走過的不平凡的道路。圖片和文字編排組織形式活潑，令人讀來輕鬆愜意。

本書收入「文化人影記叢書」。

附錄：編者未見原書已出版的茅盾研究論著目錄

《茅盾評傳》，伏志英編，現代書局出版，1931 年 12 月。

《茅盾論》，黃人影編，光華書局出版，1933 年 2 月。

《論子夜》，王西彥，新文藝出版社出版，1958 年 3 月。

《茅盾及其〈子夜〉等分析》，艾揚著，1960 年 6 月。

《茅盾印譜》，錢君匋，湖南美術出版社，1986 年 11 月第 1 版，310 頁。

《茅盾郁達夫夏衍研究》，錢誠一著，杭州大學出版社，1987 年 10 月出版。

《少年茅盾作文譯評》，宋承圓編，北方婦女兒童出版社，1988 年 1 月。

《理性、社會、客體——茅盾藝術美學論稿》，曹萬生著，1988 年 12 月。

《烏鎮茅盾故居》，汪家榮著，文物出版社，1989 年 3 月出版。

《茅盾研究 60 年》，邱文治著，天津教育出版社，1990 年 10 月第 1 版。

《艱辛的人生——茅盾傳》，沈衛威，台灣業強出版社，1991 年出版。

《茅盾與中外文化》，本書編輯組編，南京大學出版社，1993 年 9 月第 1 版。

《〈子夜〉的人物藝術世界》，党秀臣著，陝西人民教育出版社，1993 年第 1 版。

《茅盾早期思想新探》，丁柏銓著，南京大學出版社，1993 年第 1 版。

《封閉與開放——茅盾小說藝術論》，劉煥林著，廣西教育出版社，1997 年 1 月。

《茅盾與二十世紀》，中國茅盾研究會編，華夏出版社，1997 年 6 月第 1 版。

《茅盾研究與我》，吳福輝、李頻編，華夏出版社，1997 年 6 月第 1 版。

《巨匠誕生——茅盾》（中國現代文學大師的青少時代），王學鈞著，安徽少
  年兒童出版社，1997 年 11 月出版。

《茅盾與讀書》（中國文化名人與讀書），明天出版社。

《茅盾》（名家簡傳書系），鍾桂松著，中國華僑出版社，1998 年 8 月。

《茅盾與巴金比較》，光明日報出版社，1999 年 10 月。

《茅盾詩詞解析》，丁茂遠，吉林文史出版社，2000 年 1 月。

全文收入人大複印資料論著篇目

（1978～2000）

淡談《子夜》的歷史意義

　　馬良春 Z1，出版工作、圖書評價，1978(12)：17

論《子夜》（待續）

　　劉綬松 Z1，出版工作、圖書評價，1978(12)：3

論長篇小說《子夜》

　　孫中田 Z1，出版工作、圖書評價，1978(8)：1

淺談《子夜》的歷史意義

　　馬良春 J33，茅盾研究，1978(12)：17

論《子夜》

　　劉綬松遺作 J33，茅盾研究，1978(12)：3

關於茅盾早期的一篇文藝論文《論無產階級藝術》

　　曾廣燦 J33，茅盾研究，1978(12)：1

也算紀念

　　沈雁冰 J33，茅盾研究，1978(11)：15

一點感受

　　茅盾 J33，茅盾研究，1978(11)：14

茅盾著譯年表（續一）

　　孫中田 J33，茅盾研究，1978(11)：1

茅盾著譯年表（續二）

　　孫中田 J33，茅盾研究，1978(11)：6

重印《中國神話研究 ABC》感賦

　　茅盾 J33，茅盾研究，1978(10)：1

茅盾著譯年表

　　孫中田 J33，茅盾研究，1978(10)：3

三十年代初期中國農村社會生活的真實圖畫（讀《春蠶》）

　　唐沅 J33，茅盾研究，1978(9)：1

介紹茅盾同志對《白楊禮讚》中「楠木」的解釋

　　彭守恭 J33，茅盾研究，1978(8)：18

論茅盾的散文創作

　　鄭乙 J33，茅盾研究，1978(8)：1

論長篇小說《子夜》

　　孫中田 J33，茅盾研究，1978(8)：1

茅盾著譯年表

　　山東大學中文系／文史哲研究所資料室 J33，茅盾研究，1979(12)：3

八年來文藝工作的成果及傾向

　　J33，茅盾研究，1979(12)：163

抗戰期間中國文藝運動的發展

　　J33，茅盾研究，1979(12)：157

舊形勢・民間形勢・與民族形勢

　　J33，茅盾研究，1979(12)：150

暴露與諷刺

　　J33，茅盾研究，1979(12)：150

大眾化與利用舊形勢

　　J33，茅盾研究，1979(12)：149

論加強評工作

　　J33，茅盾研究，1979(12)：146

文藝大眾化問題（上月在漢口量才圖書館的講演）

　　J33，茅盾研究，1979(12)：146

關於《論現在我們的文學運動》

　　J33，茅盾研究，1979(12)：138

需要一個中心點

J33，茅盾研究，1979(12)：173

關於「文學研究會」（摘錄）

J33，茅盾研究，1979(12)：135

「民族主義文藝」的現形

J33，茅盾研究，1979(12)：121

讀《倪煥之》

J33，茅盾研究，1979(12)：109

從牯嶺到東京（摘錄）

J33，茅盾研究，1979(12)：104

論無產階級藝術

J33，茅盾研究，1979(12)：92

大轉變時期何時來呢

J33，茅盾研究，1979(12)90

文學與人生

J33，茅盾研究，1979(12)87

新文學研究者的現任與努力

J33，茅盾研究，1979(12)：83

我們現在可以提倡表象主義的文學麼？

茅盾 J33，茅盾研究，1979(12)82

新舊文學平議之平議

J33，茅盾研究，1979(12)：81

《茅盾選集》自序（摘錄）

J33，茅盾研究 1979(12)：81

我的回顧（摘錄）

J33，茅盾研究，1979(12)：79

回顧（摘錄）

J33，茅盾研究，1979(12)：77

談我的研究（摘錄）

J33，茅盾研究，1979(12)：75

《鼓吹集》後記

J33，茅盾研究，1979(12)：74

《時間的紀錄》後記之後記

　　J33，茅盾研究，1979(12)：74

《茅盾文集》第十卷後記

　　J33，茅盾研究，1979(12)：70

《見聞雜記》後記

　　J33，茅盾研究，1979(12)：68

《新疆風土雜憶》附記

　　J33，茅盾研究，1979(12)：67

《太平凡的故事》附記

　　J33，茅盾研究，1979(12)：67

《海防風景》附記

　　J33，茅盾研究，1979(12)：66

《白楊禮讚》自序

　　J33，茅盾研究，1979(12)：66

《茅盾文集》第八卷《短篇小說》（二）後記

　　J33，茅盾研究，1979(12)：64

《茅盾文集》第八卷《短篇小說》（一）後記

　　J33，茅盾研究，1979(12)：62

《煙雲集》後記

　　J33，茅盾研究，1979(12)：61

《宿莽》弁言

　　J33，茅盾研究，1979(12)：61

寫在《野薔薇》的前面

　　J33，茅盾研究，1979(12)：58

《清明前後》後記

　　J33，茅盾研究，1979(12)：55

《霜葉紅似二月花》新版後記

　　J33，茅盾研究，1979(12)：53

《腐蝕》後記

　　J33，茅盾研究，1979(12)：50

《第一階段的故事》新版的後記

J33，茅盾研究，1979（12）：47

李準所記茅盾談《春蠶》

  J33，茅盾研究，1979（12）：46

我怎樣寫《春蠶》

  《茅盾研究資料集》J33，茅盾研究，1979（12）：43

與讀者討論《林家舖子》的一封信

  《茅盾研究資料集》J33，茅盾研究，1979（12）：42

《春蠶》跋（摘錄）

  《茅盾研究資料集》J33，茅盾研究，1979（12）：41

《子夜》1978 年重印「後記」《再來補充幾句》

  《茅盾研究資料集》J33，茅盾研究，1979（12）：37

質疑與解答——《公債買賣》

  《茅盾研究資料集》J33，茅盾研究，1979（12）：34

《茅盾選集》自序（摘錄）

  《茅盾研究資料集》J33，茅盾研究，1979（12）：33

《子夜》後記

  《茅盾研究資料集》J33，茅盾研究，1979（12）：30

《茅盾選集》自序（摘錄）

  《茅盾研究資料集》J33，茅盾研究，1979（12）：29

《路》第一版校後記（摘錄）

  《茅盾研究資料集》J33，茅盾研究，1979（12）：28

《路》第一版校後記

  《茅盾研究資料集》J33，茅盾研究，1979（12）：28

《虹》跋

  《茅盾研究資料集》J33，茅盾研究，1979（12）：27

寫在《蝕》的新版的後面

  《茅盾研究資料集》J33，茅盾研究，1979（12）：25

《茅盾選集》自序（摘錄）

  《茅盾研究資料集》J33，茅盾研究，1979（12）：24

幾句舊話（摘錄）

  《茅盾研究資料集》J33，茅盾研究，1979（12）：23

從牯嶺到東京（摘錄）

　　《茅盾研究資料集》J33，茅盾研究，1979(12)：16

茅盾簡介

　　《茅盾研究資料集》J33，茅盾研究，1979(12)：4

少兒文學的春天到來了！（為兒童文學創作座談會作）

　　J33，茅盾研究，1979(12)：31

關於《重評〈多餘的話〉》的兩封信

　　沈雁冰 J33，茅盾研究，1979(10)：9

沉痛哀悼邵荃麟同志

　　茅盾 J33，茅盾研究，1979(10)：7

溫故以知新

　　茅盾 J33，茅盾研究，1979(10)：3

步韻和沈老祝文藝之春

　　姚雪垠 J33，茅盾研究，1979(10)：10

祝文藝之春

　　茅盾 J33，茅盾研究，1979(10)：10

國慶三十周年獻詞

　　茅盾 J33，茅盾研究，1979(10)：6

沁園春

　　茅盾 J33，茅盾研究，1979(12)：29

敬題鄧雅烈士遺詩集

　　茅盾 J33，茅盾研究，1979(12)：14

馬伶（抄自舊札記）

　　茅盾 J33，茅盾研究，1979(12)：30

《白楊禮讚》教學解析

　　王旋 J33，茅盾研究，1979(10)：22

「白楊禮讚非取材於一地或一時」（《白楊禮讚》學習札記）

　　柳尚彭 J33，茅盾研究，1979(10)：19

關於《白楊禮讚》的覆信

　　茅盾 J33，茅盾研究，1979(10)：19

《子夜》德文版在西德重版發行

馬樹德 J33，茅盾研究，1979(12)：28

《子夜》與一九三零年前後的中國經濟

　　孔令仁 J33，茅盾研究，1979(10)：11

略談《子夜》中的人物形象

　　謝本良 J33，茅盾研究，1979(2)：23

知識分子弱點的暴露（對茅盾《蝕》的體會）

　　郭根 J33，茅盾研究，1979(12)：21

關於魯迅、茅盾選編《草鞋腳》的文獻

　　孔海珠等 J33，茅盾研究，1979(12)：19

新發現的魯迅茅盾有關選編《草鞋腳》的書信

　　J33，茅盾研究，1979(12)：15

答魯迅研究年刊記者的訪問

　　茅盾 J33，茅盾研究，1979(10)：2

茅盾在延安

　　J33，茅盾研究，1979(12)：13

茅盾在延安

　　孫中田 J33，茅盾研究，1979(12)：5

長征勝利賀電與茅盾的關係

　　翟秀 J33，茅盾研究，1979(12)：4

中國作家協會主席茅盾

　　新華社新聞稿 J33，茅盾研究，1979(12)：3

茅盾的《雷雨前》等三篇散文作於何時？

　　莊鍾慶 J33，茅盾研究，1979(8)：16

談《春蠶》的藝術形象

　　邵伯周 J33，茅盾研究，1979(8)：5

《春蠶》從生活到藝術

　　王爾齡 J33，茅盾研究，1979(8)：9

《白楊禮讚》藝術構思的辯證法

　　顏雄 J33，茅盾研究，1979(8)：13

贈曹禺

　　茅盾 J33，茅盾研究，1979(8)：12

對於兒童詩的期望

　　茅盾 J33，茅盾研究，1979(8)：3

茅盾同志為雲南省下關地區群眾性文藝刊物《洱海》題寫刊名

　　關海 J33，茅盾研究，1979(8)：2

茅盾同志為《大眾電影》復刊題詩

　　J33，茅盾研究，1979(8)：15

論《子夜》（續完）

　　劉綬松 J33，茅盾研究，1979(5)：11

魯迅和《小說月報》（兼記魯迅與茅盾早年的友誼）

　　姜德明 J33，茅盾研究，1979(5)：4

未來的魯迅與郭沫若必將在新時期誕生——「五四」節前訪問老作家茅盾同志

　　舒展、顧志成 J33，茅盾研究，1979(5)：1

中國兒童文學是大有希望的——對參加「兒童文學創作學習會」的青年作者的談話

　　茅盾 J33，茅盾研究，1979(3)：231

白居易及其同時代的詩人——為路易・艾黎英譯《白居易詩選》而作

　　茅盾 J33，茅盾研究，1979(3)：265

《白楊禮讚》的藝術特色

　　傅正乾 J33，茅盾研究，1979(3)：11

《林家舖子》從生活到藝術

　　耳聆 J33，茅盾研究，1979(3)：13

三十年代舊中國農村悲慘生活的縮影——讀茅盾的《春蠶》、《秋收》和《殘冬》

　　周溶泉、徐應佩 J33，茅盾研究，1979(3)：6

茅盾著譯年表（續完）

　　孫中田 J33，茅盾研究，1979(3)：1

重評影片《林家舖子》——淡談電影創作中的現實主義和歷史主義

　　周忠厚等 J8，電影、電視藝術研究，1979(9)：35

魯迅和《小說月報》——兼記魯迅與茅盾早年的友誼

　　姜德明 J31，魯迅研究，1979(5)：37

茅盾和周所聯合發起成立「魯迅研究學會」

　　人民日報 J31，魯迅研究，1979(5)：3

茅盾同志在中、長篇小說座談會上的講話

　　J1，文藝理論，1979(8)：23

在田漢同志追悼會上，茅盾同志致悼詞

　　J5，戲劇、戲曲研究，1979(5)：39

《子夜》與一九三〇年前後的中國經濟

　　孔令仁 F7，經濟史，1979(11)：35

深厚‧博大‧精湛（喜讀《茅盾評論文集》）

　　林煥平 Z1，出版工作、圖書評價，1980(2)：23

《茅盾詩詞》出版

　　J33，茅盾研究，1980(4)：32

《茅盾論創作》出版

　　華 J33，茅盾研究，1980(4)：31

日本出版評茅盾創作活動的專著

　　集思 J33，茅盾研究，1980(2)：48

回憶茅盾同志的一次講話

　　龔炯 J33，茅盾研究，1980(3)：9

了解全體與深入一角

　　J33，茅盾研究，1980(3)：32

前無古人的藝術描寫

　　J33，茅盾研究，1980(3)：26

深厚‧博大‧精湛──喜讀《茅盾評論文集》

　　林煥平 J33，茅盾研究，1980(1)：31

茅盾談短篇小說的剪裁問題

　　J33，茅盾研究，1980(2)：38

喜讀《茅盾論創作》

　　華然 J33，茅盾研究，1980(4)：23

六十年文學實踐經驗的結晶──推薦《茅盾論創作》

　　葉子銘 J33，茅盾研究，1980(4)：19

藝術技巧面面觀──學習茅盾關於藝術技巧問題的論述札記

孫蓀 J33，茅盾研究，1980（4）：11

茅盾第一篇文學論文

　　莊鍾慶 J33，茅盾研究，1980（3）：15

憶茅盾《清明前後》的演出

　　殷野 J33，茅盾研究，1980（4）：30

對「那也是直挺秀頎的」一句的理解

　　曹津源 J33，茅盾研究，1980（3）：27

《風景談》注解質疑

　　魏塤平 J33，茅盾研究，1980（4）：29

談《風景談》

　　木山 J33，茅盾研究，1980（4）：27

含蓄的藝術，深摯的感情──《風景談》淺析

　　馮日乾 J33，茅盾研究，1980（12）：6

茅盾筆下的林老板

　　雷達 J33，茅盾研究，1980（1）：23

《春蠶》藝術瑣談

　　馬名法 J33，茅盾研究，1980（3）：21

談談茅盾的《春蠶》

　　葉子銘 J33，茅盾研究，1980（1）：19

茅盾與他的《春蠶》

　　梁駿、尤敏 J33，茅盾研究，1980（2）：41

茅盾筆下的上海

　　李孝華 J33，茅盾研究，1980（2）：39

匠心獨運，妙筆生輝──淺談《子夜》第一、二章的藝術處理

　　劉增傑 J33，茅盾研究，1980（4）：25

漫談《子夜》中公債市場的鬥爭

　　鄭富成 J33，茅盾研究，1980（2）：31

《子夜》與《金錢》

　　曾廣燦 J33，茅盾研究，1980（3）：17

關於「茅盾」筆名由來的答問

　　楊鼎川 J33，茅盾研究，1980（3）：16

茅盾筆名（別名）箋注

　　孫中田 J33，茅盾研究，1980（1）：3

簡評兩種《茅盾著譯年表》

　　查國華 J33，茅盾研究，1980（3）：29

茅盾談話錄

　　金振林 J33，茅盾研究，1980（3）：7

關於魯迅致中共中央和紅軍賀信的幾個問題

　　魯歌 J33，茅盾研究，1980（2）：29

茅盾與桐鄉青年社

　　史明 J33，茅盾研究，1980（2）：2

烏鎮紀行——訪茅盾先生故鄉

　　趙征 J33，茅盾研究，1980（3）：11

一席趣談

　　巫東方 J33，茅盾研究，1980（3）：20

茅盾與上游社

　　史明 J33，茅盾研究，1980（4）：9

茅盾（作家軼事）

　　唐鴻棣 J33，茅盾研究，1980（4）：10

茅盾的家庭及其童年生活

　　戈錚 J33，茅盾研究，1980（2）：3

茅盾故鄉——烏鎮

　　王國柱 J33，茅盾研究，1980（2）：9

現實主義的鬥爭，是文學歷史發展的規律

　　茅盾 J33，茅盾研究，1980（2）：55

茅盾為瞿秋白故居題字

　　《常州報》J33，茅盾研究，1980（3）：4

為少數民族文藝會演題詞

　　茅盾 J33，茅盾研究，1980（4）：8

左聯五十周年紀念題詞

　　茅盾 J33，茅盾研究，1980（4）：6

回憶秋白烈士

茅盾 J33，茅盾研究，1980(2)：11

追念吳恩裕同志

　　茅盾 J33，茅盾研究，1980(3)：2

《脫險雜記》前言

　　茅盾 J33，茅盾研究，1980(1)：17

西江月（為蘇聯文學創刊號作）

　　茅盾 J33，茅盾研究，1980(4)：7

斯人宛在，光鮮逾昔──史沫特萊逝世三十周年

　　茅盾 J33，茅盾研究，1980(2)：20

我所知道的張聞天同志早年的學習和活動

　　茅盾 J33，茅盾研究，1980(2)：15

關於《彩毫記》及其它

　　茅盾 J33，茅盾研究，1980(2)：17

《中國當代文學研究資料》

　　茅盾 J33，茅盾研究，1980(2)：14

《小說選刊》

　　茅盾 J33，茅盾研究，1980(4)：3

兩本書的序

　　茅盾 J33，茅盾研究，1980(1)：16

談編副刊

　　茅盾 J33，茅盾研究，1980(4)：5

關於「報告文學」

　　茅盾 J33，茅盾研究，1980(3)：3

談文學翻譯

　　茅盾 J33，茅盾研究，1980(3)：5

試談短篇小說

　　茅盾 J33，茅盾研究，1980(1)：13

一點回憶和感想

　　茅盾 J33，茅盾研究，1980(1)：12

可愛的故鄉

　　茅盾 J33，茅盾研究，1980(2)：21

一個理想碰了壁

　　茅盾 J33，茅盾研究，1980（2）：23

讀茅盾悼念魯迅的佚文──兼談《中國呼聲》

　　姚錫佩 J31，魯迅研究，1981（9）：35

談在美國新發現的魯迅和茅盾的手稿

　　戈寶權 J31，魯迅研究，1981（10）：91

一件小事（悼念茅盾同志）

　　唐弢 J33，茅盾研究，1981（1）：23

茅盾的《魯迅論》

　　徐季子 J33，茅盾研究，1981（4）：46

論茅盾的短篇小說

　　王西彥 J33，茅盾研究，1981（4）：17

學習茅盾對魯迅的評論

　　唐紀加 J33，茅盾研究，1981（3）：43

茅盾為魯迅紀念郵票題簽

　　張克讓 J33，茅盾研究，1981（3）：42

文學巨匠（茅盾的成功之路）（上）

　　李岫 J33，茅盾研究，1981（4）：3

文學巨匠（茅盾的成功之路）（下）

　　李岫 J33，茅盾研究，1981（4）：11

漫談茅盾的散文創作

　　黎舟 J33，茅盾研究，1980（4）：35

一九八〇年出版的茅盾作品和茅盾研究論著評述

　　葉子銘／卜合士 J33，茅盾研究，1981（4）：41

茅盾在抗戰時期──紀念他誕生八十五周年

　　蘇光文 J33，茅盾研究，1981（3）：34

茅盾與五四時期婦女解放運動

　　呂璜 J33，茅盾研究，1981（3）：32

關於人物描寫的問題

　　茅盾 J33，茅盾研究，1981（2）：19

《蝕》和《子夜》的比較分析

樂黛雲 J33，茅盾研究，1981（2）：33

重視對茅盾業績的研究——《黎明時期的文學——中國現實主義作家・茅盾》譯後記

林煥平 J33，茅盾研究，1981（1）：63

老將殊勳青史在——淺談茅盾同志在中國現代文學史上的貢獻

姚雪垠 J33，茅盾研究，1981（2）：3

茅盾的生平及其偉大的成就

林煥平 J33，茅盾研究，1981（2）：8

略論茅盾對農村題材的開拓及其它

趙耀堂／傅冰甲 J33，茅盾研究，1981（2）：28

《雷雨前》試析

王東華／奚可 J33，茅盾研究，1981（2）：45

一幅簡圖——中國文學的過去和現在

茅盾 J33，茅盾研究，1981（2）：13

論茅盾的文學業績

孫中田 J33，茅盾研究，1981（3）：3

茅盾在浙江求學過的三所中學

王國柱／戈錚 J33，茅盾研究，1981（3）：29

批判・創造・「為人生」——茅盾早期思想探索之一

查國華 J33，茅盾研究，1981（3）：14

茅盾建國後的文藝批評

謝中征／劉偉林 J33，茅盾研究，1981（3）：22

論茅盾早期的短篇小說

丁帆 J33，茅盾研究，1981（1）：55

讀茅公遺墨

黎丁 J33，茅盾研究，1981（1）：36

《我走過的道路》序

茅盾 J33，茅盾研究，1981（1）：34

茅盾的中學時代（調查報告）

孫中田／張立國 J33，茅盾研究，1981（1）：25

「五卅」的洪流

茅盾 J33，茅盾研究，1981(1)：31

八十自述

　　茅盾 J33，茅盾研究，1981(1)：35

茅盾與文學批評

　　孫中田 J33，茅盾研究，1981(1)：37

新文學前期作家研究的範例——讀茅盾的六篇作家論札記

　　文振庭 J33，茅盾研究，1981(1)：43

茅盾與救國會

　　史明 J33，茅盾研究，1981(1)：24

說遲了的話

　　茹志鵑 J33，茅盾研究，1981(1)：21

悼念茅盾

　　關沫南 J33，茅盾研究，1981(1)：19

文學巨星隕落了（懷念茅盾先生）

　　端木蕻良 J33，茅盾研究，1981(1)：17

沉痛的悼念

　　沙汀 J33，茅盾研究，1981(1)：15

雨瀟瀟（沉痛懷念茅盾同志）

　　杜宣 J33，茅盾研究，1981(1)：12

中國文學巨星的隕落（深切懷念沈雁冰同志）

　　秦牧 J33，茅盾研究，1981(1)：9

胡耀邦同志致悼詞

　　J33，茅盾研究，1981(1)：7

沈雁冰同志追悼會在京隆重舉行

　　J33，茅盾研究，1981(1)：5

黨中央決定恢復沈雁冰黨籍

　　J33，茅盾研究，1981(1)：4

沈雁冰同志治喪委員會名單

　　J33，茅盾研究，1981(1)：3

全國政協副主席、中國現代文學巨匠沈雁冰同志在京逝世

　　J33，茅盾研究，1981(1)：3

在沈雁冰同志追悼會上，胡耀邦同志致詞

　　D2，中國共產黨，1981（7）：23

沈雁冰同志追悼會在京舉行

　　D2，中國共產黨，1981（7）：21

黨和國家領導人及首都各界人士向沈雁冰同志遺體告別

　　D2，中國共產黨，1981（7）：20

黨中央決定恢復沈雁冰黨籍

　　D2，中國共產黨，1981（8）：77

在沈雁冰同志追悼會上胡耀邦同志致悼詞

　　D4，中國政治，1981（4）：63

沈雁冰同志追悼會在京隆重舉行

　　D4，中國政治，1981（4）：61

毛澤東同志給沈雁冰同志的信

　　A2，毛澤東思想研究，1981（4）：14

舊中國民族資產階級的藝術典型──漫談電影文學劇本《子夜》中吳蓀甫的塑造

　　華民 J8，電影、電視藝術研究，1981（6）：79

半幅題詞，一段佳話──茅盾和郭沫若的故事

　　王建明輯 J32，郭沫若研究，1981（10）：26

歷史的明鏡──評影片《子夜》

　　陸士清／張德明 J8，電影、電視藝術研究，1982（4）：87

茅盾作品在國外

　　莊鍾慶 J33，茅盾研究，1982（2）：77

我對評價《腐蝕》的一點看法

　　張椿 J33，茅盾研究，1982（2）：54

茅盾小說的語言藝術淺談

　　莊森 J33，茅盾研究，1982（2）：41

「卻憶清涼山下路，千紅萬紫鬥春風」──茅盾在延安的文學活動

　　張科 J33，茅盾研究，1982（2）：11

跨越時代和民族的界限──介紹世界各國對茅盾著作的研究

　　李岫 J33，茅盾研究，1982（1）：78

唐祈 J33，茅盾研究，1982（1）：20

茅盾生平成就概述

　　林煥平 J33，茅盾研究，1982（1）：3

茅盾與「立志」、「植材」

　　戈錚／王國柱 J33，茅盾研究，1982（1）：9

茅盾同志少年時期文稿在桐鄉發現

　　桐鄉縣文化局 J33，茅盾研究，1982（1）：16

關於「第一篇文學論文」的一封信

　　茅盾 J33，茅盾研究，1982（1）：18

茅盾的第一篇文學論文

　　邵伯周 J33，茅盾研究，1982（1）：19

抗戰與文藝

　　茅盾 J33，茅盾研究，1982（1）：21

華南文化運動概況

　　茅盾 J33，茅盾研究，1982（1）：23

茅盾論短篇小說

　　祁大慧 J33，茅盾研究，1982（1）：35

《子夜》從小說到電影

　　李振潼 J8，電影、電視藝術研究，1982（7）：104

對影片《子夜》的幾點意見

　　翁世榮 J8，電影、電視藝術研究，1982（6）：81

桑弧談《子夜》

　　麗人 J8，電影、電視藝術研究，1982（2）：107

改編《子夜》最早的劇本

　　倪墨炎 J8，電影、電視藝術研究，1982（2）：73

關於影片《子夜》的美術設計

　　韓尚義等 J8，電影、電視藝術研究，1982（1）：89

雙峰並峙、各顯崢嶸——試論魯迅與茅盾短篇小說的藝術構思

　　劉煥林 J31，魯迅研究，1982（9）：38

一封新發現的茅盾給李詰人的信

　　李定周 J3，中國現代、當代文學研究，1983（1）：77

茅盾與裴多菲

　　辛生 J33，茅盾研究，1983（2）：4

湖州一些單位獻出茅盾生前親筆書信

　　賈記 J33，茅盾研究，1983（2）：4

《茅盾著譯年表》補正

　　史明 J33，茅盾研究，1983（2）：77

老舍與茅盾的佚詩

　　谷葦 J33，茅盾研究，1983（2）：76

又是秋葉蕭蕭時《記茅公的一帖遺墨）

　　李樂山 J33，茅盾研究，1983（2）：75

關於茅盾佚文《中國新文學運動》

　　周安華 J33，茅盾研究，1983（2）：72

中國新文學運動

　　茅盾 J33，茅盾研究，1983（2）：69

茅盾的《讀辛棄疾〈稼軒集〉》詩

　　維元 J33，茅盾研究，1983（2）：68

從《夕陽》到《子夜》

　　滔珍 J33，茅盾研究，1983（2）：67

茅盾長篇小說對中外小說結構藝術的繼承與革新

　　許志安 J33，茅盾研究，1983（2）：62

現代文學巨匠茅盾的主要文學建樹及其主要特色

　　丁爾綱 J33，茅盾研究，1983（2）：45

茅盾「五四」時期的進化論思想及其文藝觀

　　丁柏銓 J33，茅盾研究，1983（2）：37

茅盾前期論文學的社會功利

　　趙耀堂 J33，茅盾研究，1983（2）：31

茅盾早期的比較文學研究

　　孫昌熙／孫愼之 J33，茅盾研究，1983（2）：21

茅盾與瞿秋白

　　夢花 J33，茅盾研究，1983（2）：15

茅盾與司徒宗

金韻琴 J33，茅盾研究，1983(2)：11

《茅盾全集》將出版四十卷

雯萱 J33，茅盾研究，1983(2)：8

訪美所見幾種茅盾作品的盜版書

葉子銘 J33，茅盾研究，1983(1)：79

茅盾與弟弟沈澤民（兼答香港一篇編造文章）

春蕾 J33，茅盾研究，1983(2)：14

「P 生」──茅盾的一個筆名

姚以恩 J33，茅盾研究，1983(2)：10

關於茅盾在日本移居的考辨

侯成言 J33，茅盾研究，1983(2)：9

正確評價一位當代的偉大作家

周揚 J33，茅盾研究，1983(2)：5

茅盾的一組古詩詮釋首次發表

J33，茅盾研究，1983(1)：4

重評《腐蝕》

沈元加 J33，茅盾研究，1983(1)：71

茅盾長篇《鍛煉》獨特性探究

莊鍾慶 J33，茅盾研究，1983(1)：53

在馬克思主義啟迪下茅盾對建立中國式社會主義文學的貢獻

吳向北 J33，茅盾研究，1983(1)：19

茅盾研究邁出新的一步──記全國首屆茅盾研究學術討論會

丁爾綱 J33，茅盾研究，1983(1)：5

沈雁冰主編《漢口民國日報》期間的思想述評

徐義君 J33，茅盾研究，1983(1)：13

茅盾的新文學作家論

楊建民 J33，茅盾研究，1983(1)：27

論茅盾筆下的小資產階級女性

彭康 J33，茅盾研究，1983(1)：43

從《夜讀偶記》看茅盾的創作方法理論──為紀念茅盾同志逝世二周年而作

林煥平／王可平 J33，茅盾研究，1983(1)：47

論茅盾的《動搖》

    金芹 J33，茅盾研究，1983（1）：59

關於《子夜》的初版時間

    吳海發 J33，茅盾研究，1983（1）：18

茅盾究竟生在何宅？

    春愉／秋悅 J33，茅盾研究，1983（1）：11

茅盾研究的新收獲──評《茅盾的創作歷程》

    李標晶 J33，茅盾研究，1983（1）：7

茅盾研究的新收獲──評《茅盾的創作歷程》

    李標晶 Z1，出版工作、圖書評價，1983（5）：76

關於郭沫若書贈茅盾的對聯

    楊芝明 J32，郭沫若研究，1983（2）：4

丁玲的莎菲和茅盾的「時代女性」群

    丁爾綱 J3，中國現代、當代文學研究，1984（23）：61

淺談茅盾《第比利斯的地下印刷所》的寫作技巧

    周耀根 G31，中學語文教學，1984（12）：25

茅盾前期的文學思想與列夫·托爾斯泰

    翟耀 J4，外國文學研究，1984（3）：107

論《蝕》的「時代女性形象」

    陸文采 J33，茅盾研究，1984（2）：70

丁玲的莎菲和茅盾的「時代女性」群

    丁爾綱 J33，茅盾研究，1984（2）：63

論茅盾筆下的民族資本家形象

    吳承誠 J33，茅盾研究，1984（2）：48

試論茅盾與「革命文學」論爭

    邵伯周 J33，茅盾研究，1984（2）：27

茅盾前期文藝批評藝術談

    張瑞雲 J33，茅盾研究，1984（2）：13

茅盾生於何宅之我見

    鍾桂松 J33，茅盾研究，1984（2）：11

《茅盾全集》編輯出版工作順利進展──茅盾家屬將全集稿費捐贈給茅盾研

究學會

　　丁爾綱 J33，茅盾研究，1984（2）：4

評茅盾對幾個民族資本家性格的描寫

　　吳承誠 J33，茅盾研究，1983（1）：71

《多角關係》的表現手法

　　〔日〕清水茂 J33，茅盾研究，1984（2）：76

一個失敗的英雄──論吳蓀甫的悲劇

　　黃平生 J33，茅盾研究，1984（2）：56

談茅盾抗戰時期的散文

　　張衍芸 J33，茅盾研究，1984（2）：43

托爾斯泰對茅盾的影響

　　吳承誠 J33，茅盾研究，1984（2）：34

論茅盾的「新浪漫主義」文學主張

　　程金城 J33，茅盾研究，1984（2）：19

關於茅盾外祖父家的一則史料

　　鍾桂松 J33，茅盾研究，1984（2）：12

茅盾研究的突破問題芻議

　　丁爾綱 J33，茅盾研究，1984（2）：5

《茅盾全集》第一、二、三卷出版

　　J33，茅盾研究，1984（1）：80

茅盾的一封軼信

　　陳勇 J33，茅盾研究，1984（1）：79

茅盾筆名（別名）箋注補遺

　　孫中田 J33，茅盾研究，1984（1）：77

茅盾與外國文藝思潮流派

　　黎舟／關國蚪 J33，茅盾研究，1984（1）：37

論茅盾的現實主義文學觀

　　王中忱 J33，茅盾研究，1984（1）：25

引領向北國──抗戰烽火中的茅盾生平事略

　　曹金林 J33，茅盾研究，1984（1）：11

茅盾筆下的破產者典型

吳福輝 J33，茅盾研究，1985(2)：21

我與茅盾的一段情誼（秦德君的自述）

　　J33，茅盾研究，1985(2)：17

茅盾早期的革命活動

　　孫中田 J33，茅盾研究，1985(2)：13

茅盾早期研究資料的一項發現（介紹《新鄉人》第二期）

　　翟同泰 J33，茅盾研究，1985(2)：8

追尋文學巨匠歷史蹤迹，展現革命戰士創作生涯，茅盾故居落成典禮在烏鎮隆重舉行

　　J33，茅盾研究，1985(2)：5

《子夜》與都市題材小說

　　孫中田 J33，茅盾研究，1985(1)：72

對人生的「哲學研究」——茅盾小說獨具的歷史價值

　　王嘉良 J33，茅盾研究，1985(1)：65

茅盾與我國新詩運動

　　丁茂遠 J33，茅盾研究，1985(1)：35

論茅盾早期對文壇逆流的抨擊

　　楊健民 J33，茅盾研究，1985(1)：15

茅盾少年《文課》上所見的批語

　　王爾齡 J33，茅盾研究，1985(1)：11

茅盾家世概述

　　鍾桂松 J33，茅盾研究，1985(1)：5

論茅盾對瞿秋白的崇高評價（從茅盾一首遺詩談起）

　　丁景唐 J3，中國現代、當化文學研究，1985(15)：23

歷史真實是不以人們意志為轉移的——試評電影《子夜》

　　郭揚／吳慧 J8，電影、電視藝術研究，1985(9)：113

新發現的茅盾佚文七篇

　　翟同泰輯注 J33，茅盾研究，1986(2)：58

馬拉默德的《伙計》與茅盾的《林家舖子》

　　李岫 J33，茅盾研究，1986(2)：51

《子夜》與外國文學的因緣

李標晶 J33，茅盾研究，1986(1)：11

茅盾抗戰初期在昆的一週

張維 J33，茅盾研究，1986(1)：7

憶茅公當年到廣東

于逢 J33，茅盾研究，1986(1)：5

錢君匋捐贈茅盾銅像

單松華 J33，茅盾研究，1986(1)：4

青年「茅盾研究筆會」略記

曉行 J33，茅盾研究，1986(1)：3

《莎菲女士的日記》與《傷逝》《蝕》的比較

陸文采／馬殿超 J31，魯迅研究，1986(1)：81

茅盾研究的新收獲（讀《茅盾前期文學思想散論》）

張學軍 Z1，出版工作、圖書評價，1986(9)：61

劍椽筆繪新篇——記抗戰期間在桂林的茅盾先生

李標晶 J33，茅盾研究，1986(1)：8

論魯迅、茅盾農村題材創作的情理交融

李繼凱 J31，魯迅研究，1986(5)：54

茅盾對《阿Ｑ正傳》主題研究的貢獻

王積賢 J31，魯迅研究，1986(2)：96

魯迅最早的知音——談談茅盾前期對魯迅的評價

黎風 J31，魯迅研究，1986(2)：84

《子夜》、《金錢》比較談

張德美 J4，外國文學研究，1986(4)：4

馬拉默德的《伙計》與茅盾的《林家舖子》

李岫 J4，外國文學研究，1986(8)：95

茅盾早期創作與左拉自然主義文學理論

徐學 J4，外國文學研究，1986(7)：46

茅盾與托爾斯泰

陳幼學 J4，外國文學研究，1986(6)：37

得其神韻，開掘發揮——談電視劇《春蠶》《秋收》《殘冬》的改編

冠西 J8，電影、電視藝術研究，1987(2)：106

使改編成為創造——我觀電視劇《春蠶》、《秋收》、《殘冬》

  吳福輝 J8，電影、電視藝術研究，1987(4)：106

茅盾談《紅樓夢》研究的一封信

  謝廣田 J21，《紅樓夢》研究，1987(3)：12

舊知識分子革命蟬蛻的深刻剖析——茅盾和阿‧托爾斯泰筆下的知識分子

  謝家駒 J4，外國文學研究，1987(11)：114

茅盾對魯迅的評價

  王建中 J31，魯迅研究，1987(3)：15

《子夜》與《金錢》主人公形象比較談

  宋文耀 J4，外國文學研究，1987(5)：28

論茅盾革命現實主義文學觀與蘇聯文學的影響

  闕國虯 J4，外國文學研究，1987(6)：84

鮮明而獨特的理性色彩——茅盾小說藝術綜論之一

  邱文治 J3，中國現代、當化文學研究，1987(12)：203

試論茅盾短篇小說的濃縮藝術

  劉煥林 J3，中國現代、當代文學研究，1987(11)：215

舊知識分子革命蟬蛻的深刻剖析——茅盾和阿‧托爾斯泰筆下的知識分子

  謝家駒 J3，中國現代、當代文學研究，1987(11)：207

魯迅與茅盾小說比較分析

  秦志希 J13，中國現代、當代文代研究，1987(11)：199

近兩年來的茅盾研究

  宋文耀 J3，中國現代、當化文學研究，1987(10)：211

我國茅盾研究取得新進展

  J3，中國現代、當代文學研究，1987(8)：264

茅盾、巴金、老舍的文化類型比較

  楊義 J3，中國現代、當代文學研究，1987(8)：195

論茅盾文學批評觀的現代化特徵

  沈昆朋 J3，中國現代、當化文學研究，1987(5)：215

茅盾小說的時代性兩面觀

  彭曉豐 J3，中國現代、當化文學研究，1987(4)：235

凝注著血淚的思考與探索——漫論茅盾、巴金步文壇時期描寫青年知識分子

革命題材的中長篇小說

　　李俊國 J3，中國現代、當代文學研究，1987(3)：241

關於茅盾的政治道路和歷史地位的評價的若干問題

　　丁爾綱 J3，中國現代、當代文學研究，1987(2)：241

茅盾前期文藝觀與西方現實主義、自然主義──兼論五四現實主義的歷史特徵

　　羅鋼 J30，中國現代著名作家研究，1988（年輯）：7

茅盾文學批評研究

　　丁憶帆 J30，中國現代著名作家研究，1988（年輯）：23

新文學價值意識、藝術思維和審美組織的歷史選擇──論茅盾對托爾斯泰的接受

　　丁亞平 J30，中國現代著名作家研究，1988（年輯）：32

一個引人深思的矛盾──論茅盾的小說創作

　　王曉明 J30，中國現代著名作家研究，1988（年輯）：39

茅盾中長篇小說的史詩特徵

　　錢誠一 J30，中國現代著名作家研究，1988（年輯）：61

關於茅盾《論無產階級藝術》的寫作

　　孫中田 J30，中國現代著名作家研究，1988（年輯）：22

沈雁冰對大革命後期中國資產階級的正確分析

　　虞崇勝 K4，中國現代史，1988(10)：183

茅盾美學思想芻議

　　李庶長／李慶本 B7，美學，1988(2)：9

茅盾對古典文學研究的貢獻

　　尹恭弘 J2，中國古代、近代文學研究，1988(10)：7

茅盾文學批評研究

　　丁憶帆 J1，文藝理論，1988(11)：162

兩個對立的文學流派代表──茅盾與郁達夫比較觀

　　邱文治 J3，中國現代、當代文學研究，1989(1)：191

沈雁冰宅被抄事件初探

　　康鋒 K4，中國現代史，1989(2)：197

試論茅盾前期的文藝思想（上、下）

翟同泰 J30，中國現代著名作家研究，1989（年輯）：7

港台學者論茅盾

樹玉 J30，中國現代著名作家研究，1989（年輯）：48

性格結構・現實意識・審美情緒——茅盾建國前文學批評心理研究

丁亞平 J30，中國現代著名作家研究，1989（年輯）：41

茅盾與外國文學關係的研究成果述評

黎舟 J30，中國現代著名作家研究，1989（年輯）：35

茅盾小說文體與二十世紀現實主義

〔日〕是永駿 J30，中國現代著名作家研究，1989（年輯）：30

茅盾的文學風格論斷想

莊鍾慶 J30，中國現代著名作家研究，1989（年輯）：21

魯迅和茅盾的歷史小說比較論

陳銳鋒 J31，魯迅研究，1989(3)：73

理與情的撞擊與融合——茅盾、巴金藝術比較之一

袁振聲 J30，中國現代著名作家研究，1989（年輯）：53

從《神話研究》看茅盾的神話觀及其與人類學派神話學的關係

崔柳生 J30，中國現代著名作家研究，1990(2)：20

茅盾中長篇小說的情節建構及其審美規範

錢誠一 J30，中國現代著名作家研究，1990(1)：21

誰家的「文學批評理論」？——讀幾篇重評《子夜》的文章有感

曾文淵 J30，中國現代著名作家研究，1990(1)：35

史詩：一個令人神往而又充滿艱難的誘惑——對《子夜》式史詩小說的探索

秦志希 J30，中國現代著名作家研究，1990(1)：48

論《子夜》創作的多重動因——《子夜》動機模型假說之一

姜文 J30，中國現代著名作家研究，1990(2)：45

典型——真和美的集中體現——茅盾文藝美學思想探討之一

史瑤 J30，中國現代著名作家研究，1990(1)：5

多重規定下的批評思維個性——茅盾文學批評心理研究之一

丁亞平 J30，中國現代著名作家研究，1990(1)：13

文學研究會時的茅盾與法國文學

蘇華 J30，中國現代著名作家研究，1990(2)：5

超越意識：蘊示未來之維的選擇——茅盾文學批評心理研究之一

　　丁亞平 J30，中國現代著名作家研究，1990（2）：13

試論茅盾的現代作家作品論的宏觀價值

　　吳國群 J30，中國現代著名作家研究，1990（2）：25

現實主義傳統和作家的獨創性——茅盾與老舍小說比較考察

　　萬平近 J30，中國現代著名作家研究，1990（2）：33

茅盾論丁玲

　　丁爾綱 J3，中國現代、當代文學研究，1990（12）：203

「兒子與情人」——魯迅、胡適、茅盾婚戀心態與情結闡釋

　　沈衛威 J3，中國現代、當代文學研究，1990（2）：59

一朵「明日黃花」——小說與電影《子夜》比較談

　　陳開鳴 J8，電影、電視藝術研究，1990（10）：43

《子夜》研究述評：1933～1989

　　劉偉 J30，中國現代著名作家研究，1990（1）：29

真實的品格——論茅盾小說的外來影響

　　關國蚅 J30，中國現代著名作家研究，1991（2）：11

茅盾與羅曼・羅蘭

　　李庶長 J30，中國現代著名作家研究，1991（2）：8

理性思維：對意蘊世界的價值確定——茅盾文學批評心理研究

　　丁亞平 J30，中國現代著名作家研究，1991（2）：3

茅盾小說《子夜》中的比較成份

　　〔捷〕瑪麗安・高利克 J30，中國現代著名作家研究，1991（1）：35

茅盾小說創作與現代主義

　　黎舟 J30，中國現代著名作家研究，1991（1）：29

個性心理：對歷史進程的意識和體驗——茅盾文學批評心理研究之一

　　丁亞平 J30，中國現代著名作家研究，1991（1）：18

美學感覺：對文學價值的整體感知——茅盾文學批評心理研究之一

　　丁亞平 J30，中國現代著名作家研究，1991（1）：23

茅盾同志十年祭

　　姚雪垠 J30，中國現代著名作家研究，1991（1）：13

茅盾在中國現代文學批評史上的地位

鄧牛頓 J30，中國現代著名作家研究，1991（1）：3

第三屆茅盾文學獎頒獎大會在京舉行

　　J3，中國現代、當代文學研究，1991（5）：124

《子夜》與中國革命文學

　　陳詩經 J30，中國現代著名作家研究，1991（2）：31

現代都市文學的發展與《子夜》的貢獻

　　譚桂林 J30，中國現代著名作家研究，1991（2）：18

批評形式心理的歷史軌路──茅盾文學批評心理研究之一

　　丁亞平 J1，文藝理論，1992（5）：126

逆境中的樂觀與悲觀──1927 年魯迅與茅盾心態之比較

　　楊鼎川 J31，魯迅研究，1992（3）：40

再論茅盾小說的心理描寫

　　蕭心 J30，中國現代著名作家研究，1992（2）：37

茅盾與俄國文學、尼采思想和新浪漫主義──茅盾藝術美理論建構描述之一

　　錢誠一 J30，中國現代著名作家研究，1992（2）：29

茅盾：中外文學研究與文化學說

　　李廣德 J30，中國現代著名作家研究，1992（2）：14

衝突與借鑒：茅盾與中西文化

　　曹萬生 J30，中國現代著名作家研究，1992（2）：6

郭沫若與茅盾：從意志自由到歷史必然──中國現代文學的哲學透視之二

　　高瑞泉 J30，中國現代著名作家研究，1992（1）：54

茅盾、巴金藝術功利觀比較──兼論藝術的價值取向

　　袁振聲 J30，中國現代著名作家研究，1992（1）：43

論茅盾和他的「時代女性」

　　陸文采 J30，中國現代著名作家研究，1992（1）：38

茅盾的象徵主義及其創作實踐

　　陳銳鋒 J30，中國現代著名作家研究，1992（1）：26

茅盾文藝觀的發展及其作家作品評論

　　昌切 J30，中國現代著名作家研究，1992（1）：20

批評形式心理的歷史軌路──茅盾文學批評心理研究之一

　　丁亞平 J30，中國現代著名作家研究，1992（1）：14

沈雁冰在「五四」時期的社會思想

　　〔日〕白水紀子 J30，中國現代著名作家研究，1992（1）：4

社會宏觀與理性探求——茅盾的美學思想

　　鄒華 B7，美學，1992（3）：36

怎樣欣賞中學課文中茅盾作品的美

　　歐家斤 G31，中學語文教學，1993（3）：67

《子夜》的結構形態美

　　李志連／馮金鐸 J30，中國現代著名作家研究，1993（2）：34

論自然主義感傷主義對茅盾巴金長篇小說的影響

　　李萬鈞 J30，中國現代著名作家研究，1993（2）：38

論茅盾短篇小說的藝術特色

　　馬殿超 J30，中國現代著名作家研究，1993（2）：43

略論茅盾中長篇小說的藝術結構及其現實主義特色

　　張啓東 J30，中國現代著名作家研究，1993（2）：29

茅盾與中國現代兒童文學

　　王靜宇 J30，中國現代著名作家研究，1993（2）：23

陌生的同路人——論五四時期茅盾文學觀

　　楊揚 J30，中國現代著名作家研究，1993（2）：12

為人生而藝術的文化品格——略論茅盾早期文藝現與文化學

　　孫中田 J30，中國現代著名作家研究，1993（2）：6

茅盾小說與吳越文化

　　余連祥 J30，中國現代著名作家研究，1993（1）：36

茅盾女性母題的文化審視

　　吳向北 J30，中國現代著名作家研究，1993（1）：24

試論茅盾的心理分析現實主義

　　馬佳 J30，中國現代著名作家研究，1993（1）：12

試論茅盾「雜誌辦人」的思想

　　李頻 Z1，出版工作、圖書評價，1993（1）：23

茅盾研究難點試論

　　丁爾綱 J3，中國現代、當代文學研究，1994（9）：150

茅盾與梅德林克

孫中田 J3，中國現代、當代文學研究，1994(7)：168

茅盾處理現實主義與現代主義關係的歷史軌迹

黎舟 J1，文藝理論，1994(2)：83

茅盾：建構自成體系的「歷史──美學」批評原則

阮冬初 J1，文藝理論，1994(1)：106

略論茅盾的編輯思想和實踐

徐楓 Z1，出版工作、圖書評價，1994(7)：6

略論茅盾在「五四」前後的編輯思想和實踐

徐楓 Z1，出版工作、圖書評價，1993(12)：44

茅盾處理實主義與現代主義關係的歷史軌迹

黎舟 J1，文藝理論，1995(2)：83

霧幕沉沉開子夜，精魂縷縷吐春蠶──茅盾對卅年代左傾文學思潮的超越

魏超馨 J3，中國現代當代文學研究，1995(5)：150

一個引人矚目而又爭議的小說模式：茅盾創作個性之一

唐紀如 J3，中國現代當代文學研究，1995(1)：154

推崇客觀：茅盾批評思想的核心層面

劉鋒傑 J1，文藝理論，1995(1)：97

茅盾早期現實主義與左拉自然主義

張德美 J3，中國現代當代文學研究，1995(1)：142

預示著成熟與輝煌：近年茅盾研究漫評

黃彩文 J3，中國現代當代文學研究，1995(1)：148

茅盾散文的「個人筆調」

王國柱 J3，中國現代當代文學研究，1995(1)：160

茅盾「五四」文學理論與「五四」文學

周昌 J3，中國現代當代文學研究，1995(9)：177

茅盾文學創作的成就與中國現代革命史的關係述評

李方平 J3，中國現代當代文學研究，1995(12)：179

茅盾倡導自然主義的再評價

湯振海 J3，中國現代當代文學研究，1995(12)：183

關於魯迅茅盾賀紅軍的信

倪墨炎 K4，中國現代史，1996(10)：146

茅盾與現代文學批評

　　溫儒敏 J1，文藝理論，1996(9)：129

長篇電視連續劇《子夜》筆談 7——文學名著的藝術再創

　　閻延文 J8，電影電視藝術研究，1996(5)：96

長篇電視連續劇《子夜》筆談 6——談電視連續劇《子夜》中的吳蓀甫形象

　　曾鎮南 J8，電影電視藝術研究，1996(5)：10

長篇電視連續劇《子夜》筆談 5——電視文化與書籍文化結緣互補的成功範例

　　仲呈祥 J8，電影電視藝術研究，1996(5)：

長篇電視連續劇《子夜》筆談 4——永恒不會生白髮

　　陳漱渝 J8，電影電視藝術研究，1996(5)：

長篇電視連續劇《子夜》筆談 3——匠心運作，一絲不苟

　　黃會林 J8，電影電視藝術研究，1996(5)：

長篇電視連續劇《子夜》筆談 2　成功的再創造

　　張炯 J8，電影電視藝術研究，1996(5)：

長篇電視連續劇《子夜》筆談 1　忠於小說原著，發揮電視優勢

　　李準 J8，電影電視藝術研究，1996(5)：

長篇電視連續劇《子夜》筆談

　　J8，電影電視藝術研究，1996(5)：

現代女性自我意識的張揚和迷惘——《蝕》中時代女性的文化內涵

　　翟耀 J3，中國現代當代文學研究，1996(2)：161

疾風知勁草，冰雪諳笑梅——論抗戰初期茅盾的文藝思想及其發展特點

　　丁爾綱 J3，中國現代當代文學研究，1996(10)：165

論茅盾藝術思維理論的現代品格與獨創性價值

　　王嘉良 J3，中國現代當代文學研究，1996(9)：181

封閉與開放、橫切與直綴相結合——三論茅盾對中國古典小說的繼承與發展

　　劉煥林 J3，中國現代當代文學研究，1996(3)：204

《紅樓夢》對茅盾小說創作的影響

　　劉鋒傑 J3，中國現代當代文學研究，1996(8)：186

茅盾與新文學的進程

　　李岫 J3，中國現代當代文學研究，1996(9)：166

論茅盾文學的現代化選擇

朱德發 J3，中國現代當代文學研究，1996(10)：52

社會化：茅盾把握客體的獨具方略

葉志良 J3，中國現代當代文學研究，1996(10)：161

大師茅公與秦地文學：紀念茅盾誕辰 100 周年

李繼凱 J3，中國現代當代文學研究，1996(11)：175

在中西文化的交叉點上：茅盾與外國文學

汪劍釗 J3，中國現代當代文學研究，1996(11)：193

茅盾作家論的美學創造

李方平 J3，中國現代當代文學研究，1996(11)：186

茅盾文學思想結構探

蔣心煥 J3，中國現代當代文學研究，1996(11)：182

茅盾與魯迅傳統文化淵源與文化性格之異同

吳國群 J3，中國現代當代文學研究，1996(9)：187

茅盾與現代主義文學的關係及文化成因

汪亞明 J3，中國現代當代文學研究，1996(8)：181

現實主義文學道路的廣闊性和作家的藝術獨創性——魯迅、茅盾、巴金、老舍小說比較考略

李琬 J3，中國現代當代文學研究，1996(7)：148

茅盾對象徵主義的譯介

尹康莊 J3，中國現代當代文學研究，1997(5)：169

通俗化、大眾化、中國化與現實主義——論茅盾在抗戰文學中的貢獻

劉國清 J3，中國現代當代文學研究，1997(6)：145

茅盾與中國小說觀念的現代化

王立鵬 J3，中國現代當代文學研究，1997(9)：188

理想與現實的分裂和對抗——論郭沫若、茅盾的美學思想

封孝倫 J3，中國現代當代文學研究，1997(12)：94

論茅盾對 20 世紀中國文化現代化的探尋

李標晶 J3，中國現代當代文學研究，1997(7)：155

近年來國外對茅盾研究述評

木函 / 愛華 J3，中國現代當代文學研究，1997(1)：161

從《子夜》看茅盾的左拉影響與獨創性

方正 J3，中國現代當代文學研究，1997(2)：141

茅盾在小說文體建構上的獨特貢獻

王衛平 J3，中國現代當代文學研究，1997(4)：172

茅盾和曹禺比較論綱

黃彩文 J3 中國現代、當代文學研究，1998(12)：

理性精神與茅盾小說

孫中田 J3 中國現代、當代文學研究，1998(7)：

歐洲神話在茅盾小說中的投影

劉煥林 J3 中國現代、當代文學研究，1998(2)：

關於「魯迅茅盾致紅軍的賀信」

周楠本 J3 中國現代、當代文學研究，1998(1)：

六十年前魯迅、茅盾致紅軍賀信之發現

閻愈新 J3 中國現代、當代文學研究，1998(1)：

茅盾小說創作中的矛盾

邱文治 J3 中國現代、當代文學研究，1999(10)：

論人是否知己？——評茅盾左翼思潮時期的八篇「作家論」

常江虹 J3 中國現代、當代文學研究，1999(6)：

擇取外來文化的迭合與偏離——茅盾、巴金藝術比較

袁振聲 J3 中國現代、當代文學研究，1999(6)：

茅盾的婚戀變故——《茅盾評傳》片斷

丁爾綱 J3 中國現代、當代文學研究，1999(3)：

批評話語與敘述話語——茅盾小說中的批評者

馬雲 J3 中國現代、當代文學研究，1999(1)：

社會主義現實主義的兩難：敘事還是抒情——對茅盾文學理論主張的話語分析

周可 J3 中國現代、當代文學研究，2000(1)：133

茅盾文藝思想述評

黃立平 J3 中國現代、當代文學研究，2000(7)：85

茅盾研究書錄續編

龔景興 J3 中國現代、當代文學研究，2000(9)：198

茅盾文學批評新論

卜召林／王玲玲 J1 文藝理論，2000（10）：127

再談魯迅茅盾致紅軍賀信──兼答丁爾綱教授的商榷

閻愈新 J3 中國現代、當代文學研究，2000（11）：199

藝術心理與政治心理的衝突──茅盾小說理性化傾斜的心理學闡釋

閻慶生 J3 中國現代、當代文學研究，2000（11）：146

編後記

　　在鍵盤上敲下最後一個句號，我深深地舒了一口氣，這本前後歷時三年、差不多化了我整整三個暑假時間的自謂是「專書」的成果終於可以付梓了。

　　我最初接觸茅盾研究是在 1985 年剛剛邁出大學校門的第一個暑假，那年有一個全國性的茅盾研究學術研討會在母校召開，我作爲會務組成員負責接待來賓、安排活動等等工作，其間有幸見到了葉子銘、丁爾綱、查國華、莊鍾慶等等一大批鼎鼎有名的茅盾研究專家，從此知道了茅盾研究領域裡竟然有那麼多的專家學者在耕耘，也有那麼多的學術成果已經問世，還有那麼多的空間可供人拓展。之後，曾陸續編製過年度的茅盾研究論文索引、茅盾研究書錄等等在校學報上發表，意圖通過自己的勞動爲茅盾研究專家提供一些便利。

　　鼓勵我動手編製一本更全面的茅盾研究論著目錄的是我的大學老師、茅盾研究專家李廣德教授，他多次給我出主意、提建議，並給我指出具體的編撰方法，在我編出階段性的索引匯編之後，又先行掛到了他自己製作的「寫作之家」網頁上。在大致收齊了資料之後，我所在部門的領導並同事王增清研究員又讓我把初稿寄給了另一位著名的茅盾研究專家、浙江電視台台長鍾桂松老師，請他提出修改意見。我知道作爲一位主管龐大的事業單位的行政領導，忙碌的雜務是可以想像的，鍾老師會有時間看我的稿子嗎？沒想到時隔僅僅幾日，鍾老師就給我回了信，對我的工作做了熱情洋溢的肯定，同時還仔細、中肯地給我提出了編撰過程中的一些應注意的地方和讓「目錄匯編」更完整、更適用的建設性的意見，並建議把目錄資料下限延伸至 2000 年

底止，取名爲《二十一世紀茅盾研究目錄匯編》。更讓我感動的是，在我向他提出爲我這不成樣的小書作序時，他又毫不猶豫地應允了，並很快地把序寄給了我，序中的溢美之詞令我慚愧不已，我想只有今後把這項工作做到更完美、更令人滿意，才能作爲對鍾老師最眞實的答謝了。

在整個編撰過程中，王增淸老師始終給予了熱情的關心和支持，他幫我修改稿子，聯絡專家，聯繫出版的有關事宜，所以說，沒有王老師眞誠的幫助，這本小冊子也就不可能順利地出版。

最後，我想說明的是本書並不是學術論著，而只不過是資料的收集與整理，但自己的確爲它付出了許多的勞動和汗水，若能爲廣大的茅盾研究專家、愛好者提供翻檢之便，那將是我最大的欣慰。

編者　記於第十七個教師節